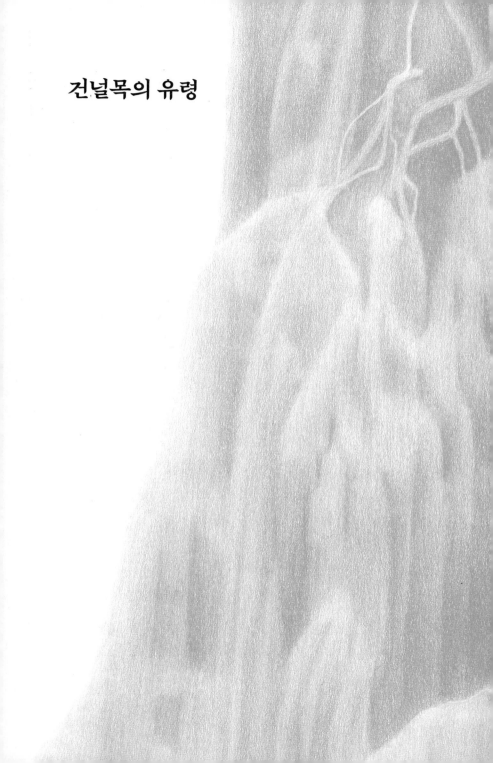

건널목의 유령

건널목의 유령

다카노 가즈아키

장편소설

踏切の幽霊

박춘상
옮김

황금가지

일러두기
본문의 각주는 옮긴이 주입니다.

차례

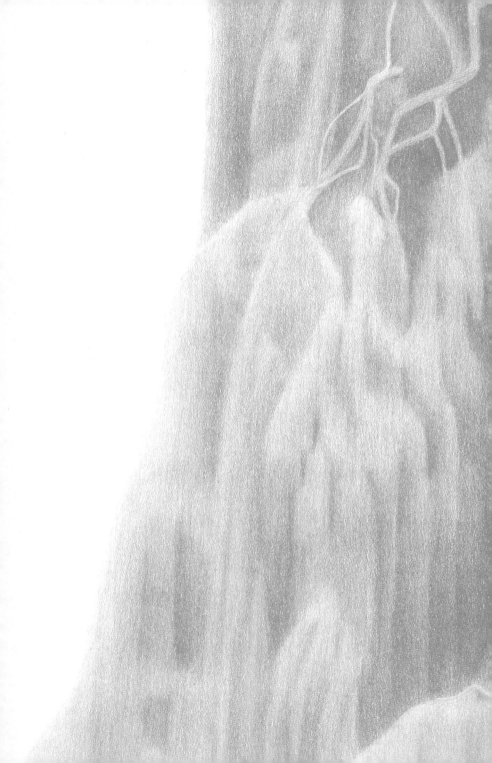

3호 건널목

1994년 늦가을, 열차 기관사 사와키 히데오는 하코네유모토역의 기다란 승강장을 걷고 있었다. 겨울용 코트 제복 차림을 하고 손에는 업무용 가방이 들려 있었다. 지금 관광용 열차를 몰아 종착역에 막 도착한 참이나, 업무는 아직 끝나지 않았다. 동일한 열차를 운전하여 도심으로 돌아가야만 했다. 해는 진즉에 저물었다. 단풍놀이 시즌도 다 끝난 평일이라서 막차인 특급열차를 타려고 기다리는 승객들은 헤아릴 수 있을 정도밖에 없었다.

사와키 기관사가 근무하는 대형 철도 회사는 일본 최대의 번화가인 신주쿠와 온천 관광지인 하코네를 잇는, 약 90킬로미터 구간을 운영하고 있었다. 이곳 본선 외에도 지선이 두 개가 있는데, 교외 주택지부터 고도(古都) 가마쿠라, 비와호 남쪽 지역에 이르는 구간을 망라하는지라 시민들의 생활교통과 관광교통 두 가지 역할을 모두 담당하는 특이한 노선이었다. 그러므로 운행

형태가 특급, 급행, 준급행, 매 역마다 정차 등등 복잡하기 그지없었다. 기관사의 승무(乘務) 패턴은 수백 가지로 세분화되어 있었다.

오늘 사와키는 '305 과업'을 맡았다. 늦은 오전부터 심야까지 일하다가 최종 정차역에서 눈을 붙이고서 이튿날 업무에 대비하는 근무였다. 300번대 숫자가 부여된 과업은 특급열차를 몰도록 허가받은 베테랑 기관사에게만 배정되었다. 그래서 아직 30대 초반인 사와키로서는 대단히 자랑스러워할 만한 업무였다.

오렌지색으로 칠해진 차량들을 따라서 걷다가 유선형 선두 차량에 도착하니 섬식 승강장 반대편에서 낯익은 기관사를 발견했다. 후배인 홋타였다. 네모난 통근형 차량에 탑승하려던 홋타가 사와키를 알아보고는 종종걸음으로 승강장을 가로질렀다. 가죽끈에 엮인 운전실 열쇠와 역전기 핸들*이 까랑까랑 맞부딪쳤다.

"여기서 다 만나다니 희한하군."

사와키가 말하자 홋타가 웃으며 대답했다.

"열심히 배근하는 중입니다."

휴가를 떠난 다른 기관사의 빈자리를 메우는 것을 '배근(倍勤)'이라고 한다. 하루 치 임금을 더 받을 수 있으므로 신청 창구에는 희망자들이 줄을 섰다. 젊은 기관사들 사이에서 '열심히 배근해서 집을 장만하자.'는 말이 유행처럼 나돌 지경이었다. 저 후배는 결혼을 염두에 두고 있는지도 모르겠다고 사와키는 짐작했다.

---

* 전후진 운전을 결정하기 위해 기관사가 조작하는 핸들.

서로 근황을 주고받으면서 출발하기 전 얼마 안 되는 여유 시간을 보냈다. 사와키가 슬슬 운전석에 타야겠다고 생각했을 차에 불현듯 홋타가 진지한 표정을 지으며 화제를 바꿨다.

"요즘에 '인명'이 없네요."

사와키가 기억을 더듬으며 말했다.

"음, 벌써 3주쯤 됐나."

"서로 조심하자고요."

"하지만 아무리 조심해 본들 그것만은 피할 수가 없겠지."

"뭐, 그렇긴 하죠."

홋타가 당혹해하며 말했다. 그러고는 시계를 힐끗 보고서 자신이 담당하는 차량으로 돌아갔다.

"또 어딘가에서 다시 뵙죠."

사와키도 특급열차에 올라탔다. 관광용으로 설계된 3100형 열차는 운전실이 2층에 배치됐다. 1층 객석 맨 앞쪽에 전방 180도를 둘러보며 즐길 수 있는 전망석을 조성하기 위해서였다. 사와키가 팔을 뻗어 낮은 천장에 설치된 셔터를 열고서 사다리를 타고 위층으로 올라갔다. 셔터를 다시 닫고서 그 위에 슬라이드식 좌석을 설치하자 2층 운전실이 어둑한 폐쇄 공간으로 변했다.

사와키는 좌석에 앉고서 회중시계를 운전대에 뒀다. 그다음에는 하루 치 업무가 적힌 과업 카드를 걸어 놓은 뒤 기지개를 켜며 앞쪽으로 뻗어 나가는 철로를 바라봤다. 이러한 간단한 의식으로 짧은 시간 안에 업무를 수행하기 위한 긴장감을 높일 수가 있었다.

뒤이어 브레이크 밸브 레버를 장착하고서 상용 제동 시험을 했다. 비상 브레이크, 전(全)완해*, 상용 최대 브레이크, 각 브레이크의 공기압이 정상인지 확인해 나갔다. 압력이 0인 상태가 최대 브레이크다. 레버를 단계별로 풀어 나가자 압력계 눈금도 그에 뒤따르듯 움직였다. 모든 차량을 관통하는 제동장치에 이상이 없다는 것을 확인했다.

마지막으로 이 형식의 열차를 운행하기 전에 유독 점검해야 하는 사항인 변속장치 모드를 확인했다. 저속용 직렬 모드로 되어 있으니 발차한 뒤에도 가속하는 데 문제는 없다. 사와키는 버저를 눌러 뒤쪽에 있는 차장에게 출발할 준비가 다 됐음을 알렸다.

발차 시각까지는 아직 시간이 조금 남아 있었다. 창 너머로 출발 신호기를 바라보고 있으니 아까 홋타가 했던 말이 떠올랐다.

요즘에 인명이 없네요.

'인명'이란 인명사고의 줄임말인데, 실제로는 철도 자살을 의미하는 은어다. 고속 안전 수송을 표방하는 사와키의 회사는 안전 대책을 철저히 시행하여 15년이 넘도록 과실 책임이 있는 사고가 전무하다는 특필할 만한 기록을 세웠다. 그러나 회사 측에 책임을 묻지 않는 인명사고, 즉 한 해에 서른 건 정도 벌어지는 뛰어들기 자살만은 미연에 방지할 도리가 없었다. 전철이라는 탈것은 에너지 효율을 높이기 위해서 차량과 레일이 최소한으로

---

* 완해(緩解)란 제동이 걸려 있는 차량의 제동을 풀어 놓는 것을 말한다.

마찰되도록 설계되어 있었다. 그래서 급정지하는 데는 부적합했다. 실제로 역과 역 사이를 주행하다가 비상제동을 걸더라도 열차가 정지하기까지 수백 미터는 필요하다. 그렇기에 철도 법규에서는 철로를 전용 궤도로 지정하여 열차에 우선 교통권을 부여한다. 누군가가 그 궤도 위에 뜬금없이 침입한다면 충돌을 피할 만한 수단이 없다.

홋타가 한탄하듯 흘렸던 '요즘에 인명이 없다.'는 말은 기관사만이 아는 복잡한 심정을 정확하고도 단적으로 드러낸 표현이었다. 사고가 없다는 것은 기뻐해야 할 일이지만, 무사고 기간이 너무 길어지면 곧 자기 눈앞에 사고가 벌어지지 않을까 하는 불안이 고개를 쳐든다. 특히 사와키와 홋타 모두 여태껏 한 번도 인명사고를 경험하지 않았다. 만약에 통과하는 역 승강장에서 사람이 철로로 뛰어내린다면, 혹은 통행인이 건널목으로 뛰어든다면 기관사는 얼마나 공포를 느낄까. 그리고 머리와 팔다리가 뿔뿔이 떨어져 나간 주검을 수습하는 게 얼마나 끔찍할 체험일지 상상조차 되지 않았다.

예전에 동료들과 잡담을 나누다가 한 기관사가 인명사고와 맞닥뜨릴 확률을 계산한 적이 있었다. 그 결론은 승무 기간 10년에 한 번 꼴이었다. 아직 20대인 홋타는 제쳐 두더라도 사와키는 기관사로서 경력을 쌓아 온 지 어언 10년이 넘었다.

특급열차 발차를 알리는 벨이 역 안에 울리기 시작했다. 사와키는 머릿속에서 잡념을 털어내고는 회중시계의 바늘로 시각을 확인했다. 운전대 램프가 점등하며 객실 문이 모두 닫혔음을 알려 줬다. 차장이 버저를 통해 출발 신호를 보내왔다.

사와키는 재빠르면서도 확실하게 마지막 안전 확인을 실시했다. 버저 양호, 브레이크 파이프 압력 양호, 출발 신호기는 녹색 표시.

"특급, 다음 정차역은 오다와라역. 출발 진행."

사와키가 소리 내어 말했다.

왼손에 쥔 주간제어기(마스터 컨트롤러) 핸들을 최고속도 눈금까지 돌리자 총 길이 144미터, 총 중량 223톤, 11량으로 편성된 강철제 열차가 정각에 맞춰 움직이기 시작했다. 종점인 신주쿠역까지 가는 데 소요되는 시간은 1시간 30분, 도중에 정차하는 역은 세 군데다.

하코네유모토역을 출발한 사와키는 평소대로 운전하는 데 집중했다. 기본을 하나하나 충실히 지켜 나가는 것이 안전에 이르는 지름길이었다. 기관사는 전 선로에 설치된 수백 기의 신호기 위치, R800 이하의 커브 반경과 경사도, 주행 구간마다 다른 제한속도 등등 모든 선로 조건을 정확히 기억했다. 전 선로마다 있는 요주의 지점이 몇 군데 떠오르긴 했지만, 기관사에게는 주의 의무를 엄수하는 일 말고는 달리 할 수 있는 게 없었다.

특급열차가 내리막 선로를 20분쯤 계속 달려가다가 최초 정차역인 오다와라에 도착했다. 사와키는 전방에 있는 급완행선별 장치에 불이 들어왔는지 확인했다. 이것은 선로에 있는 건널목의 안전을 사전에 확보하기 위한 장치다. 주행하는 열차가 특급인지 각 역마다 정차하는지를 선별하여 각 속도에 맞춰서 건널목을 차단한다. 특급에 불이 들어온 것을 확인하고서 사와키는 다음 정차역과 출발 신호기 표시를 소리 내어 읊은 뒤 정각대로 열차를 출발시켰다.

그 후에는 선로를 따라 점점이 있는 자그마한 동네들을 누비며 북상해 나갔다. 앞쪽에 깔린 어둠을 뚫고서 오로지 나아가는 야간 주행 때는 특급열차의 운전석이 높아서인지 마치 비행하는 것 같은 독특한 부유감이 느껴진다. 저 아래에서 반대 방향으로 스쳐 지나가는 통근형 차량의 지붕이 매끈하게 흘러갔다.

사카와가와강 직전에서 급커브를 돌아 북동쪽으로 진로가 바뀌더니 드디어 모든 선로에서 어렵기로 손꼽히는 지점에 들어섰다. 급경사와 급곡선이 연달아 이어지는 산악지대다. 시야가 턱막힌 커브를 돌다 보면 도중에 확인 거리가 짧은, 요주의 건널목이 홀연히 나타나는 구간이다.

사와키는 기다란 오른쪽 커브에 들어서기 직전에 속도계를 힐끗 쳐다보고서 제한속도를 지키고 있는지 확인했다. 그러고는 앞쪽을 철저히 주시하면서 커브 앞쪽에서 문제의 건널목이 나타나기를 기다렸다.

이윽고 어둠 속에서 건널목과 그 근처에서 빛을 내는 신호기가 보였다. 엑스등이 하얗게 켜지며 차단을 완료했음을 알렸다. 그리고 그 아래에 달린, 불이 꺼진 특수신호발광기가 건널목 위에 장해물이 없음을 알렸다. 그러나 장해물 탐지장치에는 사각이 있으므로 안심할 수 없었다. 이 장치는 건널목에 자동차만 한 물체가 있다면 확실히 탐지해 내지만, 사람은 놓칠 가능성이 있었다.

사와키는 건널목을 응시했다. 어떠한 실루엣도 없었다. 이제 남은 문제는 차단기 밖에서 사람이 뛰어드느냐는 것인데 진행 방향 왼쪽, 즉 특급열차에 가까운 쪽 선로는 얕은 제방에 막혀 시야가 좋지 않았다. 사와키는 브레이크 밸브 레버를 쥔 오른손을 의식하며 불의의 사태에 대비했다.

앞쪽에서 점멸하는 건널목 경보기와 요란한 경보음이 가까워졌다. 붉은빛이 좌우 차창을 뒤덮더니 순식간에 뒤쪽으로 지나가 버렸다. 사와키는 오른손의 긴장을 풀었다. 별일 없이 건널목을 지난 특급열차가 산악지대를 벗어나 평야지대를 향해 나아갔다.

일찍이 농촌이었던 이 지역은 택지로 개발됐으나 왠지 지금도 한적한 분위기가 감돌았다. 어느 집이든 일찍 잠에 드는지 불빛이 드문드문 보였다. 이 부근부터는 도심으로 통근할 수 있는 권역에 속한다.

하코네유모토역을 출발한 지 50분 뒤에 사와키는 혼아쓰기역으로 열차를 진입시켰다. 도착 예정 시각보다 7초 일찍 도착했고, 정지 위치 오차는 50센티미터였다. 이 오류를 조금만 더 정확히 맞출 수 없을지 생각했다. 손님들이 승하차를 마친 뒤에는 1초의 어긋남도 없이 발차했다.

그다음에 나오는 세 번째 정차역인 마치다역을 지나면 드디어 도쿄부에 들어선다. 그러나 가나가와현과의 경계가 복잡하게 얽혀 있어서 한동안은 두 행정 구역을 넘나들어야 한다. 사와키는 폐쇄 신호기의 녹색 표시를 확인할 때마다 '진행'이라 말하며 순조롭게 운전을 계속했다. 다마가와강을 넘어 가나가와현을 완전히 벗어날 때까지 주의해야만 하는 역과 건널목이 몇 군데 있었지만, 모두 이상 없이 통과했다.

어느새 2층 주택과 집합주택이 선로 풍경을 가득 메웠다. 대도시의 면모가 드러나기 시작했다. 대학교나 상업 시설이 드러났다가 숨어들 때마다 거리의 모습이 점점 화려하게 바뀌었다.

종점까지 15분 남은 지점에 이르자 밤하늘을 환하게 물들이며 8킬로미터 앞에서 번잡한 신주쿠 거리가 드러났다. 다만 아직 긴장을 풀 수는 없었다. 여기서부터 신주쿠까지는 의외로 기복이 심해서 쉴 새 없이 올라갔다가 내려가는 구간이 반복된다.

사와키의 머릿속에서 다음에 주의해야만 하는 건널목이 떠올랐다. 시모키타자와 3호 건널목이었다. 그 건널목은 작은 역을 통과한 뒤에 나오는 널찍한 우묵땅 입구에 설치되어 있었다. 반경 600미터짜리 곡선 위에 있기에 코앞에 닥치기 전까지는 시야에 들어오지 않는다. 더불어 25퍼밀이나 되는 급경사 아래에 위치하므로 이상을 감지하고서 비상제동을 걸어 본들 정지하는 것이 불가능하다. 그래서 보안 신호기가 건널목에서 꽤 앞선 지점, 통과역 승강장 끝에서부터 확인할 수 있도록 설치되어 있다.

출력을 노치 끝까지 올려서 역행(力行) 운전으로 기다란 직선 오르막을 올라가니 자그마한 통과역이 보이기 시작했다. 그곳을 정점으로 선로가 내리막으로 바뀌었다. 사와키는 주변을 둘러보며 안전을 확인했다. 짧은 승강장 가장자리에서 선로로 뛰어들려는 손님은 보이지 않았다. 그 너머에 있는 여러 신호기가 하나같이 시모키타자와 3호 건널목에는 이상이 없음을 보여 줬다. 폐쇄 신호기에 녹색등이 켜진 것을 확인한 뒤 사와키는 말했다.

"진행."

특급열차가 제한속도인 시속 95킬로미터를 유지한 채로 좌측 커브에 진입했다. 11량으로 편성된 기다란 열차가 원심력을 완화하기 위해 경사로에서 왼쪽으로 기울어졌다. 그러고는 앞쪽 우묵땅에 빨려드는 것 같은 궤도를 그리며 흘러 내려갔다.

사와키가 앞쪽을 주시하는 사이, 잠시 뒤 왼쪽 제방 뒤편에서 시모키타자와 3호 건널목이 나타났다. 차단이 완료된 선로 중앙, 가로등 불빛 속에서 사람이 서 있는 것이 보였다. 한들한들 움직이는 실루엣을 보자마자 사와키는 머리 전체가 얼어붙은 것 같은 충격에 휩싸였다. 그런 와중에도 팔다리는 철저히 훈련받은 대로 순식간에 기본 동작을 재현했다. 오른손으로 브레이크 밸브 레버를 180도 돌려서 비상제동 위치에 가져가자마자 오른발로 페달을 세게 밟으며 3호 건널목 쪽으로 요란한 기적 소리를 뿜어냈다.

모든 차량의 제동장치에서 일제히 공기가 방출되는 소리가 울렸다. 열차를 급정지하고자 브레이크 파이프 압력을 제로까지 떨어뜨렸으나 비상 브레이크가 먹히기 전 공주(空走)시간에 열차는 더욱 전진했다. 건널목 25미터 전방까지 다다랐다.

사와키는 무심결에 두 팔과 다리를 쭉 뻗으며 운전석에 등을 꾹 밀착시켰다. 마음속으로 건널목에 있는 실루엣을 향해 '도망쳐!' 하고 외쳤다. 이제 멈출 수 없음을 알고 있었다. 앞쪽으로 크게 도출된 강철제 보닛이 코앞까지 닥친 사람을 분쇄하려고 했다. 충돌하기 직전, 선로에 선 실루엣이 이쪽을 올려다보다가 반대쪽 선로로 발을 내디딘 것처럼 보였다. 그러나 그것이 현실인지 아니면 자신의 바람이 투영된 착각인지 사와키는 판단할 수가 없었다. 실루엣이 보닛 아래로 사라진 뒤에도 특급열차는 급감속하기 위해 오히려 중량감을 늘리면서 선로 위를 치달았다.

사와키는 불과 몇 초 전에 봤던 기억을 자꾸만 떠올렸다. 건널목을 지나는 순간에는 어떤 기이한 소리도, 충격도 느껴지지 않아서 마치 공기 속을 꿰뚫기만 한 듯했다. 그러나 도저히 그 찰나의 순간에 인명사고를 피하지는 못했을 것 같았다. 더욱이 약 90킬로미터 속도로 주행하던 쇳덩어리에 비해 인체는 너무나도 가볍고 연약하므로 충격이나 충돌음이 느껴지지 않았을지라도 안심할 수는 없었다.

열차는 비상제동을 건 뒤에 300미터쯤 더 나아갔고, 통과할 예정이었던 시모키타자와역 승강장 중간 지점까지 와서야 겨우 정지했다. 심야 승강장에는 아직 손님들이 많이 있었다. 모두가 호기심 어린 눈으로 긴급 정지한 특급열차를 쳐다봤다.

사와키는 어두운 운전실에 머문 채로 급히 운전대에 달린 수화기를 들어 차장과 통화했다.

"3호 건널목에 신원미상자가 침입했습니다. 봤습니까?"

최후미 차량은 건널목에서 150미터쯤 떨어져 있을 터였다. 차장이 바로 대답했다.

"특별히 이상한 점은 없습니다."

사와키는 말도 안 된다고 생각했다. 일단 "뒤쪽을 방호해 주세요." 하고 통화를 끊은 뒤에 비상시 초기 대응으로 넘어갔다. 비상 기적을 세 번 울려서 주변 안전을 확인하고는 방호 무전을 이용하여 대향 열차를 세웠다. 그러고는 무전으로 지령소와 연락했다.

"건널목에 신원미상자가 침입하여 비상 브레이크로 정지했습니다."

요점을 전하자 그쪽에서 금세 물었다.

"접촉했습니까, 안 했습니까?"

"아직 확인하지 못했습니다. 지금부터 현장에 다녀오겠습니다."

"알겠습니다."

차량 안에서 승객들에게 비상 정지했음을 알리는 차장의 목소리가 울리기 시작했다. 사와키는 브레이크 밸브 레버를 풀어 가방에 넣은 뒤 바닥 셔터를 열고는 사다리를 타고서 1층 객실로 내려갔다.

한산한 객실 안에서 몇몇 승객이 궁금하다는 표정으로 이쪽을 쳐다봤다. 사와키는 발을 멈추고 객석 맨 앞쪽 전망석을 돌아봤다. 그곳에 있던 승객이 그 장면을 목격하지 않았을까 싶은 생각이 들었다.

불현듯 좌석 등받이 맞은편에서 기지개를 쭉 켜는 두 팔이 나타났다. 졸려 보이는 한 여성이 이쪽으로 고개를 돌리고서 물었다.

"무슨 일 있나요?"

"지금 확인하는 중입니다. 잠시만 기다려 주십시오."

사와키는 그렇게만 말하고 아무도 없는 차장실을 경유하여 차량 밖으로 나갔다.

바깥 공기가 차가웠다. 운전실에 코트를 놔두고 왔지만 추위를 신경 쓸 정신이 없었다. 사와키는 처참한 광경을 확인할 각오를 굳히고서 선두 차량의 앞머리로 돌아갔다. 스커트라 불리는 튀어나온 부분과 그 위쪽 보닛에서는 혈흔도, 충돌한 흔적도 보이지 않았다. 그다음에는 손전등 불빛으로 비추며 차량 측면부터 바닥을 살펴봤다. 그러나 어디에도 이상은 발견되지 않았다. 이때 비로소 무언가가 이상하다는 위화감이 마음속에서 싹텄다. 그러나 지금은 이것저것 생각할 여유가 없었다. 사와키는 그곳을 떠나 3호 건널목으로 급히 달려갔다.

승강장에서 툭 불거진 채 정차한 열차 최후미에서 밖으로 내려온 차장과 만났다. 사와키의 입사 동기인 오가와였다. 두 가닥이 깔려 있는 레일 위를 나란히 달리면서 오가와가 물었다.

"어떤 사람이었어?"

"코트를 입은 중년 남성. 살집이 통통한 회사원 같았어."

사와키가 대답했다. 무사하길 기원하면서.

시모키타자와역의 승강장을 확장하면서 1호 건널목을 이미 철거했기에 하코네 방면의 첫 건널목은 2호 건널목이었다. 그다음인 3호 건널목과의 사이에는 깊은 우묵땅이 100미터쯤 펼쳐져 있었다. 그 지형에는 그대로 선로를 깔 수가 없어서 다리를 대신하여 높은 제방을 쌓았다. 그래서 도심임에도 이 일대만은 시야가 확 트여 있는지라 밤이 되면 적막한 공기가 감돌았다.

사와키와 오가와는 제방 위를 달려 3호 건널목으로 곧장 향했다. 신원미상자가 열차 측면에 접촉했다면 큰 부상을 입고서 구조를 기다리고 있을지도 몰라서였다.

드디어 도착한 3호 건널목은 도심 어디에서나 볼 수 있는 자동 차단기가 달린 제1종 건널목으로, 2차선 도로와 교차하여 깔려 있었다. 차도는 북쪽으로 뻗어 나가다가 금세 직각으로 꺾여 선로와 나란히 우묵땅 바닥으로 내려갔다. 사와키와 오가와는 건널목뿐만 아니라 주변 도로도 살펴봤지만, 쓰러진 사람은커녕 사고가 났다는 자그마한 흔적조차 발견하지 못했다.

이런 상황에서 두 철도원에게 남은 일은 인근을 수색하는 것이었다. 신원미상자가 충돌을 피했지만, 어딘가에 몸을 숨기고 있다가 또다시 달려가는 열차에 부딪칠 가능성이 있었다. 사와키는 선로 북쪽을, 오가와는 남쪽을 각각 맡아서 양쪽 급경사를 조사해 나갔다. 심야임에도 가로등이 주변을 비추고 있어서 우묵땅 바닥까지 눈으로 확인할 수 있었다. 사와키는 도로와의 경계에 세워진 철책까지 내려가 포장도로 맞은편도 둘러봤지만, 아까 눈앞에서 출현했던 남자를 찾아내지 못했다.

사와키는 경사면을 뛰어올라 2호 건널목 근처까지 돌아갔다. 제방 주위에는 어둡고 고요한 주택가만이 펼쳐져 있을 뿐 사람의 기척은 느껴지지 않았다. 귀를 기울여 봤으나 들리는 것이라고는 북쪽에서 불어오는 바람 소리뿐이었다. 사와키는 추위를 느끼고서 제복을 걸친 몸을 잔뜩 움츠렸다.

오가와가 제방 반대쪽에서 올라와 손전등을 끄고서 물었다.

"있었어?"

"없어."

"그럼 무사한가 보군."

차장이 안도하며 웃음을 짓다가 아직도 경직된 기관사의 표정을 보고서 말했다.

"상대방한테 도망칠 여유가 있었어?"

사와키가 고개를 가로저었다.

"도저히."

"하지만……."

오가와가 뭐라 말하려다가 입을 다물었다. 두 승무원이 미간을 찡그리며 서로를 쳐다봤다. 말을 주고받지는 않았지만, 서로의 머릿속에 무슨 생각이 떠올랐는지 훤히 알았다. 오랫동안 사내에 전해져 내려오는 기묘한 사건이었다.

늦은 밤, 오다와라 방면에 있는 민가에서 떨어진 건널목에서 사람 실루엣이 달리던 열차 앞으로 뛰어들었다. 그 실루엣은 명확한 사람의 형상이 아닌 하얀 기체 같았다고 했다. 기관사가 화들짝 놀라 비상 브레이크를 걸었으나 때는 늦었다. 열차가 윤곽이 흐릿한 사람의 실루엣을 관통한 뒤 건널목을 지나서야 정지했다. 기관사가 곧바로 선로에 내려와 차장과 둘이서 인근을 수색했지만, 인명사고의 흔적도, 신원미상자의 모습도 찾지 못했다. 건널목에 나타났던 사람 형상을 띤 무언가가 마치 바람에 꺼져 버리듯 그 자리에서 사라져 버렸다. 이 기괴한 사건은 '열차 운행 방해'라는 사고 종별로 분류되어 사내에서 정식 보고서까지 작성됐다.

"근데 여긴 그 건널목이 아니잖아."

오가와가 말했다.

사와키가 고개를 끄덕이고서 운전석에서 봤던 장면을 떠올렸다. 건널목 안에서 고개를 흔들거리며 서 있던 사람 실루엣. 움직임은 불안정했지만 두 다리까지 똑똑히 봤다.

"틀림없이 사람이었어. 취객이었는지도 몰라."

"술에 취했다? 그래, 여긴 3호 건널목이지."

오가와가 그렇게 말하고는 제복 안쪽 주머니에서 승무원 수첩을 꺼냈다.

사와키도 그것을 보고서야 비로소 알아챘다. 올해 들어서 신원미상자가 여러 번이나 시모키타자와 3호 건널목을 침입했다는 보고가 들어왔다. 승무원은 늘 주의한다는 마음가짐으로 하루하루의 운전 상황을 적어 두기 마련이었다. 사와키도 자신의 수첩을 꺼내 오가와랑 경쟁하듯이 종이를 넘겼다.

"첫 보고가 2월 3일이었어."

사와키가 먼저 기록을 찾아냈다.

"오전 0시 24분, 상행선에 대학생처럼 생긴 젊은 남자."

"그다음은 4월 11일."

오가와가 이어서 말했다.

"23시 45분, 30대 여성."

사와키는 7월과 9월에도 비슷한 기록을 발견했다. 건널목에 침입했던 신원미상자는 각각 20대 남성과 초로의 남성이었다. 그중 한 건은 대낮인 12시에 벌어졌다. 시모키타자와에서는 밤낮을 가리지 않고 여러 사람이 건널목에 무단으로 침입하는 사건이 반복하여 벌어졌다. 다들 아슬아슬하게 충돌을 피했는지 인명사고로는 이어지지 않았다.

그때 시모키타자와역에서 나이 든 역무원이 달려왔다. 사와키가 수첩을 덮고 보고했다.

"접촉 흔적은 없었습니다. 신원미상자도 발견하지 못했습니다."

오가와가 보충했다.

"취객이 무심코 건널목에 들어갔다가 황급히 달아난 게 아닌가 싶은데요."

악질적인 행위로 열차 운행을 방해한다면 거액의 배상금을 지불해야 하는 책임이 생겨난다. 신원미상자가 그것이 두려워서 붙잡히기 전에 모습을 감췄으리라.

"요즘에 부쩍 많아졌군요."

역무원이 인상을 찌푸리며 말했다.

"뭐, 부상자가 없다니 다행입니다. 뒤처리는 이쪽에서 이어받도록 하죠."

시간이 꽤 지연돼서 마지막 특급열차의 운행을 신속히 재개해야 했다. 사와키는 오가와와 함께 차량으로 향했으나, 이대로 출발해도 괜찮을는지 일말의 불안감을 씻어 내지 못했다. 게다가 마음속에서 새로운 의문도 생겨났다.

어째서 특정한 건널목에 여러 사람이 몇 번씩이나 침입하는가?

사와키가 뒤를 돌아봤으나 시모키타자와 3호 건널목은 가로등 아래에서 어렴풋이 떠올라 있을 뿐 어떠한 단서도 주지 않았다.

1장

　지하철 문이 일제히 열리더니 출근 인파를 내뱉었다. 대도시가 한숨을 내뱉은 것처럼 보였다.

　나가타초역의 아침.

　묵묵히 직장으로 향하는 사람들로부터 떨어진 곳에서 마쓰다 노리오는 홀로 벤치에 앉은 채로 그저 시간이 지나가기만을 기다렸다.

　오래 입어서 해진 코트 속에서 피로감이 온몸을 휘감았다. 예정 시각보다 한 시간이나 일찍 자택 맨션을 나선 이유는, 이렇게라도 하지 않는다면 다시 침대 속으로 빠져들어 두 번 다시 일터로 갈 수가 없게 될 것 같아서였다.

　취재 현장인 정부 여당의 본부 빌딩은 이곳에서 멀지 않았다. 마쓰다는 아슬아슬한 시간까지 버티다가 기자로서 본업을 수행하고자 간신히 엉덩이를 뗐다.

개찰구가 있는 층으로 올라가려는 행렬을 따라 에스컬레이터에 올랐다가 앞에 줄지어서 있는 사람들 속에서 라벤더색 코트를 발견했다. 그 색채만이 선명하게 보였다. 아내인 줄 알고서 마쓰다의 마음이 한순간 들떴다. 그러나 사람들이 에스컬레이터에서 내려 다시 걸어 나가자, 아내와 전혀 닮지 않은 옆모습이 멀어져 갔다.

마쓰다는 코트 주머니에 두 손을 찔러 넣고는 어깨를 움츠리며 걸어 나갔다. 이런 곳에 아내가 있을 리 없었다. 그의 아내는 2년 전에 죽었다.

마쓰다는 울적한 기분으로 '도돌이표 같은 삶이군.' 하고 생각했다. 그 하얀 병실에서 이별한 이후로 보고 듣는 모든 것들이 죽은 아내와의 추억을 떠올리게 해서 마음이 즐거웠던 적이 없었다. 무엇을 하든, 누구와 만나든 딱 한 사람이 빠져나간 세상의 결락을 채워 주지 못했다. 이제는 우는 것도 익숙해져서 표정 하나 변하지 않고 눈물을 흘릴 수 있을 정도였다.

지하철역 계단을 올라 지상으로 나가니 12월의 햇볕이 민폐처럼 느껴졌다. 마쓰다는 양 뺨에 남은 눈물을 손가락으로 훔치고서 한기가 뒤덮고 있는 인도에 발을 내디뎠다.

이곳은 국회의사당이 근처에 있는 일본 정치의 중심지였다. 간선도로 양쪽에는 고층 호텔과 음식점이 늘어서 있었다. 행인들도 차량들도 한 중년 남성의 감상 따위 거들떠보지 않고서 그저 지나갔다. 자신만이 이 사회의 이물(異物)이 된 것 같은 소외감을 느끼면서 마쓰다는 246호선을 따라 느릿느릿 계속 걸어가,

비로소 오늘 취재 장소인 자유민중당 본부 빌딩에 도착했다.

경비 부스에 가서 《월간 여성의 친구》에서 나온 마쓰다입니다." 하고 신분을 밝히자 낯익은 수위가 고개를 갸웃거리며 물었다.

"당신, 직장이 바뀌었나?"

마쓰다가 미소를 짓고 고개를 끄덕였다. 마지막으로 신문사 기자증을 내보이고 이곳을 지났던 적이 언제였는지 금세 떠오르지 않았다. 40대 중반이었던가? 노년기에 접어든 수위가 더는 묻지 않고 "들어가요." 하고 보내 줬다.

빌딩 안으로 들어가니 좁은 현관 안이 취재진으로 혼잡했다. 양복을 차려입은 기자, 복장이 헐렁한 카메라맨, 그리고 방송국 아나운서.

마쓰다는 취재진의 꼬리를 따라 엘리베이터에 탔다. 기자 중 하나가 의외라는 표정으로 마쓰다를 쳐다보더니 이내 깔보듯 시선을 돌렸다. 전국지의 사회부 유군기자*가 여성지의 취재기자로 쇠락했다는 이야기가 여기저기 퍼진 모양이었다.

8층에서 엘리베이터 문이 열리더니 그 기자가 마쓰다를 밀치고서 홀로 나갔다. 마치 어깨로 바람을 가를 것 같은 정치부 기자의 등에 대고서 마쓰다는 속으로 말했다. 너도 프리랜서가 돼서 비호해 줄 회사가 없어지면 본인이 얼마나 가치 없는 인간인지 알 수 있을 거라고.

좌우 벽은 몰려든 취재진으로 이미 발 디딜 틈도 없었다. 그중

---

* 일정 부서에 속하지 않고 대형 보도 소재가 발생할 때마다 현장에 투입되는 기자.

에서 한 사람, 서른 살쯤 된 카메라맨이 "마쓰다 씨!" 하고 손을 흔들었다. 요시무라 히로키였다. 장소에 걸맞지 않은 그 쾌활한 목소리가 경력이 아직 일천하다는 걸 말해 주고 있었다. 오늘은 저 청년과 취재를 하게 됐구나 하고 생각하니 마쓰다의 마음이 가벼워졌다. 보도 카메라맨이라는 인종은 구태여 세상을 뒤틀리게 바라보는 듯 눈빛이 어두운 인간이 많았다. 그러나 요시무라는 드물게도 구김살 하나 없는 호인이었다.

촬영 지점에 딱 버티고 선 채로 요시무라가 손가락으로 손목시계를 가리켰다. 이제 곧 시작한다는 메시지였다. 마쓰다는 벽쪽에 비치된 자동판매기 옆에 서서 얼굴이 핼쑥해진 신출내기 보도 사진가를 향해 쓴웃음을 보냈다. 앞으로 시작될 취재가 헛소동으로 끝날 게 뻔한데 왜 저리도 긴장하는지.

"여긴 자유민중당 본부입니다."

바로 눈앞에서 민영방송국 여성 기자가 카메라를 마주 보며 떠들기 시작했다. 조명이 자신에게까지 미치자 마쓰다는 텔레비전 화면 밖으로 나가려고 뒤로 물러섰다.

"대형 건설사 비리 사건을 둘러싸고 정재계 인사들이 속속 체포되는 와중에 의혹의 중심에 선 노구치 스스무 중의원이 아침 조회를 마치고 곧 나올 예정입니다. 정계 재편으로 뒤흔들렸던 1994년도 얼마 남지 않은 이 시기에 국회가 폐회하면서 의혹도 함께 수면 아래로 가라앉게 될까요."

건설대신을 맡았던 거물 정치인이 저지른 흔하디흔한 비리 사건. 대형 건설사로부터 5000만 엔이나 뇌물을 챙겼는데도 이 나라의 법은 고작 5만 엔짜리 벌금만 부과하고서 흐지부지 넘어갔다. 법률을 만드는 것이 역할인 일본의 국회의원들이 스스로를 엄벌에 처하는 법률만은 절대로 제정하지 않기 때문이었다.

안쪽 복도에서 건설부회 모임을 마친 의원들이 모습을 드러내기 시작했다. 처음에는 신진, 그 뒤에는 중진. 취재진이 자연스레 거리를 좁히며 원을 만들었다. 엘리베이터 홀에 노구치 의원이 모습을 드러내자 기자들이 일제히 둘러쌌다. 플래시 섬광과 비디오카메라 불빛이 인파의 중심에 선 정치가의 기름진 얼굴을 비췄다. 돈과 권력만을 갈구해 왔던 남자의 눈에서는 교만 외에 인간다운 감정은 하나도 깃들어 있지 않았다.

"곤도 건설로부터 받은 헌금 때문에 비서가 임의 사정청취를 받은 것으로 알고 있습니다만."

취재진이 마이크와 테이프리코더를 무수히 많이 들이댔는데도 환갑이 지난 국민의 대표는 전혀 동요하지 않고 체형에 어울리는 걸걸한 목소리로 말했다.

"비서한테 검찰 조사에 협력하라고 지시했소."

"현금을 수수했다고 인정했습니까?"

"자네는 듣기 거북한 발언을 하는군."

노구치가 언짢아하며 말했다.

"기부를 받았다는 건 인정했네. 비서도 기부금의 상한액을 초과했다는 걸 깜빡했나 보더군."

"5만 엔이라는 벌금 액수는 어떻게 생각하십니까?"

"법대로 처벌을 받았다는 것 말고 무슨 할 말이 더 있겠나? 검찰이 내린 처분을 묵묵히 따를 뿐이야."

판에 박힌 질문과 그것을 얼버무리는 정치인. 기자단 바깥에서 메모를 하던 마쓰다의 눈에는 모든 것이 허울뿐인 세리머니처럼 비쳤다. 요시무라가 뭘 하는지 고개를 내밀어 보니 기자단 바깥에서 카메라를 위로 들어 올린 채 플래시 섬광을 쉴 새 없이 쏘아 대고 있었다.

"도의적인 책임은 느끼지 않으신다는 말씀입니까?"

귀에 익은 목소리가 추궁했다. 여성 프리 저널리스트였다.

이내 노구치의 목소리에 가시가 돋쳤다.

"무슨 책임 말인가?"

"국민께 더 성실히 설명해야 할 의무가 있다고 생각합니다만."

"이 자리에서 설명하고 있지 않은가. 자네, 내 말 안 들었나?"

마쓰다는 압력을 느꼈다. 노구치가 질문자를 다그치고 있는지 인파가 이쪽으로 움직였다. 옆으로 비키려고 했으나 캔 음료 자동판매기에 퇴로가 막혔다.

"방금 그 설명으로 충분하다고 생각하십니까?"

"그래, 물론이지. 부족하다면 뭐가 부족한지 한번 말해 보게."

마쓰다는 밀려드는 기자단과 자동판매기 사이에 끼여 옴짝달싹도 하지 못했다. 자동판매기 모서리가 옆구리를 강하게 압박해서 당장에라도 갈비뼈가 부러질 것 같았다. 두 팔로 쭉 밀어서 공간을 확보하려고 했지만 수십 명이나 되는 사람들을 밀쳐낼 만한 괴력은 없었다.

"의원직을 사퇴할 만한 사건이라고 생각하지는 않으십니까?

다른 회사에서도 이런 부정한 헌금을 받은 사실이 없습니까?"

"부정하다니 뭐가! 작작 좀 하게! 자넨 날 범죄자라고 단정 짓고 있지 않은가!"

"노구치 씨! 노구치 씨!"

기자들의 노성에 가까운 목소리가 소용돌이쳤다. 기자단이 마쓰다를 짓눌렀다. 그는 "으악!" 하고 비명을 흘리더니 몸을 비틀며 자리에서 쓰러졌다. 묵직한 구둣발 소리가 머리 옆을 스쳐 지나갔다. 짓밟히지 않은 것만으로도 다행이라고 여겼다.

욱신거리는 오른쪽 옆구리를 부여잡으며 마쓰다가 비틀비틀 일어서자 엘리베이터 문 너머로 비리 정치인의 모습이 막 사라졌다. 수축했던 취재진의 원이 구심력을 잃더니 불만 섞인 웅성거림과 함께 홀 전체에 퍼져 나갔다.

"마쓰다 씨, 괜찮습니까?"

요시무라가 달려왔다. 스무 살이나 어린 카메라맨이 자리를 잡느라 어찌나 치열하게 다퉜는지 뺨에 멍이 다 생겼다.

마쓰다는 코트에 묻은 먼지를 털고서 헝클어진 머리를 매만졌다. 메모장과 볼펜을 주울 때는 비참한 기분이 치밀었지만, '남들 눈에는 우스꽝스러운 코미디가 아닌가.' 하고 스스로를 달랬다. 그저 어릿광대 역할을 연기했을 뿐이었다. 희극 배우가 비극의 주인공보다는 나았다.

마쓰다는 오후가 되어 근무지인 출판사에 얼굴을 비쳤다. 본인의 왜건을 타고 왔던 요시무라가 편집부까지 함께 가지 않겠느냐고 권했지만, 사양하고서 근처 찻집에서 시간을 때웠다. 아내가 사망한 이후에 가정을 내팽개쳐야 할 정도로 바빴던 일에 염증을 느끼고서 신문사를 나왔으나 쇠락해진 기력은 회복되지 않았다. 상실의 아픔은 그만큼 파괴적이었다.

《월간 여성의 친구》의 발행처인 슈분칸(秋文館)은 전쟁 전부터 운영되던 유서 깊은 출판사로, 사옥은 지요다구 반초 지역에 자리한 낡아 빠진 빌딩이었다.《월간 여성의 친구》편집부는 4층에 있는데, 편집장을 포함한 스무 명의 직원들이 그곳을 드나들었다. 이 중에서 슈분칸의 정사원은 3분의 1 정도이고, 나머지는 1년 단위로 계약을 맺는 취재기자와 카메라맨, 그리고 최종적으로 기사를 집필하는 '앵커맨'이라 불리는 라이터들이었다.

마쓰다가 뉴스반 취재기자에게 배정된 책상에 앉아 앵커맨에게 제출할 데이터 원고를 정리하고 있으니 데스크를 맡은 나카시니가 안쪽에서 손짓을 했다. 저 야윈 남자가 기자들의 통솔자이자 마쓰다의 직속 상사였다. 일반 기업이라면 차장에 해당하는 직위겠지만, 매스컴 업계에서 '데스크'라 불리는 이유는 본인은 취재하러 나가지 않고 늘 책상에 앉아 있기 때문이었다.

마쓰다가 다가가니 나카니시 데스크는 자기보다 나이 많은 부하를 올려다보며 말했다.

"편집장님께서 용건이 있다고 합니다."

그가 가리킨 벽 쪽 응접 소파에서 편집장 이자와 쓰토무가 차를 마시고 있었다. 충전물이 삐져나온 그 소파는 여성 잡지사의 긴 역사와 함께 현재 매출을 잘 보여 주고 있었다.

마쓰다는 불길한 예감이 들었다. 이자와는 마쓰다에게는 은인이었다. 뭔가 폐를 끼치지 않았기를 바라면서 응접 소파로 향했다.

이자와 편집장이 드디어 온 마쓰다에게는 눈길조차 주지 않고, 턱짓으로 맞은편 소파를 가리키며 말했다.

"앉아서 텔레비전이나 봐."

정년이 몇 년밖에 남지 않은 베테랑 편집자. 풍채가 두둑하고 정장 바지를 멜빵으로 고정해 났다. 곱슬거리는 머리카락은 서리라도 내려앉은 것처럼 허옇지만, 까무잡잡한 피부에는 직업인으로서의 정력이 깃들어 있었다.

마쓰다는 이자와가 권하는 대로 함께 담배를 피우면서 텔레비전 화면을 들여다봤다. 오후 뉴스 프로그램이 여당 본부 빌딩의 상황을 전하고 있었다. 쇄도하는 기자단. 쉴 새 없이 섬광을 쏟아 내는 카메라들. 추궁을 얼버무리다가 돌연 노성을 지르며 공갈하는 비리 정치인. 정치인과 그 관계자들이 걸어 나가자 혼돈과도 같았던 현장이 한순간 고요해졌다. 바로 그때 "으악!"하고 우스꽝스러운 비명이 울려 퍼졌다.

이자와가 입을 열었다.

"방금 어떤 어벙한 기자가 '으악!' 하고 외쳤군."

촌극을 즐겨 주는 관객이 이 자리에 있었다. 마쓰다는 애써 웃어 보이는 게 고작이었다.

"열심히 취재했다는 증거겠죠."

이자와도 웃음을 흘리며 물었다.

"마쓰 씨, 아직도 예전 컨디션을 되찾질 못했나?"

"제 딴에는 열심히 한다고 하는데."

"그래?"

이자와가 의심스러운 목소리로 말했다.

"여기 원고용지는 익숙해졌나? 여성지 특유의 용어는 몸에 뱄고? 인기 탤런트가 갑자기 약혼을 발표한다면 뭐라고 쓸 텐가?"

"'갑작스러운 약혼 발표'가 아닐까요?"

전직 신문기자인 마쓰다가 대답했다.

"'전격 결혼'일세."

여성지 편집장이 수정했다.

"내년 4월부터 우리 잡지사도 수기 원고 대신에 반드시 워드 기기로 기사를 작성하기로 방침이 바뀌었네. 더불어서 삐삐를 폐지하고 휴대전화를 지급하자는 얘기까지 나오고 있지. 변화에 재빨리 대응하지 않으면 먹고살 수 없는 세상이 됐어. 내 말 알겠나?"

마쓰다는 고개를 끄덕였다. 이자와가 무슨 용건으로 불렀는지 알았다. 《월간 여성의 친구》는 전쟁 전부터 발행처인 슈분칸의 간판 잡지로서 자리매김해 왔다. 그러나 80년대에 접어들면서 시대에 뒤떨어지는 감이 풍기더니 발행부수가 서서히 떨어지기 시작했다. 그래서 그라비아* 부문을 늘리거나 연예 가십을 다루는 등 경쟁하는 여성 잡지사와 비슷하게 편집 방침을 전환했다. 그러나 매출을 회복하는 특효약이 되지 못하고, 90년대에 들어서는 적자를 내는 달이 늘어났다. 그럼에도 끈질기게 존속할 수

---

* 젊은 여성의 사진, 동영상, 그러한 사진들을 주로 싣는 잡지 등을 가리키며 원래는 인쇄 방식을 일컫는 용어다.

있었던 이유는 버블 경제가 붕괴한 이후에도 출판업계만은 호황을 유지했기 때문이었다. 문예를 비롯해 잘 팔리는 장르가 적자를 메워 준 덕분이었다. 그러나 편집부는 전력감이 아닌 기자까지 떠안고 있을 정도로 여유롭지 않았다.

"자네와의 계약은 앞으로 두 달이면 끝나."

편집장이 말했다.

"슬슬 제 실력을 발휘해 주지 않으면 나도 더는 못 감싸 주네."

신문사를 관둔 마쓰다가 이 잡지사에 다시 취직할 수 있었던 것은 이자와 덕분이었다. 두 사람은 각각 신문기자와 잡지 편집자로서 20년 전부터 알고 지내 왔다. 그래서 유서 깊은 월간지의 편집장이 된 이자와가 그 인연으로 "우리 잡지사에서 글 좀 써 볼 텐가?" 하고 권했다. 당초에 마쓰다는 앵커맨으로서 채용됐으나 금세 난관에 부딪혔다. 신문과 여성지는 기사의 문체가 너무 달랐다. 짧은 문장을 연달아 붙여서 사실만을 적어 나가는 신문기사와 달리 여성지에서는 온갖 기교를 구사하여 독자의 관심을 다음 장으로 쭉쭉 이끌어 나가야 했다. 전문적인 기량을 갖추지 않는다면 그런 문장을 쓸 수가 없었다. 하루아침에 터득할 수 있는 스타일은 아니었다. 결국 마쓰다는 써먹지도 못할 원고를 몇 장 쓴 뒤에 이내 다른 곳에 배치됐다. 사회부 유군기자였던 경험을 살려서 현장을 취재하러 나가게 된 것이다.

"폐를 끼쳐서 죄송하군요."

"사과는 잘리고 나서 하도록 해. 지금은 일을 하게."

"예."

이자와는 마쓰다를 엄습했던 가족의 불행은 언급하지 않고 철저히 일 이야기만 했다. 마쓰다는 내심 고마웠다.

"일 얘기네만, 노구치의 뇌물 수수 건이 더 진전될 것 같나?"

"아뇨."

"이유는?"

"이유는……."

마쓰다가 잠시 뜸을 들이다가 말을 이었다.

"노구치가 문제의 그 건설사한테 편의를 봐줬다는 흔적을 찾아내지 못했기 때문입니다. 그래서 뇌물죄를 묻지 못하고, 기부금 상한액을 초과했다는 부분만 기소하고서 끝냈습니다. 부정한 헌금 5000만 엔을 받은 노구치에게 검찰이 내린 처벌은 고작 벌금 5만 엔."

"그 밖에 그 인간이 담합 사건에도 관여했다는 의혹이 있는 걸로 아는데."

이자와가 마치 시험관처럼 물었다.

"에이코 건설 사건 말이군요. 그 담합 사건 때 공정거래위원회가 고발을 보류하도록 노구치가 압력을 행사한 건 분명합니다만, 애당초 돈을 받았다는 게 확인되지 않아서 아무런 죄도 물을 수가 없습니다."

그것은 마쓰다 본인이 취재한 내용이 아니라 다른 미디어 기사들을 요약한 것에 불과했다. 이번에 오랜만에 정계를 취재하면서 마쓰다는 정보를 캐낼 수 있을 만한 몇몇 곳과 접촉해 봤지만, 취재원들이 하나같이 건성으로 대꾸할 뿐이었다. 신문사라는 명함을 손에서 놓은 시점에 이미 그들의 네트워크에서 제외됐기 때문이었다. 정보망이란 정보라는 화폐를 갖고 있는 사람만이 참가할 수 있는 폐쇄적인 거래소이며, 교환된 정보는 권력과 반권력, 공익과 사익, 선전과 중상모략, 영리 활동과 불법 축재 등에 이용된다. 가지지 못한 자가 얻을 수 있는 것은 아무것도 없었다. 그러나 그때 마쓰다는 분통을 터뜨릴 만한 기력이 이미 남아 있지 않았다. 원래 다 그런 법이라며 기묘한 논리로 납득할 뿐이었다. 이것이 자신의 인생이 다다른 막장이라고.

팔짱을 끼고 설명을 듣던 이자와가 "알겠네." 하고 말했다. 떨떠름한 말투에서 마쓰다의 일솜씨가 영 마뜩잖다는 불만이 전해졌다.

"이 건은 오늘 데스크 회의에서 채택하지 않겠어. 자네는 메인 특집반으로 옮기도록 해."

"예."

이자와가 일어서서 나카니시 데스크를 부르고는 말했다.

"얘기 다 됐네. 마쓰다한테 그 취재를 발주하도록. 앵커맨도 맡길 테니 그리 알고."

"그거 다행입니다."

"또 하나, 이례적인 조치라서 미안하네만, 앞으로 두 달 동안 마쓰다는 내 직속으로 데리고 있겠네."

"괜찮습니다."

골칫거리를 털어 냈다는 기쁨이 나카니시의 입가에 맺혔다.

마쓰다가 데스크에게 물었다.

"제가 뭘 하면 됩니까?"

"젊은 기자가 낸 기획이에요. 당사자가 취재를 해야겠지만 교통사고를 당해 입원한 바람에."

"회의실로 가지."

이자와가 마쓰다에게 권했다.

복도를 끼고 맞은편 회의실에 들어가니 구도라는 신입 편집부원이 대기하고 있었다. 넓은 탁자에는 8밀리 영화용 영사기가 놓여 있었다. 가정용 비디오카메라가 널리 보급된 현대에는 더 볼 수조차 없게 된 낡은 기계였다. 시대에 뒤처져 사람들의 삶에서 사라지려 하는 공업 제품을 보고서 마쓰다는 어렴풋하게 애착을 느꼈다.

자리에 앉으니 나카니시 데스크가 투고 편지 다발을 내밀었다. 각 봉투마다 포스트잇이 붙어 있었다. 편집자의 친필로 '심야의 수상한 소리', '학교 화장실의 환영', '유원지 안에서 사라진 손님' 등등이 적혀 있었다.

"이게 뭡니까?"

"유령담이야."

이자와가 대답했다.

"독자들이 투고한 편지 중에서 신빙성이 있는 걸 추려 뒀네. 자네가 심령 소재를 취재해 줬으면 하네."

"심령 소재?"

일본에서는 괴담이라고 하면 여름의 전유물쯤으로 취급하지

만, 여성지에서는 계절을 가리지 않고 늘 다뤄 왔다. 독자의 공포
심이나 위기감을 부추기면 잡지 매출이 늘어나기 때문이었다.

"하지만."

마쓰다가 소심한 저항을 시도했다.

"1월 발매호의 메인 주제는 '매혹적인 영국 특집' 아니던가
요?"

"맞아. 오래된 도시 런던의 아름다운 거리, 신사숙녀의 세련된
패션, 앤티크 가구에서 즐기는 우아한 티타임, 그리고 퀸의 음악
소개까지. 연초를 장식하기에 딱 어울리는 매력적인 특집이지."

"거기에 왜 뜬금없이 심령 소재를 넣으려는 겁니까?"

"영국과 일본에는 의외로 공통점이 있거든. 두 나라 모두 유령
담이 많아."

나카니시가 첨언했다.

"그래서 두 나라의 유령 실화를 비교해 보자는 얘기가 나와서
요."

"두 나라 모두 죽은 인간이 배회하기에 딱 좋은가 보군요."

마쓰다가 비꼬듯 대꾸했다.

"투고 편지는 이따가 살펴봐 주시고 우선 8밀리 영화부터 봐
주세요. 독자가 보낸 괴기 영상입니다."

나카니시가 구도에게 신호를 주자 이내 실내등이 꺼지더니 회
의실 하얀 벽에 영사기 빛이 투영됐다.

"대학교 철도 동아리에 소속된 학생이 시모키타자와역 승강장
에서 촬영한 영상입니다."

마쓰다는 흥미가 일어 영상을 유심히 쳐다봤다. 촬영자인 학생이 승강장 끝에 서서 저 멀리 뻗어 나가는 상하행선 선로를 화면에 담고 있었다. 약 100미터 간격을 두고서 두 건널목이 선로와 교차되듯 깔려 있었다. 하늘에서 내리는 부드러운 빛이 풍경 전체를 감싸고 있어서 괴기스러운 분위기는 터럭만큼도 느껴지지 않았다.

"문제는 저 멀리 있는 건널목일세."

이자와가 말했다.

"잘 보게."

줌으로 끌어당긴 영상은 다소 흔들리기는 했지만, 건널목을 명료하게 담고 있었다. 화면 안쪽 커브에서 열차가 나타난 순간, 건널목 안에서 무언가 뿌연 것이 떠오르더니 증기처럼 흔들리다가 몇 초 만에 사라졌다. 열차는 별일 없다는 듯 문제의 건널목을 통과하여 시모키타자와역으로 달려갔다.

마쓰다는 김이 샜다.

"방금 그게 뭡니까?"

"유령이야."

이자와가 단언했다.

"필름에 난 흠집이나 어설픈 속임수 촬영, 그런 거 아닙니까?"

"아니, 유령임에 틀림없어."

이자와가 웃으면서 강변했다.

"다시 한번 돌려 주게."

그 말에 구도가 필름을 되돌려 같은 장면을 틀었다. 지면에서

1미터쯤 떨어진 허공에서 뿌연 아지랑이 같은 무언가가 나타났다. 굳이 따지자면 위쪽이 어두워서 머리처럼 보이는 듯도 싶지만, 사람처럼 생겼다고 단언하기는 어려웠다.

"제 감상은 똑같군요."

"그런가? 하지만 이와 동일한 사례가 또 있네."

이자와가 실내등을 켜게 한 뒤 따로 빼놓은 한 통의 봉투에서 사진을 꺼냈다.

"다른 독자가 보내온 사진이네. 촬영 장소는 8밀리 영상과 동일한 시모키타자와 3호 건널목."

마쓰다는 사진을 보고서 한기를 살짝 느꼈다. 사진 속에는 노부인과 손녀로 보이는 여자아이, 그리고 두 사람 발치에 앉아 있는 강아지가 찍혀 있었다. 그리고 바로 뒤쪽 건널목에는 마치 우연히 찍힌 통행인 같은 여성의 옆모습이 담겨 있었다. 그런데 그 인물은 허리 아랫부분이 없었다. 흉곽 위쪽 부분, 즉 신체의 4분의 1만이 허공에 뜬 것처럼 촬영되어 있었다.

"투고한 사람은 평범한 주부인데, 촬영 당시 주변에 아무도 없었다더군."

마쓰다는 사진에 찍힌 긴 머리 여자의 옆얼굴을 물끄러미 쳐다봤다. 사진 속에서 그 인물만이 색감이 흐릿하고 윤곽이 뿌옜다. 그러나 홀쭉한 얼굴에 깃든 망연한 표정이 또렷이 보였다. 나이는 20대로 추정되는데, 젊은이에게서 으레 풍기는 생기 따윈 엿보이지 않았다. 마치 그 여자만이 허무의 세계에 표백되어 있는 듯했다. 기자로서 버릇처럼 이 인상을 표현할 만한 단어를 찾던 마쓰다는 다시금 오싹해졌다. 사진 배경에 떠 있는 여자는 '망자'였다.

"이건 시쳇말로 말하자면 심령사진 같은 겁니까?"

"맞아. 나도 처음 봤을 때는 깜짝 놀랐지."

"필름이 겹쳐진 거 아닐까요?"

"진위를 조사하는 것도 자네 일이야."

'설령 가짜일지라도…….' 마쓰다는 생각했다. 아니, 틀림없이 가짜일 테지만, 아주 잘 만들어졌다. 적어도 보는 이의 시선을 빼앗고, 기분을 으스스하게 하는 효과만은 충분했다.

"이상한 얘기 아닙니까?"

나카니시가 말했다.

"전혀 연고도 없는 두 독자가 같은 건널목에서 유령 같은 실루엣을 촬영했습니다. 단지 그 사실만으로도 기삿감이 되죠. 어떻습니까? 의욕이 좀 생깁니까?"

어차피 마쓰다는 이 취재를 맡을 수밖에 없었다.

"어떻게든 해 보죠."

"부탁함세."

이자와가 만족스레 말했다.

그 이후에 그들은 취재 방침을 의논했다. 건널목 건뿐만 아니라 신빙성이 높다고 판단한 세 통의 편지도 취재하기로 했다. 심령사진은 영능력자에게 진위를 감정해 달라고 부탁하기로 했다.

"하지만 영능력자한테 진위 감정을 부탁한들 그 사람이 가짜라면 어떡합니까?"

마쓰다가 지극히 타당한 의문을 내비쳤으나 그 자리에서 묵살됐다.

구도가 말했다.

"영능력자를 수배하는 건 마쓰다 씨한테 맡기겠습니다."

"잠깐만. 영능력자가 전화번호부에 실려 있던가?"

"실려 있습니다."

편집자가 즉답하고서 워드프로세서로 작성한 명부를 내밀었다. 열 명쯤 되는 사람들의 이름과 연락처가 인쇄되어 있었다.

"괜찮으시다면 이 중에서 적당히 물색해 주세요. 전임자가 만든 목록입니다."

심령사진을 감정하려면 비용이 얼마나 드는지 짐작조차 되지 않았다. 마쓰다는 취재비를 얼마나 책정해야 할지 고민하며 목록 쪽으로 손을 뻗으려다가 불현듯 멈추고는 나카니시 데스크에게 물었다.

"전임자가 있다고 했던가요?"

"예."

"교통사고를 당해 입원했다고 했죠?"

"그렇습니다. 이 기획이 플랜 회의에서 결정된 그날에."

"참 운도 없는 녀석이야."

그렇게 말한 이자와는 마쓰다가 미간을 찡그리든 말든 쾌활하게 웃었다.

여러 취재처와 약속을 잡는 데 밤까지 시간이 걸렸다. 그 밖에도 별건으로 담당하던 기획인 '남편 조종법'에 관한 얘기도 주선 해야 해서 마쓰다는 전화기를 붙잡으며 오후 대부분을 보냈다.

심령사진의 감정을 의뢰할 때는 당황했다. 스스로를 영능력자 의 남편이라 밝힌 인물이 전화를 받아서는 "스케줄상 감정을 마 치기까지 2주쯤 걸립니다." 하고 말했다. 연말에 진행하는 이번 기사는 마감일이 평소보다 빨랐다. 2주라는 시간은 아슬아슬했 다. 교섭한 끝에 마쓰다는 기간을 '열흘 정도'로 단축하는 데 성 공했다. 감정료는 3000엔으로 선불이었다. 게다가 묻지도 않았 는데 돈을 보낼 은행 계좌를 먼저 알려 왔다. '영능력자에게도 수완 있는 매니저가 필요한 시대구나.' 하고 마쓰다는 탄식했다.

감정용 사진을 복사하기 위해 지하 1층 카메라실에서 요시무 라를 불렀다. 이번 심령 소재 취재도 이 호인과 함께 하게 됐다.

"이런 사진을 복사했다가는 부정을 타지 않을까요."

요시무라가 가벼운 농담을 던지며 심령사진을 갖고 갔다.

그 후에 요시무라는 전혀 부정을 타지 않고 사진 복사본을 만 들어 줬다. 마쓰다는 9시에 업무를 마감하고서 편집부를 나섰다.

귀가하는 전철 안에서 노곤한 몸을 좌석에 기댄 채 현재 자신 이 어떤 상황이 처했는지 생각했다. 오늘 이자와 편집장의 발언 으로 미루어 보아, 아마 기자 생활을 계속할 수 있는 시간은 앞 으로 두 달쯤 남았겠지. 프리랜서에게는 실업보험이 없으니 그 이후에는 수입이 사라진다. 더욱이 불운하게도 민간 기업의 정 년이 55세에서 60세로 연장되면서 연금을 처음 타는 시기도 그 만큼 미뤄졌다. 이대로는 연금생활자가 되기 전에 저금이 바닥을 드러낼 판이었다. 그러나 여태껏 평생 취재만 해 온 54세 전 직 신문기자가 무엇을 할 수 있을까. 산만한 머리로 밥벌이 방법 을 계속 고민했지만, 좋은 방안은 전혀 떠오르지 않았다.

직장을 떠난 지 약 30분 만에 메구로구에 소재한 자택 맨션에 도착했다. 5층 중간쯤에 마쓰다의 방 두 개짜리 집이 있었다. 평 일 밤에 귀가할 때마다 늘 그곳 창문만이 어둡게 가라앉아 있었 다. 결혼과 동시에 입주한 집으로, 부부 사이에 아이가 생길 때까 지만 임시로 살 작정이었다. 왜냐면 근처에 흐르는 메구로가와 강으로 생활하수가 늘 쏟아져서 양호한 환경이라고 할 수 없어 서였다. 그러나 하천 정화 사업이 진행되면서 지역 주민을 고민 케 했던 악취가 줄어들었지만, 가족은 늘지 않았다. 그리고 아내 에게 그 집은 임시 거처가 아니라 마지막 거처가 되고 말았다.

칠이 다 벗겨진 우편함을 들여다보고서 전광 표시판이 뿌예진 엘리베이터에 탈 때마다 마쓰다는 원통했다. 어째서 아내에게 더 나은 보금자리를 선사해 주지 못했는가. 아내의 인생은 고작 47년밖에 되지 않았건만.

현관문을 열고서 불 꺼진 실내에 들어가니 심령 소재 취재를 수락했음이 떠올랐다. 자조하는 웃음이 절로 지어졌다. 마쓰다 는 이 세상에 유령 따윈 없다는 것을 너무나도 잘 알았다. 그가 줄곧 아내의 영혼을 찾아 헤맸기 때문이었다. 설령 모습은 보이 지 않을지라도 기척만이라도 좋다며 아내가 아직 곁에 있다는 흔적을 계속해서 갈구했다. 밤중에 귀가하는 남편을 맞이하고자 다가오는 슬리퍼 소리를, 거실에서 홀로 술을 마실 때 욕실에서 들려오는 물소리를, 한밤중에 눈이 떠졌을 때 바로 옆에서 들려오는 평온한 숨소리를.

집 안은 아내가 살아 있었을 때와 전혀 달라진 게 없었다. 거실 구석에 놓여 있는 책상도, 옷장 속 정장도, 반지와 글라스펜과 티 세트까지, 아내가 소중히 여겼던 물건들을 하나도 처분하지 않고 남겨 뒀다. 살아생전에 아내는 이 세상에 있는 귀여운 것과 아름다운 광경을 발견할 때마다 눈빛을 반짝였다. 그녀가 언제든지 돌아올 수 있도록, 애지중지하던 물건들이 사라졌다며 슬퍼하지 않도록 맞이할 준비를 늘 갖춰 놨다. 사별한 직후에는 아내가 집 안에 있는 것 같은 착각이 자주 들었지만, 그 감각도 세월과 함께 어느새 사라졌다. 그리고 아내는 어디론가 떠난 채로 두 번 다시 마쓰다의 곁으로 돌아와 주지 않았다.

귀갓길에 사 온 도시락과 캔 맥주가 담긴 봉투를 부엌 식탁에 올려 두고서 "다녀왔어." 하고 인사하자 안쪽 불단에 놓인 영정 속 아내가 미소로 응했다.

마쓰다는 홀로 나무젓가락으로 도시락을 느릿느릿 먹다가 이상하다는 생각이 들었다. 사람에게 혼 따위가 없다면, 이 세상에 표류하는 영혼 따위를 믿지 않는다면, 고인이 묻힌 묘지나 영정 앞에서 고개를 숙일 때마다 대체 누구에게 말을 거는 것인가.

그날 밤은 심야 뉴스 프로그램을 보고서 위스키의 힘을 빌려 침대에 누웠다. 졸음이 의식을 뒤덮기 시작했을 즈음, 거실에 있는 전화기가 울렸다. 머리맡에 있는 시계를 보니 오전 1시 3분이었다. 신문사에 몸을 담았을 때였다면 뛰쳐나갔을 테지만, 지금은 이제 아득바득 일할 필요가 없었다. 마쓰다는 포근해지기 시작한 이불 속에서 받지 못한 척하기로 했다. 만약에 편집부의 긴급 연락이라면 곧 삐삐가 울리겠지.

전화벨 소리가 멎고서 부재중 전화 기능이 작동하자 30초 동안 무음이 녹음되다가 끊어졌다. 장난전화였나 보다.

얕은 잠에 빠지기 전에 마쓰다는 신혼의 추억에 잠겨 있었다. 아내가 있는 이 좁은 침실이 이 세상의 전부라고 생각했던 나날. 세게 끌어안으면 두 사람의 몸이 하나로 녹아들지 않을까 시도해 봤던 젊은 시절을.

2장

이튿날 아침, 약속 장소인 미타카역에 가니 개찰구에서 요시무라가 기다리고 있었다. 스포츠맨 같은 인상을 풍기는 이 사진가는 1년 전까지만 해도 같은 출판사의 여성 패션지에 소속되어 모델들을 촬영하던 별종이었다. 마쓰다가 왜 보도 부문으로 옮겼느냐고 물었더니 "이쪽이 성미에 더 맞는 것 같아서요." 하고 대답했다. 요시무라의 말에 따르면 같은 카메라맨일지라도 촬영하는 대상이 달라지면 전혀 다른 직업처럼 느껴진단다. 요시무라는 열의를 담아서 "제 적성은 보도입니다." 하고 말했다. 그러나 이내 미련이 희미하게 묻어 나오는 말을 덧붙였다. "여자들이 예뻐서 찍는 재미가 있긴 했지만요."

요시무라가 개찰구에서 마쓰다를 맞이했다. 심령 소재를 취재하러 나서는 길인데도 의욕이 왕성했다. 그가 웃으면서 묵직한 카메라 가방을 둘러메고서 말했다.

"그럼 유령을 찾으러 가 볼까요."

"확실히 찍어 주라고."

마쓰다가 대꾸했다.

"패션지에서 갈고닦은 솜씨로."

첫 취재 장소는 주택가에 있는 맨션이었다. 마쓰다가 휴대용 지도를 보면서 걷고 있으니 옆에서 요시무라가 말했다.

"예전에 잡지에 실린 어느 사회학자의 이야기를 읽었던 적이 있는데요."

"사회학자?"

"예. 유령이나 초능력 같은 이야기가 늘어나는 건 사회 정세가 점점 불안해지고 있다는 증거래요. 70년대에 오컬트 붐이 일었을 때도 베트남 전쟁부터 오일 쇼크까지 여러 사건이 있었잖습니까."

"그러게. 지금은 세기말이고 버블 경제도 붕괴했으니까."

마쓰다가 적당히 말장구를 쳤다. 유령담이 많이 나도는 영국과 일본의 국민은 늘 불안감을 품고 사나 보다.

목적지인 맨션은 다마가와 상수도와 가까운 구역에 있었다. 자못 중산층 가정이 좋아할 만한 별 특징도 없는 집합주택이었다.

엘리베이터를 타고서 3층으로 올라가 투고 편지에 적힌 집의 인터폰을 누르자 이내 문이 열렸다. 안에서 화려하게 화장한 마쓰다와 동년배로 보이는 여성이 나왔다. 명품으로 보이는 옷을 몸에 두른 채 가슴에는 페르시안 고양이까지 안고 있었다.

"어제 전화를 드렸던《월간 여성의 친구》직원입니다."

마쓰다와 요시무라가 자기 소개를 하자 여성이 한껏 기뻐하며 말했다.

"기다리고 있었어요. 어서들 들어오세요."

그녀는 기자와 카메라맨을 거실로 안내한 뒤 막 끓인 커피를 고급스러운 컵에 담아서 대접했다. 그러고는 두 사람이 담당하는 월간지에 대한 찬사를 장황하게 늘어놓기 시작했다.

"그나저나 사모님."

마쓰다는 투고 편지가 채택되어 들떠 있는 상대방의 기분이 상하지 않도록 부드럽게 본론으로 들어갔다.

"밤이 되면 사람이 없는 방에서 수상한 소리가 들린다고 하셨는데."

"그래요. 얼마나 무서운지 몰라요. 아, 기사로 내보낼 때는 익명으로 부탁드릴게요. '주부A'라고 하면 어떨까요?"

"좋지요."

요시무라가 애용하는 니콘 카메라를 들고서 증언자의 옆모습을 찍으려고 하자 주부A가 이내 렌즈 쪽으로 고개를 돌리더니 미소를 지었다. 요시무라는 무심코 셔터 버튼을 누르고 말았다.

"수상한 소리가 들리는 방이 어딥니까?"

"모든 방에서 들려요. 뭔가가 바스락거리며 돌아다니는 소리도 들리고, 나무젓가락을 쪼개는 것 같은 소리도 들려요."

한밤중에 아이가 컵라면이라도 먹은 게 아닌가 싶었지만, 마쓰다는 굳이 말하지 않았다.

"그럼 다른 방을 둘러봐도 될까요?"

"물론이에요."

주부A가 고양이를 놔주고서 일어섰다.

거실 옆에는 다이닝 키친이 있었고, 그 밖에도 방이 두 개 있었다. 그중 하나는 부부의 침실이고 나머지 방은 아이가 쓴다고 했다. 요시무라가 허락을 구하여 두 방을 촬영하며 돌아다녔다. 두 방 모두 볕이 잘 들어서 유령이 나올 만한 수상한 사진이 찍힐 것 같지는 않았다.

주부A가 프로 카메라맨이 작업하는 모습을 흥미진진하게 지켜보면서 말했다.

"근데 말이죠. 정체는 알고 있어요."

"정체라니요?"

"괴물의 정체 말이에요."

취재 대상이 마치 유령의 귀에 들어가서는 안 된다는 듯이 목소리를 낮췄다.

"옆집 사람의 말에 따르면 우리가 이사 오기 전에 이 집에 아픈 아이가 살았대요. 아마 그 아이가 죽고서 영혼만이 여기에 남겨진 게 아닐까요? 내 추리 어때요?"

기사를 어떻게 정리해야 할지 고민하던 마쓰다는 주부A가 보여 준 거창한 상상력에 감탄했다. 주민과 나눈 담화를 기사로 내보낸다면 거짓 기사라고 비난을 받을 우려는 없으리라.

"그럴듯한 생각입니다."

"그쵸?"

주부A가 의기양양해했다.

그때 요시무라가 끼어들었다.

"잠깐, 괜찮을까요?"

그러더니 카메라맨은 묘하게 진지한 얼굴로 물었다.

"이상한 소리가 들리지 않습니까?"

"소리?"

"들어 보세요."

요시무라가 작은 소리로 말했다.

마쓰다와 주부A가 입을 다물고서 침실 쪽으로 귀를 기울였다. 요시무라의 말대로 분명 반쯤 열린 문 너머에서 무언가를 할퀴는 것 같은 소리가 새어 나왔다.

주부A의 뺨에서 핏기가 싹 가셨다.

"저 소리예요!"

마쓰다와 요시무라가 서로의 얼굴을 쳐다봤다. 침실에 아무도 없다는 것을 방금 확인했다. 두 사람은 발소리를 죽인 채 문으로 다가간 뒤 눈짓을 보내며 채비를 했다. 요시무라가 카메라를 들고서 촬영할 태세를 갖추자 마쓰다가 문을 밀어젖혔다. 두 사람은 소리의 발생원을 좇아 시선을 이리저리 돌렸다. 침대 아래에서 고양이가 발톱을 갈고 있었다.

기자와 카메라맨의 입에서 한숨이 푹 새어 나왔다.

"아, 얘! 미미!"

주부A가 침실 안으로 뛰어들었다.

마쓰다가 파트너에게 물었다.

"사회학자라면 이걸 보고 뭐라고 했을까?"

요시무라가 대답했다.

"고양이의 소행이라고 했겠죠."

두 번째 취재 장소는 네리마구에 자리한 사립 고등학교였다. 마쓰다는 벌써 피로감이 몰려와 택시를 타고 싶었지만, 취재비가 빠듯하여 전철로 이동할 수밖에 없었다.

도중에 삐삐가 울려서 역 공중전화로 편집부에 연락을 했더니 수화기 너머에서 이자와 편집장이 말했다.

"마쓰 씨, 심령 소재 취재는 처음이지?"

"예."

"좋은 걸 알려 주지. 심령 소재 취재에는 비결이 있어. 현장에 사람들이 모여들거든 '보인다!' 하고 외치게."

"보인다?"

그 말을 외칠 기회가 금방 찾아왔다.

취재처인 학교에 도착하니 전화로 약속한 대로 학교 유령을 제보한 사람이 후문에서 기다리고 있었다. 고등학교 2학년 여학생이었다. 그 외에 세 친구도 함께 있었다.

여학생들의 이야기에 따르면 교정 구석에 설치된 낡은 화장실 안에서 소녀의 망령이 나타난다고 했다. 옛날에 그곳에서 한 학생이 자살했다는 소문도 나돌아서 평소에는 아무도 접근하지 않는다고 했다.

안내를 받아 실제로 그곳에 찾아갔다. 블록 담에 둘러싸인 화장실을 밖에서 보니 개인 칸과 소변기가 쭉 늘어선 통로가 어둠에 휩싸여 있어서 무언가가 나올 것 같은 분위기였다. 그러나 마침 점심시간이었기에 어느새 다른 학생들이 우르르 몰려와 요시무라의 카메라 앞에서 V사인을 들이밀기 시작했다.

"잠깐, 얘들아."

요시무라가 온건하게 물러나 달라고 했으나 소용없었다. 유령이 출몰한다는 소문이 나도는 화장실 앞에서 학생들이 북적거리며 밀지 말라고 외쳐 댔다. 이대로는 수습이 안 될 것 같아서 마쓰다는 하는 수 없이 변기 쪽을 보면서 외쳤다.

"보인다!"

그러자 구경꾼 여학생들이 짧은 비명을 질렀다. 남학생들도 웅성거렸다. "봤지?"라느니 "교복 입은 여자애 아니었어?"라는 말들이 빗발쳤다. 덕분에 목격 증언을 대량으로 얻을 수 있었다.

오후 수업이 시작되고 학생들이 교실로 돌아간 뒤에 취재 현장을 지켜보던 교사에게서 이야기를 들었다.

"이 화장실은 말이죠."

교사가 진실을 털어놨다.

"수업을 땡땡이치는 학생들이 숨어드는 곳이 돼 버렸거든요. 비행청소년들이 모여들지 않도록 전 주임선생님이 그런 괴담을 지어냈죠. 우와, 이런 소동이 벌어질 줄이야."

세 번째 취재 장소는 같은 구 안에 위치한 유원지였다. 그런데 이번 건도 보기 좋게 허탕을 치고 말았다. 투고 편지에 내부 지도가 그려져 있고 유령 출몰 지점이 화살표로 표시까지 되어 있었는데, 막상 가 보니 그곳은 '귀신의 집'이었다.

마쓰다와 요시무라는 오싹한 유령 그림이 그려진 간판 앞에서 맥없이 서 있다가 혹시 몰라서 매표소의 중년 남성에게 말을 걸어 봤다.

"여기서 유령이 나온다는 얘기가 있던데요."

"당연하지. 여긴 귀신의 집이니까."

입장객에게 표를 끊어주는 직원이 귀찮아하며 말했다.

마쓰다는 더 매달려 봤다.

"저희가 받은 편지 내용에 따르면 저녁에 혼자 방문한 여성 손님이 이 건물에 들어간 뒤로 두 번 다시 나오지 않았다고 하던데."

"그 유령이 여기서 아르바이트라도 하나 보지?"

지금까지 취재를 하면서 마쓰다는 유령담이 생성되는 기본적인 구조를 학습했다. 사실의 오인, 지어낸 이야기, 공포심에서 유래한 집단 심리나 출처를 알 수 없는 헛소문.

네 번째 취재도 어이없이 끝나리라 생각하면서 마쓰다는 요시무라와 함께 시모키타자와로 향했다.

약속 시각인 오후 4시에 두 투고자가 시모키타자와역 개찰구에 나타났다. 8밀리 영상을 촬영한 대학생과 심령사진을 보낸 마흔 살 주부였다. 둘 다 수수하고 진지한 인상을 풍기는 사람이었다. 서로 인사를 나누는 태도가 퍽 어색한 것이 영락없이 초면인 듯했다. 두 사람이 짜고서 장난을 쳤을 가능성은 없어 보였다. 그렇다면 결론은 딱 하나. 카메라 고장 등 어떤 요인으로 필름에 이상한 것이 찍혔고, 그 현상이 우연히 동일한 건널목에서 벌어졌기에 마치 심령 현상처럼 비쳤을 터였다.

마쓰다는 이 한심스러운 일을 속히 끝마치고 싶다는 일념으로 그들을 데리고서 역 안으로 들어갔다. 대학생은 하코네 방면으로 뻗어 나가는 하행선 승강장 끝에서 8밀리 카메라로 그 영상을 촬영했다. 실제로 그 지점에 서 보니 해 질 녘인데도 200미터쯤 떨어진 3호 건널목이 또렷하게 보였다. 때마침 통행인이 건널목을 지나고 있어서 그 영상에 찍힌 정체불명의 존재가 사람과 크기가 비슷하다는 것을 알 수 있었다.

"여기서 이렇게 카메라를 들고 있었습니다."

대학생이 실제로 사용했던 소형 8밀리 촬영기를 한 손에 들고서 당시 상황을 재현했다.

"삼각대가 없어서 카메라가 흔들리지 않도록 난관에 기댄 채로요."

증언자의 모습을 촬영하던 요시무라가 물었다.

"그거 좀 살펴봐도 될까요?"

대학생이 8밀리 카메라를 건네자 요시무라가 유심히 쳐다봤다.

"초점은 무한으로 됐습니까?"

"예."

"필름은 리버설 필름이죠?"

"그렇습니다."

요시무라는 주부에게도 촬영 장비에 관해 물었다. 카메라는 컴팩트 카메라였고, 필름은 '카메라 가게에서 파는 평범한 물건'

이라고 답했다.

대화를 듣던 마쓰다는 요시무라도 중요한 취재 대상임을 새삼스레 깨달았다. 프로 사진가는 그 8밀리 영상과 사진을 어떻게 봤는가. 이따가 의견을 들어 봐야만 했다.

요시무라에 이어 마쓰다가 촬영 당시 상황에 관해 세세히 질문했다.

주부는 3개월 전에 이 근처로 이사를 왔고, 자신의 어머니가 새집을 방문했을 때 주변을 안내하면서 그 사진을 찍었다고 했다. 한편 대학생은 소속된 철도 동아리에서 다른 회원들에게 보여 주기 위해 8밀리 카메라를 돌렸다. 두 사람은 입을 모아 촬영 당시에 건널목에는 수상한 물체가 하나도 없었다고 강조했다. 필름을 현상하기 전까지는 전혀 몰랐다고 했다.

주부가 겁먹은 투로 말했다.

"그 사진, 그쪽에서 처분해 주시면 감사하겠는데요. 갖고 있기가 영 꺼림칙해서."

"그러도록 하죠."

마쓰다가 상대를 안심시키듯 말했다. 적어도 이 사람은 거짓말을 하는 것 같지 않다고 생각하면서. 마쓰다가 요시무라를 돌아보며 확인했다.

"카메라 이상 때문에 보행자의 하반신만 찍히지 않는 경우가 있나?"

"없습니다."

요시무라가 바로 대답했다.

"정말로?"

"가능성은 제로입니다."

마쓰다는 내심 당황해하며 취재 대상에게로 다시 고개를 돌렸다. 그리고 주 목적인 심령 소재 이야기를 진행했다.

"그럼 저 건널목에 유령이 있다는 얘기를 들어 보신 적이 있습니까?"

"아뇨, 없는데……."

주부가 말을 끝맺지 못하고 골똘히 생각했다.

"없는데?"

마쓰다가 앞말을 재촉했다.

"한밤중에 전철이 몇 번인가 기적을 울리며 급정지한 적이 있었습니다. 전 집 안에서 소리를 들은지라 무슨 일이 벌어졌는지는 잘 몰라요."

아마 인명사고일 거라고 마쓰다는 생각했다.

대학생은 "이 부근에 살질 않아서 아무것도 모릅니다." 하고 대답했다. 그러나 철도 마니아답게 마지막에 관련 정보를 제공했다.

"철도 세계에는 괴담 같은 얘기가 의외로 많아요."

"자살 사례가 많아서?"

"그것도 그렇지만, 일본에서는 메이지 시대 개화기 때 철도가 단숨에 쫙 깔렸잖아요? 그때 땅을 무리하게 매수하다가 묘지를 여러 개나 망가뜨렸어요."

"즉, 무덤이 있었던 땅 위에 철로가 깔려 있다?"

"그래요. 그런 선로가 많아요. 게다가 지하화하지 않고, 고가교도 만들지 않고, 건널목만 잔뜩 늘렸잖아요. 도쿄의 건널목 숫자는 외국 도시에 비해 적게는 열 배, 많게는 백 배나 더 많으니까."

"아니, 그렇게나 차이가 납니까?"

보행자와 전철의 접점이 그토록 많으니 인명사고가 늘어나는 것도 당연하리라.

취재를 마치고 두 사람을 개찰구로 바래다 주던 도중에 기사로 내보낼 때 실명을 거론해도 되느냐고 확인했다. 주부와 학생모두 익명을 희망했고, 사진을 게재할 때는 얼굴을 알아볼 수 없도록 검은 선으로 눈을 가려 달라고 부탁했다. 마쓰다는 이제 고약한 장난일 가능성을 완전히 버렸다. 두 사람의 조심스러운 태도에는 장난 삼아 거짓 제보를 했다고 추정할 만한 불순한 동기를 엿볼 수가 없었다.

두 사람과 헤어진 뒤에 저녁 혼잡이 시작되려는 개찰구에 남아 마쓰다가 카메라맨에게 물었다.

"요시무라, 자네 대학에서 사진학과를 나왔더랬지?"

"예."

요시무라가 고개를 끄덕이고는 민망한 듯 미소를 지으며 덧붙였다.

"이래 봬도 졸업 작품 발표회에서 학부장상을 수상했습니다."

"전문가의 눈으로 봤을 때 그 8밀리 영상과 사진을 어떻게 생각하나? 가짜인가?"

요시무라가 머릿속으로 생각을 정리한 뒤 입을 열었다.

"우선 사진부터 말하자면……."

"그 긴 머리 여자가 찍힌 거 말이지? 상반신만 나온 사진."

"예, 마음만 먹으면 그런 사진은 기술적으로 제작할 수 있습니다. 단, 나름의 시설도 필요하니 공을 상당히 들이지 않으면 어렵겠죠. 아까 그 부인한테 그럴 만한 능력이 있는지 꽤 의문이 듭니다."

그것은 마쓰다도 동감이었다.

요시무라는 표정을 더욱 어둡게 가라앉히고서 말을 이었다.

"문제는 8밀리 영상 쪽입니다."

"뿌연 아지랑이 같은 게 찍힌 영상?"

"맞습니다."

"그건 그냥 필름이 손상된 거 아냐?"

"아뇨, 영화용 필름이 손상되면 세로로 선이 들어갑니다. 그런 식으로 화면 속 한 지점만 흠집이 날 수는 없습니다. 그리고 하나 더, 화면 전체에 초점을 맞춘 상태에서 건널목에 정지한 물체만 뿌옇게 보이는 것 역시 광학적으로 말이 안 됩니다."

"그럼 나중에 다른 영상을 합성했을 가능성은 없나?"

"그것도 어렵습니다. 그 기묘한 아지랑이는 위쪽이 머리카락처럼 거멓죠? 그런데 검다는 건 필름에 빛이 닿지 않았다는 의미라서, 다중노출로 합성해 본들 배경이 투명하게 비치기만 할 뿐 검은 부분은 생기지 않아요."

요시무라의 표정은 지극히 진지해서 마쓰다를 속이는 것 같지 않았다.

"더 결정적인 건 그게 휴대용 카메라로 촬영한 영상이라는 점이에요. 불규칙하게 흔들리는 영상에 맞춰서 현상하기 전 리버설 필름에 다른 소재를 합성하는 건 기술적으로 불가능합니다. 그건 아무도 못 해요."

마쓰다는 보도 카메라맨의 얼굴을 물끄러미 쳐다봤다.

"그럼 얘기를 정리하면 결론이 어떻게 되는 거지?"

"유령인지 뭔지는 모르겠지만……."

요시무라가 신중한 말투로 결론을 말했다.

"그 건널목을 촬영했던 8밀리 필름에 설명할 수 없는 무언가가 찍혔다는 뜻입니다."

왠지 일이 이상하게 흘러간다고 생각하면서 마쓰다는 역 남쪽에 있는 상점가로 내려갔다. 8밀리 필름에 단 몇 초 동안 찍힌 수수께끼의 피사체. 그 정체는 대체 무엇인가.

마쓰다와 요시무라는 해가 완전히 저물기를 기다렸다가 실제 장소인 3호 건널목을 보러 가기로 예정을 세웠다. 그 전에 저녁이나 먹는 게 좋겠다고 두 사람의 의견이 일치했다. 역 앞에서 이어지는 완만한 비탈을 내려가면서 마쓰다는 적당한 식당을 찾았다.

시모키타자와 거리는 오랜만이었다. 좁은 골목이 복잡하게 뒤얽혀서 어디가 한길이고, 어디가 뒷길인지 구별할 수가 없었다. 그러한 도로 양편에 작은 상점들이 빼곡히 지붕을 맞대고 있었다. 연말이라서 크리스마스 음악이 거리에 가득 울려 퍼졌다. 이자카야를 찾는 학생이나 회사원, 그리고 쇼핑을 하러 나온 인근

주민으로 북적거렸다. 그러나 마쓰다가 거리를 취재하러 방문했던 15년 전에 비해 난잡한 느낌이 상당히 옅어진 듯했다. 선로 옆에 있던 포르노 영화관이나 상점가 한복판에서 영업하던 카바레가 모습을 감췄다. 옛날에는 성매매 여성들이 서 있던 역 남쪽 출구 부근도 편의점이나 비디오 대여점 등이 새롭게 들어와 말쑥하게 바뀌었다. 거리의 풍경에서 저속한 일면이 사라지면서 여기저기에 충만했던 무절제한 에너지까지 잃어버린 듯 느껴졌다. 전성기가 지나가 버린 것처럼도 느껴지는 거리를 계속 걸으면서 기자와 카메라맨은 뒷골목에서 발견한 일품요리점의 노렌* 안으로 들어갔다.

카운터석에 앉으니 마침 다른 손님이 보이지 않았다. 마쓰다는 요리를 만드는 가게 주인을 취재하려 시도해 봤다.

"뒷길을 가다 보면 나오는 건널목을 조사하고 있는데요."

"어디 말입니까?"

가게 주인이 잡지기자의 말에 반응했다.

"거기서 이상한 소문이 나돌지 않던가요? 유령이 나온다느니 그런 오컬트 같은 얘기 말입니다만."

"겨울에 괴담 얘기를 다 합니까?"

가게 주인이 웃었다.

"들어 본 적은 없군요. 거기서 전철이 자주 긴급 정지한다는 얘긴 누군가한테서 듣긴 했지만."

---

* 상점 출입구에 내걸어 놓은 천.

"긴급 정지?"

심령사진을 촬영했던 주부도 같은 이야기를 했었다.

"최근 1년 사이에 전철이 무척이나 자주 정차한다나 뭐라나."

"사고가 났던 겁니까?"

"글쎄요. 자세히는 모르지만, 사람이 죽었다는 소문은 들어 본 적이 있습니다."

"오호."

사람이 죽은 데다 열차가 긴급 정지했다면, 인명사고가 발생했다고 보는 것이 타당하리라. 마쓰다는 전직 신문기자의 습성대로 최근 1년 사이에 벌어졌던 사고들, 특히 뛰어들기 자살이 벌어지지 않았는지 조사해야겠다고 방침을 세웠다. 그러나 이내 심령 취재 특유의 기묘한 위화감이 들었다.

보통은 취재 활동을 벌이면 사실을 확인하여 추측의 타당성을 확보하는 게 철칙이다. 그러나 이번 심령 취재의 경우, 만약에 인명사고가 사실로 확인된다면 심령사진에 찍힌 그것이 사고로 사망한 여성의 영혼이었다는, 실제로는 말이 안 되는데도 모두가 납득할 만한 논리가 만들어지고 만다.

그런 내용이 담긴 기사를 쓰는 데 거부감이 들었다. 그러나 신문기자로서 오랫동안 살아오면서 몸에 밴 고지식함을 버려야만 한다고 고쳐 생각했다. 이것은 심령 취재라고 구분하여 받아들일 수밖에 없다. 그것이야말로 대부분의 독자가 바라는 기사다.

마쓰다와 요시무라는 식사를 재빨리 마치고서 날이 저물 즈음에 밖으로 나왔다. 요리점이 있는 이 일대는 번화가 외곽이었다.

이곳에서 주택가로 빠져나가면 3호 건널목이 나올 것이다.

두 사람은 지도를 보면서 좁은 비탈길을 올라갔다. 가로등이 급격히 줄어들더니 거리의 소음이 등 뒤로 멀어졌다. 어둑한 밤 길 양편에는 넓은 부지에 세워진 단독주택이나 모양새가 세련된 집합주택밖에 없었다. 이윽고 마쓰다는 고개 정상에 있는 모퉁이에서 멈춰 지도를 내려다본 뒤에 오른쪽으로 고개를 돌렸다. 그러자 문제의 건널목이 시야에 난데없이 들어왔다.

"저건가요?"

요시무라가 물었다.

시모키타자와 3호 건널목은 2차선 도로와 교차되어 있었다. 선로 근처에는 경보기와 차단기, 그리고 노란색과 검은색이 줄무늬처럼 칠해진 차단 막대가 있었다. 외관만으로 판단하기에 특별할 것 없는 건널목이었다.

요시무라가 카메라 가방에서 니콘 카메라를 꺼내 사진을 몇 장 찍었다. 그사이에 경보기가 울리기 시작했다. 전광판에 표시된 화살표가 하행선 열차가 접근해 오고 있음을 알렸다.

마쓰다는 차단 막대 앞까지 가서 주변을 살폈다. 하행선 하코네 방면에는 작은 주택들이 늘어서 있었다. 그러나 반대편 시모키타자와역 방면은 조망이 확 트여 있었다. 다음 건널목으로 이어지는 구간이 깊이 패어 있는데, 그 사이에 선로를 깔기 위해서 제방을 쌓았기 때문이었다.

하행선 열차가 지나가기를 기다린 뒤 마쓰다와 요시무라는 건널목을 건너 반대쪽에도 가 봤다. 도로가 시모키타자와역 방향을 향해 직각으로 꺾여 그대로 우묵땅 바닥으로 쭉 내려갔다. 저 아래에는 물웅덩이처럼 폭이 넓은 도로가 펼쳐져 있고, 그곳에서부터 방사형으로 네 갈래 길이 뻗어 나갔다. 신주쿠에 버금갈 만큼 과밀한 도심 안에서 이 일대만이 공허했다. 참 보기 드문 경관이었다.

경보기의 빨간 램프가 또 점멸하기 시작했다. 하코네 방면으로 시선을 돌리니 커브가 급해서 시야가 좋지 않았다. 더욱이 3호 건널목을 향해 내리막으로 경사가 져 있어서 열차를 급정지시키기 어려울 듯했다.

마쓰다는 이 상행선에서 사고가 벌어지기 쉬울 것 같다는 생각을 하다가 이내 중요한 단서를 발견했다. 건널목 근처에 '사망 사고 발생지점'이라 적힌 표지판이 세워져 있었다. 역시 이곳에서 인명사고가 벌어졌다.

요시무라도 표지판을 알아채고는 "오오." 하고 목소리를 낮게 깔며 플래시 빛을 번쩍였다.

마쓰다는 주머니에서 심령사진을 꺼내 눈앞에 보이는 광경과 비교해 봤다. 주부가 카메라를 들었던 위치는 금세 파악했다. 요시무라를 건널목 안에 세우고서 검증해 봤더니 사진 배경에 떠 있던 여자상이 실제 사람의 크기와 지극히 비슷하다는 걸 확인했다. 이토록 엄밀하게 축척을 맞춰서 합성사진을 만들 수 있나 하는 의문이 솟았다.

"건널목 안을 잔뜩 찍어 둬."

마쓰다가 카메라맨에게 부탁했다.

"유령이 찍힐지도 모를 일이야."

"심령사진을 찍으라는 주문은 처음이네요."

요시무라가 당혹하며 카메라를 들었다가 이내 파인더에서 눈을 떼고서 물었다.

"초점은 어디에 맞추면 될까요?"

"선로 한가운데가 좋지 않겠어?"

"유령이 뿌옇게 찍히더라도 불평하지 마세요."

요시무라가 한동안 촬영에 몰두했다.

아직 초저녁이라서 그런지 퇴근하는 사람들이 건널목을 여러 번 건너갔다. 개중에는 요시무라의 촬영을 방해하지 않도록 발걸음을 멈춰 준 사람도 있어서 마쓰다는 인명사고에 관해 물어봤다. 그러나 모두들 사고 내용을 자세히 알지 못한다고 대답했다.

살인 사건을 조사하러 나온 것이라면 더 깊숙이 탐문조사를 벌이는 게 수순이겠으나 역시나 심령 취재라서 망설여졌다. '유령을 본 적이 있습니까?' 하고 묻고 돌아다닌다면 마쓰다 본인이 거짓 소문의 근원지가 되어 지역 전체에 괴담을 유포하는 꼴이 될 터였다. 그렇다면 기사의 결론을 어떻게 내려야 좋을까. '그곳에는 '사망사고 발생지점'이라 적힌 표지판이 있었다!'고 적으면 충분하지 않을까 싶었다.

마지막으로 기자와 카메라맨은 차도를 따라 우묵땅 바닥까지 내려갔다. 낮은 위치에서 3호 건널목을 올려다봤다. 가로등이 비추는 건널목은 마치 스포트라이트가 내리쬐는 아무도 없는 무대 같았다. 매일 밤 죽음의 세계에 사는 무희가 그 무대에 서려나.

요시무라가 삼각대에 카메라를 설치한 뒤 플래시를 터뜨리지 않고 멀리 떨어진 건널목을 찍은 뒤 오늘의 취재를 마쳤다.

시부야역에서 요시무라와 헤어진 뒤 마쓰다는 지친 몸에 채찍질을 하여 서점에 들러서 괴담 관련 도서를 몇 권 구입했다. 심령 기사를 쓰는 법을 익히기 위해서였다. 이런 서적을 사는 것이 처음인지라 어느 코너에 있는지도 짐작이 가지 않아서 점원에게 물어봐야 했다. 놀랍게도 그 서적들은 종교 책장 옆에 있었다.

어느 책의 홍보 문구를 보니 '믿을지 말지는 당신 마음'이라 적혀 있었다. 다른 책을 보니 '믿거나 말거나'라고 적혀 있었다. 확실히 종교와 똑같다고 마쓰다는 납득했다.

귀가하여 목욕을 마친 뒤 잠옷으로 갈아입은 뒤에는 석유난로로 따뜻하게 데운 다이닝 키친에 앉았다. 막 사 온 서적들이 식탁에 쌓여 있었지만, 너무 피곤해서 읽을 기운이 솟지 않았다.

담배를 몇 개비 태우는 동안에 실내에서 들린 소리라고는 괘종시계가 시간을 새기는 소리뿐이었다. 예스러운 그 커다란 시계는 시계 장인이었던 아버지의 유품이었다. 마쓰다의 아버지는 나가노현의 호수로 유명한 동네에서 시계를 계속 제작했다. 쿼츠 시계가 점차 보급되는 시기에 은퇴하여 먼저 작고한 어머니의 뒤를 쫓듯 65세에 세상을 떠났다. 과묵했던 아버지는 자식에게 말로는 아무것도 가르치지 않고, 그저 당신이 일하는 모습만을 보여 줬다. 작은 나사 하나도 소홀히 여기지 않는 그 자세에서는 '건성으로 일하지 말라.'는 메시지가 명확히 전해졌다.

마쓰다는 한숨을 내쉬며 담뱃불을 비벼 껐다. 이것도 일이라며 본인의 엉덩이를 때리고는 자료 더미 맨 위쪽으로 손을 뻗었다. 초능력부터 영혼까지, 오컬트 현상 전반을 소개하는 서적이었다.

잠시 훑어보다가 흥미로운 문장을 발견했다. 감광되지 않은 사진용 필름에 초능력으로 상을 투영하는 '염사'라는 현상이 있다고 했다. 이 염사라는 현상으로 그 괴기한 사진과 8밀리 필름을 설명할 수 있지 않을까 생각해 봤다. 심령보다는 차라리 초능력이 더 신빙성이 있다고 여겼기 때문이었다.

신문기자 시절에 정확성이 높은 정보통이 들려준 이야기에 따르면 일본의 여러 대기업과 우정성, 방위청 등 중앙 관청에서 초능력을 연구하고 있다고 했다. 연구 내용 자체는 각 기관마다 미묘하게 달랐다. 사기업에서는 미지의 물리 현상을 해명하는 연구를, 우정성에서는 텔레파시를 통신으로 활용하는 법을, 방위청에서는 초능력을 군사적으로 전용하는 법을 연구했다. 그 결과, 어느 자동차 회사에서 도깨비불이나 귀화(鬼火)라 불리는 괴이한 발광을 재현해 내는 데 성공했다. 어쨌든 그런 기관들이 예산을 투입하여 연구를 계속 벌인다는 것은, 초능력의 존재를 뒷받침하는 어떤 증거를 획득했다고 봐도 무방했다.

요시무라가 말하길 그 8밀리 영상은 기술적으로 도저히 설명이 되지 않는다고 했다. 그러나 이런 해명되지 않은 힘이 작용했을 가능성은 없을까? 촬영자나 근처에 있던 누군가의 초능력이 필름에 직접 작용했다는 가설 말이다. 망자의 영혼이 찍혔다는 것보다는 그나마 납득이 간다. 다만 이런 궤변에 가까운 가설을 기사에 더해 본들 독자가 기뻐해 줄는지는 별개의 문제겠지만.

그런 생각을 한창 하던 도중에 전화가 울려서 마쓰다는 화들짝 놀랐다. 뭐가 두렵냐며 쓴웃음을 지으면서 벽 쪽에 놓인 전화의 수화기를 들자, 아직 직장에 남아 있던 요시무라의 목소리가 들렸다.

"사진을 현상했습니다. 암실에서 작업하려니 꽤 무섭더라고요."

"뭔가 찍혔나?"

"아뇨, 수상한 건 전혀."

예상했던 결과였다. 마쓰다는 "그 8밀리 영상을 설명할 만한 논리가 좀 떠올랐는데." 하고 운을 띄우고서 '염사 가설'을 던져 봤다. 그러자 요시무라가 아무 말 없이 생각하다가 냉담하게 말했다.

"그것도 아니네요."

마쓰다가 예상치 못했던 대답이었다.

"어째서?"

"우선 염사라는 초능력이 카메라 본체를 투과하여 필름에 직접 닿았다고 치죠. 그럼 필름 전체가 한 번은 감광됐으니 카메라맨의 용어로 말하자면 '빛을 뒤집어쓴' 상태가 됐을 겁니다. 염사 에너지가 렌즈를 통과하지 않았으니 상을 맺지는 못할 테고, 불명료한 빛의 흔적만이 띄엄띄엄 남을 뿐입니다. 그런 영상은 도저히 만들어질 수가 없습니다. 그다음에는 초능력이 카메라 본체를 투과하지 못하고 평범한 빛처럼 렌즈만 통과했다고 치죠. 만약에 그랬다면 초능력이 렌즈를 통과하는 다른 빛과 동일한 궤적으로 날아들었을 테니 초능력을 발휘한 사람이 화면 안에 찍혀야만 합니다. 근데 그 영상에는 그런 사람이 찍혀 있지 않았죠."

"듣고 보니 그렇네."

"아, 하지만……."

요시무라가 갑자기 무언가가 떠올랐다는 듯 어조를 바꿨다.

"맞아. 지금 대화를 나누다가 눈치챘는데요. 유령이라면 모든게 딱딱 맞아떨어지네요."

"무슨 소리야?"

"오늘 취재했던 두 사람이 촬영 당시에는 아무것도 보지 못했다고 했죠? 그렇다면 영혼은 실제로 모습을 드러냈던 게 아니라 염사 같은 초능력을 발휘해서 자기 모습을 필름에 새긴 거죠. 그래서 육안에는 아무것도 비치지 않은 거고."

이 이야기는 기사에 써먹을 수 있을 것 같아서 마쓰다는 전화기 옆에 놔둔 메모지에 요시무라의 해설을 적었다.

"결국 그건 영혼이 벌인 소행이라고 해야 하나?"

"논리로만 따지면 그런 셈이죠. 하지만 정말로 농담이니 진지하게 받아들이지 마세요. 어쨌든 그 불가사의한 8밀리 영상을 설명하려면 오컬트에 의지할 수밖에 없습니다."

"재밌는 기사를 쓸 수 있다면 뭐든 상관없어."

마쓰다는 절호의 소재를 제공해 준 요시무라에게 감사를 표하고는 전화를 끊었다.

위스키와 얼음을 챙겨서 식탁으로 돌아온 뒤 여전히 내키지 않는 마음으로 독서를 재개했다. 그런데 실화라고 주장하는 유령 목격담에 서서히 빨려들었다.

심야에 택시 안에서 홀연히 사라진 젊은 여성.

오래된 여관의 한 객실에서 자고 있던 투숙객에게 말을 건 자살자의 망령.

폐가의 헛간에서 밤마다 대화를 나누는 두 개의 잘린 머리.

증언자 중에는 저명한 문호까지 포함되어 있었다. 실화처럼 생생한 몇몇 증언을 읽다 보니 역시나 마쓰다도 기분이 약간 으스스해졌다. 자신의 등 뒤, 방구석에 망령이 서서 이쪽을 쳐다보는 것 같은 기분마저 들었다. 믿느냐 믿지 않느냐를 판가름하는 지성과는 별개로 인간의 정신 속 근원적인 부분에는 초자연 현상을 두려워하는 본능이 내재된 듯했다. 그렇지 않다면 수많은 이가 밤이 내려앉은 공동묘지를 두려워할 리가 없다.

잔에 담긴 술을 목구멍 속으로 흘려 얼어붙은 몸에서 열기를 이끌어낸 뒤 마쓰다는 중립적인 시점에서 다시 생각해 봤다. 동서고금을 통틀어 왜 이리도 망자와 해후했다는 이야기가 많은가 하는 의문이 마음속에 떠올랐다. 현대 일본의 영혼은 택시를 탈 줄 알지만, 자동차가 발명되기 전에는 마차나 인력거를 탄 채로 출현했다. 심령사진도 사진 기술이 퍼지기 시작한 100여 년 전부터 보고되었다. 그러한 증언들을 모조리 허위나 착각, 환각으로 치부해야만 하나? 아니면 실제로 망자와 재회를 한 사람이 있는 것일까.

마쓰다는 책을 읽다가 고개를 들어 식탁을 에워싼 빈 의자 세 개를 둘러봤다. 이미 이 세상을 떠나 버린 아내와 부모님이 눈앞에 앉아 있을지도 모른다고 상상해 봤다. 물론 그들의 모습을 볼 수는 없겠지만, 그 대신에 실존했던 옛 광경이 뇌리에서 되살아났다. 옛날에 이 안에서 아버지와 어머니, 그리고 아내가 함께했던 적이 있었다. 마쓰다의 부모님이 결혼한 외아들의 새집을 방문하려고 상경했을 때의 기억이었다. 부모님 앞에서 마쓰다는 사랑하는 아내를 얻었다는 사실을 자랑스러워하면서도 아직은 멋쩍어했다. 아내와 어머니가 나란히 부엌에 서 있었고, 평소에는 말수가 적은 아버지도 그날만은 희한하게 재잘거리며 두 여성이 각자 자신 있게 만든 요리를 맛있게 먹었다. 그러나 지금 다이닝룸에서는 화기애애한 대화가 아닌 괘종시계가 시간을 새기는 소리만이 들렸다.

마쓰다는 다들 어디로 가 버렸을까 생각했다. 그리고 자신이 생물학적인 죽음을 제대로 이해하지 못했음을 깨달았다. 죽은 사람들이 흔적도 없이 소멸했다는 사실을 믿지 못하고, 이 세계와 다른 어디론가 가 버렸다는 생각밖에 들지 않았다.

그들이 이곳에 돌아와 준다면 얼마나 마음이 포근해질까. 유령이라도 좋으니 이 식탁에 도란도란 둘러앉아 준다면.

이뤄질 리가 없는 바람이 처량한 정적을 잠시나마 달래 줬지만, 그 바람은 이내 통한의 감정으로 바뀌었다. 그들이 건강했을 적에 어째서 그 고마움을 알아차리지 못했을까. 언젠가 영원한 이별이 반드시 찾아오리라는 것을 알았으면서도 어째서 함께 보내는 시간을 더 소중히 여기지 않았을까. 자신만을 남기고 모두가 떠나 버린, 견디기 힘든 이 현실 역시 가족을 소홀히 여긴 업보인 것 같았다.

전화가 울렸다. 마쓰다는 숨을 크게 내뱉고서 가슴을 옥죄는 회한에서 벗어나려고 했다. 무거운 엉덩이를 들어 올려 전화기 앞까지 갔지만, 벽에 걸린 괘종시계가 1시 3분을 가리키는 것을 보고서 손을 멈췄다. 요시무라가 걸었다기에는 시간이 너무 늦었다.

'그러고 보니.' 불현듯 떠오르는 바가 있었다. 어제도 똑같은 시각에 전화가 울렸다. 장난전화라면 다시는 하지 못하도록 엄포라도 놓아야만 했다.

수화기를 들어 "여보세요?" 하고 언짢게 말했으나 아무 대답이 없었다. 여성의 집을 노리고서 장난을 걸었는데 나이 든 남자가 받아서 당황한 모양이었다. 마쓰다는 작작 좀 하라고 설교하려고 했으나 이내 이상한 기척을 느끼고서 말을 삼켰다. 청각이 어둠을 포착했다. 수화기 너머에 빛도 소리도 없는 허무의 공간이 펼쳐져 있는 듯했다.

가만히 귀를 기울여 수화기 너머에 펼쳐진 암흑의 세계를 더듬고 있으니 그 밑바닥에서 가냘픈 음성 하나가 스멀스멀 떠올랐다. 당장에라도 꺼질 듯 불안정하고 가냘파서 듣는 이의 마음속에 공포와 경계심을 환기하는 기이한 울림이었다. 그것은 젊은 여성이 괴로워하며 신음하는 소리였다.

마쓰다는 엉겁결에 수화기를 내려놨다. 목덜미에 난 털이 꼿

꽂이 솟았다. 단말마의 비명과도 같았던 그 목소리는 연기로 낼 수 있을 만한 음성이 아니었다. 실제로 죽음이 임박한 인간만이 내뱉을 수 있는 소리였다.

마쓰다는 눈이 휘둥그레진 채로 한동안 전화기를 쳐다봤다. 현실감을 뒤흔드는 현기증과도 같은 감각에 시달리는 와중에 머릿속에서 한 여자의 모습이 떠올랐다. 건널목 위로 가슴 윗부분만이 붕 떠 있던 긴 머리 여자였다. '말도 안 돼'라는 강한 부정과 '어쩌면' 하는 음침한 기분이 한데 뒤얽혀 다퉈 댔다. 마쓰다는 수화기를 잡고 있던 손을 황급히 집어넣었다. 전화가 또 울리더라도 수화기를 들 배짱 따윈 없었다.

등 뒤에서 괘종시계의 진자가 일정한 간격으로 시간을 계속 새겨 나갔다.

마쓰다는 오랫동안 그곳에 우두커니 서 있었지만, 전화기는 다시 울리지 않았다.

3장

이튿날에는 오후에 회사에 나갔다. 잠이 부족해서 머리가 무 거웠다. 어젯밤에는 도저히 침실 불을 끌 수가 없어서 좀처럼 잠 에 들지 못했다.

마쓰다는 편집부에 도착하자마자 업무상 관계가 있는 사람들 을 붙잡고는 어젯밤에 전화를 걸었느냐고 일일이 물어봤다. 누 군가의 장난이었다면 범인은 심령 소재 취재를 시작했음을 아는 사람밖에 없기 때문이었다. 그러나 대답은 하나같이 '아니요'였 다. 그들의 표정에서 시치미를 떼는 기색은 보이지 않았다. 결국 마쓰다는 마음 밑바닥에 낀 찝찝한 기분을 털어내지 못한 채 오 늘의 업무를 시작할 수밖에 없었다.

우선 전화로 취재했다. 수화기를 들었을 때는 어젯밤 일이 떠 올라서 등골이 오싹했지만, 마음을 다잡고서 철도 회사 번호를 눌렀다.

홍보부 담당자에게 "《월간 여성의 친구》 편집부 소속 마쓰다라고 합니다." 하고 신분을 밝힌 뒤 시모키타자와 3호 건널목에서 어떤 사고들이 벌어졌는지 물어보고 싶다고 요청했다.

그러자 상대방이 이렇게 대답했다.

"특정한 건널목에 관한 데이터는 집계하지 않습니다. 알려 드릴 수 있는 건 전 노선의 연도별 사고 발생 건수 같은 대략적인 수치뿐입니다."

홍보 담당자의 말투에서는 딱히 무언가를 숨기는 낌새가 느껴지지 않았다.

"더 자세한 정보를 원하신다면 시모키타자와역에 문의해 주십시오. 사고를 처리하는 건 그쪽 역무원이라서요. 번호를 알려 드리죠."

"감사합니다."

마쓰다는 홍보 담당자가 알려 준 시모키타자와역의 번호를 적은 뒤 전화를 걸었다. 처음에는 젊은 역무원이 받았고, 바로 고령의 남성에게 넘겨졌다. 미우라라고 이름을 밝힌 상대는 목소리에서 관록이 느껴지는 것으로 보아 역장일지도 모르겠다.

아까와 동일한 질문을 던지자 미우라가 대답했다.

"최근에 3호 건널목에서 인명사고는 벌어지지 않았지요."

"확실합니까?"

마쓰다가 물고 늘어졌다.

"최근 1년 사이에 사고가 벌어졌는지 여쭙는 겁니다만."

"그렇다면 틀림없이 사고는 벌어진 적이 없습니다. 제가 여길 담당한 지 2년이 됐으니 무슨 일이 벌어졌다면 기억했을 테지요."

"그럼 건널목 옆에 '사망사고 발생지점'이라고 적힌 표지판이 있던데, 그건?"

"그 표지판은 우리 역에서 세운 게 아닙니다."

예상치 못한 대답이었다.

"그럼 어디서?"

"구청이나 경찰서에서 보행자한테 주의를 환기하기 위해 세운 게 아닐까요? 3호 건널목은 아침에 통행인이 많은지라."

"최근 1년으로 한정 짓지 않는다면 사고가 벌어졌던 건 분명합니까?"

"그야 그렇지요. 우리 역이 문을 연 지 70년쯤 지났으니까요. 그동안에 한 건널목을 통과했던 열차 대수가 족히 1000만 대는 넘을 겁니다. 3호 건널목뿐만 아니라 어느 건널목에서든 한두 번쯤은 인명사고가 벌어졌을 테지요."

듣고 보니 그 말이 맞는다고 납득할 수밖에 없었다.

"그럼 하나만 더. 그 건널목 부근에서 전철이 자주 긴급 정지를 한다고 들었습니다만, 어떻게 된 거죠?"

"아아, 그거 말입니까?"

미우라가 말뜻을 알아들은 듯했다.

"과거 1년 사이에 여러 통행인이 건널목에 침입한 바람에 그때마다 전철이 긴급 정지하곤 했지요. 여섯 건쯤 될까요? 지지난 주 심야에도 한 건 있었습니다."

"사고에 이르지는 않았겠죠?"

"예. 다행히도 부상자는 없었습니다. 물론 사망사고도 없었고요."

미우라의 목소리에는 안전 대책을 세심히 실시하고 있다는 자부심이 배어 있었다.

마쓰다는 취재에 협력해 줘서 고맙다고 인사한 뒤 전화를 끊었다. 질문 내용을 머릿속으로 정리하자 석연치 않은 점이 떠올랐다. 그 건널목에서는 과거 2년 동안에 인명사고가 벌어지지 않았다. 한편으로 전철의 긴급 정지는 최근 1년 사이에 집중되어 있었다. 건널목 무단 침입 사건을 어떻게 해석해야 좋을지 모르겠다. 이것은 딱히 신기한 현상이 아니니 심령 소재 기사에서 빼도 괜찮을까?

한동안 고민을 거듭한 끝에 지금은 어쨌든 건널목 사망사고를 밝혀내는 게 급선무라고 생각을 고쳤다. 마쓰다는 낡은 휴대용 지도를 꺼내 세타가야구가 담긴 페이지를 펼쳐서 시모키타자와 3호 건널목에서 가장 가까운 경찰서를 찾았다.

기타자와 경찰서에서 가장 가까운 역은 보통열차만이 정차하는 자그마한 역이었다.

저녁에 승강장에 내려선 마쓰다는 경시청 기자 클럽 시절, 이른바 사건기자였던 젊은 시절을 떠올리며 정겨운 기분에 젖었다. 아직 독신이었던 20대 막바지에 밤낮을 가리지 않고 매일 발생하는 범죄를 쫓아 경시청 관내에 100여 군데나 있는 경찰서를 발바닥에 땀이 나도록 돌아다녔다.

기타자와서도 그중 한 곳으로, 훗날 유군기자 시절까지 포함하여 여러 번이나 발걸음을 했다. 다만 이곳은 한산한 주택가를 관할하고 있기에 도내 경찰서 중에서는 소규모에 속한다. A부터 D까지 있는 랭크 중에서 C급 경찰서로, 형사과 수사원의 인원수는 서른 명 정도였다. 그중에서 정보를 캐낼 만한 형사를 찾아내는 것이 오늘 밤의 일이었다. 그쪽도 근무지 이동이나 정년퇴임이 있으므로 지인과 만날 수 있을지는 미묘했다.

마쓰다는 추위를 견디며 역 앞 벤치에 앉아 오늘 일을 마치고서 퇴근하는 사람들을 바라봤다. 그중에는 한눈에 형사임을 알아볼 수 있는 남자들이 여러 명이나 있었다. 육체노동자 같은 체형인데도 정장을 착용하고 있고, 머리가 짧고 표정이 근엄하다면 틀림없는 형사였다. 아직 지인과는 만나지 못했지만 첫 관문은 클리어했다. 이토록 많은 형사가 정시에 퇴청했다는 것은 수사본부가 설치될 만한 큰 사건이 벌어지지 않았다는 뜻이었다. 정겨운 얼굴과 만난다면 수다에 어울려 주겠지.

손목시계 바늘이 6시를 가리킬 때까지 기다렸다가 마쓰다는 역 앞 작은 상점가를 걸어 다니며 형사들이 단골로 들르는 이자카야를 한 군데씩 들여다봤다.

세 번째 이자카야의 노렌 안으로 들어가니 술을 데우던 초로의 주인 여자가 말을 걸었다.

"어머, 진짜 오랜만이네."

"그동안 격조했습니다."

주인이 미소를 보내면서 손님의 이름을 떠올리고자 시간을 버는 듯했다. 마쓰다는 자신의 얼굴을 기억해 준 것만으로도 대단하다고 감탄했다. 마지막에 이곳을 방문한 지 어언 10년이 넘었을 것이다.

마쓰다는 이 가게에서 쓰던 가명을 댔다.

"도가입니다."

주인의 얼굴이 확 반짝였다.

"맞아, 맞아. 도가 씨."

취재를 하고 싶은 형사가 가게를 방문하면 주인이 신문사에 전화를 걸어 이 가명으로 마쓰다를 불러 줬다. 기자의 본명을 대면 형사와 정보를 주고받는 것을 주변에서 눈치채기 때문이었다.

"도가 씨는 여전히 도가 씨네."

"무슨 뜻이죠?"

"예술가 타입이라서 신문기자답지 않다는 뜻이지."

몸과 마음 모두 피폐해진 제 모습을 떠올리며 마쓰다는 웃었다.

"그 말, 반은 서비스로 받아들이도록 할게요."

"나머지 반은 진심으로 받아들여도 좋아. 그런데……."

주인이 벌써부터 북적거리기 시작한 자신의 가게를 둘러봤다.

"오늘은 누구한테 눈독 들이고 왔나? 후나코시 씨라면 이미 퇴직했어."

"예. 정년퇴직했다는 소식은 들었습니다."

후나코시는 마쓰다를 좋게 봐주며 귀중한 정보를 여러 번이나 알려 줬던 형사의 이름이었다. 마쓰다는 베테랑 형사의 얼굴을 떠올리며 행복한 노후를 보내고 있길 바랐다.

"지인이 없는지 잠깐 둘러봐도 될까요?"

"아무렴요."

주인이 살갑게 말했다.

마쓰다는 테이블석 사이를 지나 좌탁 세 개만이 달랑 놓여 있는 다다미 좌석으로 향했다. 가장 안쪽 좌석에서 낯익은 형사가 무심코 이쪽을 보고 있었다. 마쓰다가 기억을 필사적으로 더듬고 있자니 상대도 알아차린 듯했다. 머릿속으로 청년 시절까지 되돌아가 서로의 모습을 찾아내던 두 사람이 거의 동시에 먼 과거에 도착하여 말했다.

"마쓰 씨인가?"

"아라이 씨, 잘 지냈습니까?"

마쓰다는 주인을 돌아보며 원하는 사람을 찾았다고 몸짓을 보낸 뒤 아라이의 앞으로 갔다. 옛날에 알고 지냈던 형사는 부하로 보이는 남자와 마주 보고 앉아 술을 마시고 있었다.

"실례를 좀 해도 괜찮겠습니까?"

"물론."

아라이가 큰 소리로 말하고서 손으로 맞은편 자리를 가리켰다.

마쓰다는 코트를 벗고서 방석에 앉은 뒤 옆에 있는 젊은 형사에게 알은체를 했다.

"그 녀석은 형사과에 막 발령을 받은 신참이지."

아라이가 소개했다.

"신혼인데 내가 억지로 끌고 왔어. 덤으로 설교까지 실컷 듣고 말이야. 불쌍한 녀석이지? 하하."

시시한 농담을 내뱉고서 혼자서 웃는다. 형사들에게서 공통적으로 볼 수 있는 촌스러운 유머였다. 마쓰다는 친숙한 세계로 되돌아온 것 같은 기분이었다.

"넌 이만 돌아가라."

아라이가 부하에게 말했다.

"난 이 마쓰 씨랑 술을 마시마. 옛 추억을 안주 삼아서 말이야."

"아, 예. 그럼 실례하겠습니다."

젊은 형사가 고개를 숙이며 일어서더니 허둥지둥 가게를 나갔다.

"'신인류'라 불리는 요즘 것들은 매몰차게 돌아간다니까."

아라이가 불만스럽게 말하고서 다시금 마쓰다를 쳐다봤다.

"피차 무사해서 다행이군."

"예."

이 연배의 남자들은 오랜만에 얼굴을 마주하면 가장 먼저 서로 얼마나 늙었는지를 비교한다. 얼굴 주름과 군살은 비슷했고, 머리숱은 마쓰다가 이겼다. 그러나 기름으로 쓸어 올린 고참 형사의 머리는 아직 거뭇거뭇했다.

따끈하게 데운 사케와 안주를 주문하고서 아라이가 물었다.

"마지막에 언제 봤더라?"

"아라이 씨가 수사 1과에 있었을 적이죠. 제가 유군기자로 승진한 뒤에도 한동안은 신세를 졌습니다."

"20년 만인가. 빠르구먼. 그러고 보니 풍문으로 들었는데 지금은 유군기자가 아니라 편집위원이라고 했던가?"

"아뇨, 신문사는 이미 그만뒀고 지금은 여기서 일합니다."

마쓰다가 명함을 내밀었다.

아라이가 받아들고는 노안경을 낀 눈으로 의아하다는 듯 잡지명을 째려봤다. 그러나 마쓰다가 전직한 이유를 굳이 캐묻지 않고 말했다.

《여성의 친구》라고 간판을 바꿨나?"

그러고는 또다시 저 혼자서 웃었다.

"난 아직도 고달픈 형사 신세야. 게다가 만년 경위."

그 말인즉슨 현재 기타자와 경찰서 형사과 계장이라는 뜻이었다. 3인으로 편성된 수사조의 책임자였다.

"아라이 씨 경력이라면 단순한 경위가 아니라 지정 경위일 거 아닙니까?"

"뭐, 그렇지."

마쓰다가 에둘러서 한 칭찬이 상대에게 전해진 듯했다. 우수한 경찰관 중에는 현장을 고집하여 관리직을 거부하고 굳이 경위 계급에 머무는 사람도 있다. 그중에서도 특히 실무에 원숙한 경위를 '지정 경위'로 삼아서 경감과 동등한 급료를 지급하도록 되어 있다.

현직 형사와 전직 신문기자는 술잔을 나누며 젊은 시절의 추억담에 빠져들었다. 옛날에는 양쪽 사이에 담장이 낮았다. 기자는 경찰서 안을 어디든지 들어갈 수 있었다. 또 일본 매스컴 특유의 '불시기습'이라는 취재 관행도 있어서 마쓰다는 밤낮을 가리지 않고 경찰 관계자의 자택에 쳐들어가서 정보를 얻어 내곤 했다. 반면에 형사들은 성가셔하면서도 기자의 성의와 열의를 높게 평가했다. 그래서 점찍은 상대에게는 수사 정보를 슬쩍 흘려 줬다.

그러나 마쓰다에게 기자로서 더 활기찼던 시절의 기억은 스스로를 괴롭히는 의문과 서로 등을 맞대고 있었다. 마쓰다가 경찰 간부의 자택에서 술자리를 함께 보내던 동안에 새댁이었던 아내는 맨션의 좁은 다이닝룸에 앉아 홀로 저녁을 먹었다. 자식 복도 없이 40대에 일찍 세상을 떠난 아내가 과연 자신과 결혼하여 행복했을까? 마쓰다의 머릿속에서 그 의문이 줄곧 떠나질 않았다.

"그나저나 마쓰 씨."

눈빛이 거나하게 풀렸을 즈음에 아라이가 물었다.

"오늘 밤엔 뭘 하러 왔나? 옛정을 새롭게 다진 김에 궁금한 게 있거든 알려 주지."

이만하면 사양할 필요가 없는 관계로 다시 되돌아갔다. 마쓰다가 단도직입적으로 말을 꺼냈다.

"건널목에서 벌어졌던 인명사고에 관해 아는 게 있습니까?"

"건널목? 어느 건널목?"

"시모키타자와 3호 건널목입니다."

"아아, 거기?"

형사가 이내 머릿속으로 위치를 특정했다.

"우묵땅 가장자리에 있는 거기 말이군."

"거기에 '사망사고 발생지점'이라는 표지판이 있던데, 기타자와서에서 세운 겁니까?"

"그렇겠지. 아침 보행자가 많은 요주의 지점이니까."

"사고가 실제로 있었다면 어떤 사고였습니까? 시기나, 특히 젊은 여성이 사망했는지 알 수 있으면 좋을 텐데."

"사고만 알아봐 주면 되지?"

"순수한 사고뿐만 아니라 자살도 포함해서요."

"좋아."

아라이가 말하자마자 일어섰다.

"자리를 옮기지. 거기서 기다려 줘. 교통과 자료실을 보고 오지."

마쓰다는 내일에라도 답을 들을 수 있다면 다행이라고 여겼던
지라 아라이가 신속하게 대응해 줘서 고마웠다.

"감사합니다."

"단, 용건을 해결한 뒤에는 나랑 함께하는 거야. 오늘 밤은 실
컷 마시자고."

"바라는 바죠."

술값은 전부 자신이 치르기로 마쓰다는 마음을 먹었다.

대기 장소로 지정한 곳은 서양풍 바였다. 간접조명이 비추는 어
둑한 실내에서 기다리고 있으니 30분쯤 뒤에 아라이가 돌아왔다.

"한동안 거기서 사고가 벌어진 적이 없더라고."

그가 내뱉은 첫 번째 말이었다. 아라이가 카운터석에 나란히
앉아 바텐더에게 버번을 주문하고서 말을 이었다.

"가장 최근에 벌어졌던 사고도 15년 전이야. 게다가 뛰어든 사
람은 젊은 여성이 아니었고."

마쓰다는 들고 있던 잔을 카운터 테이블에 내려 두고는 취기
를 몰아내려고 머리를 흔들었다. 아무리 그래도 15년 전 사고는

너무 오래되지 않았나. 건널목에서 심령사진이 찍히고, 열차가 비상 정지하는 여러 이변은 최근 1년 사이에 집중되어 있었다. 그토록 먼 과거에 벌어졌던 인명사고가 원인이라면 더 장기간에 걸쳐서 괴이한 사건이 벌어졌어야 하지 않나. 생각이 거기까지 미쳤을 때 마쓰다는 너무 진지하게 해석한 것 같다며 반성했다. 심령 소재에서 근거를 찾는 것은 우물에서 숭늉 찾는 격이겠지.

"근데 사고만 말해 주면 되나?"

아라이가 변죽을 울리듯 물었다. 아까 이자카야를 나서기 전에 비슷한 말을 했다.

마쓰다는 그 말의 속뜻을 깨닫고서 고개를 들었다.

"그 건널목에서 사고가 아닌 다른 원인으로 죽은 사람이 있습니까?"

"살인 사건이 있었어. 1년 전에."

마쓰다는 동작을 뚝 멈추고 형사의 얼굴을 응시했다.

"살해당한 사람은 젊은 여자고요?"

"맞아."

신문기자 시절에 예기치 않은 정보를 맞닥뜨릴 때마다 솟구쳤던 흥분을 아직도 기억하고 있지만, 지금은 달랐다. 마쓰다는 들어서는 안 되는 정보에 접촉한 것처럼 불안한 기분에 휩싸였다. 그래도 기자로서 용기를 끌어올리며 말했다.

"그 사건에 관해 얘기해 주실 수 있겠습니까?"

"그렇게 나올 줄 알았지."

아라이가 들고 있던 세컨드백에서 대학 노트를 꺼냈다. 형사들이 개별적으로 기록하는 수사 메모였다.

"이미 해결된 사건이야. 뭐든 말해 주지."

마쓰다도 황급히 외투 주머니를 뒤져 메모장과 볼펜을 꺼냈다. 둘 다 노안경을 낀 뒤에 아라이가 노트를 펼치면서 말하기 시작했다.

"사건이 발생했던 때는 1993년 12월 6일 오전 1시 3분이야. 변사체를 발견한 사람이 소방서에 신고를 했지."

"죄송합니다. 시각을 다시 확인하죠. 한밤중 1시 3분?"

"그래."

마쓰다는 두 뺨의 솜털이 싸악 곤두선 기분이었다. 어둑한 바 안에서도 심경의 변화가 전해졌는지 아라이가 의아해하며 마쓰다의 얼굴을 들여다봤다. 마쓰다는 엉겁결에 목소리를 낮추고는 신문기자의 은어로 물었다.

"피해자의 '면상'이 있습니까?"

아라이가 고개를 끄덕이고서 노트에 끼워진 사진을 꺼내서 보여줬다.

"건널목에서 숨진 여자가 바로 이 사람이야."

사진 속에는 20대 초반으로 추정되는 긴 머리 여자가 찍혀 있었다. 정면에서 찍힌 그 얼굴을 보자마자 마쓰다는 오싹한 기운이 등줄기를 타고서 서서히 퍼져 나가는 기분이 들었다. 살인 사건의 피해자는 정면에서, 심령사진 속 여성은 측면에서 찍혔지만 동일 인물임이 분명했다.

"카바쿠라 호스티스인데 매춘도 했던 모양이야. 그 사진은 근무했던 가게의 홍보물에 쓰였던 거야."

마쓰다는 살짝 구역질이 났지만, 술 때문이 아니었다. 사진에서 시선을 돌리며 아라이에게 물었다.

"'카바쿠라'라는 말을 요즘에 자주 듣는데, 카바레와 다릅니까?"

"달라. 카바레 수준의 요금으로 긴자 고급 클럽을 흉내 내는 서비스를 해 주는 가게야. 카바레와 클럽을 합해서 '카바쿠라'라고 하는 거지.* 젊은 호스티스가 색기를 풀풀 풍기며 접객하면서 말동무만 해 줄 뿐 성적 서비스는 일체 하지 않아. 법률상으로 접대음식업이야."

"그럼 이 여자는 가게 밖에서 매춘을 했다는 말입니까?"

"맞아."

마쓰다는 맹물을 목구멍에 털어 넣고서 살인 사건 피해자의 사진을 다시 쳐다봤다. 거기에 찍힌 갸름하게 생긴 여자는 뭐라 형언할 수 없는 기묘한 표정을 짓고 있었다. 그러나 한동안 쳐다보니 부자연스럽게 지어낸 웃음임을 알 수 있었다. 상대방의 마음을 누그러뜨리기는커녕 의혹만 불러일으키는 음침한 입웃음이었다. 견실하지 못한 직업에 종사하면 표정이 이렇게 변질되나? 마쓰다는 마력이 깃든 것만 같은 흐리멍덩한 눈동자를 보고서 되레 매료됐다. 자신의 정신이 이상해졌나 싶은 강한 불안감이 들기 시작했다. 심령 취재 전임자는 교통사고를 당해 입원했

---

* 클럽의 일본식 발음은 '쿠라부'다.

고, 후임자인 자신의 집에는 밤마다 괴기한 전화가 걸려 온다.

"퇴근하던 샐러리맨이 쓰러진 여성을 발견했는데……."

"잠시만."

마쓰다는 형사의 말을 끊었다. 생각할 시간이 필요했다. 살인 사건의 피해자와 심령사진 속 허공에 떠 있던 여자. 어째서 동일 인물이 찍혀 있는가. 말도 안 되는 그 일치를 설명해 보려고 했지만 해답이 떠오르질 않았다. 마쓰다는 하는 수 없이 취재 원칙을 쫓아 질문했다.

"이 여자의 성명은요?"

그러자 아라이가 살짝 당혹스러워하며 대답했다.

"그게 말이야. 모르겠군."

"모른다고요?"

"그래, 신원불명이야. 알아낸 것은 아까 말했던 대로 카바쿠라에서 일했고 매춘까지 벌였다는 사실뿐이야. 가게에 알려 줬던 이름은 가명이었고, 사건 당시 주소도 불명이야. 그 여자가 어디 사는 누구인지 아는 사람이 한 명도 없었어. '건널목에서 죽은 여자'라고밖에 표현할 수가 없겠군."

"지문은 조회했습니까?"

"물론. 전과도 없었어."

여태껏 마쓰다는 수많은 살인 사건을 취재해 왔다. 그러나 피해자의 신원을 끝끝내 밝혀내지 못한 사례는 기억 속에 없었다.

"사건이 해결됐다고 했죠?"

"그래. 범인은 말단 야쿠자였고 건널목 인근에서 체포됐어. 강간하려다가 우발적으로 저지른 살인이었지."

"그 후에 피해자의 신원을 밝혀내지 못한 채로 피의자는 기소됐다?"

아라이는 기자가 무엇 때문에 의아해하는지 알아채고서 대답했다.

"아아, 그래. 수사든 재판이든 체포된 녀석이 저지른 범행이었다고 입증하기만 하면 되니까. 피해자가 누구인지는 검사나 판사 모두 거들떠보질 않아. 시체검안서만 있으면 사람이 살해됐다는 사실을 틀림없이 증명해 주니 말이야. '피해자의 성명은 불명, 나이는 약 23세, 키는 160센티미터, 여성'이면 끝이야. 죽은 여자가 누구든 간에 상관없어."

이 나이를 먹고도 미처 몰랐던 사회의 비정함을 또 하나 알게 됐다고 마쓰다는 생각했다. 기사로 쓴다면 '마성의 여자의 가련한 최후'라고 쓰면 될까?

"맞아, 맞아. 피해자가 젊은 여자라서 처음에는 매스컴이 몰려들었는데, 매춘을 했다는 사실이 밝혀지자마자 썰물처럼 싹 빠져나가더라고."

"그렇겠죠."

피해자가 양갓집 영애에다가 미인이었다면 각 언론사마다 집요하게 계속 취재를 벌였으리라.

"얘기를 처음으로 되돌리지. 괜찮겠나?"

"좋습니다."

아라이는 들고 있던 노트를 내려다보고는 종종 마쓰다의 질문에 대답하면서 3호 건널목에서 벌어졌던 살인 사건의 전말을 말해 줬다…….

1993년 12월 6일, 오전 1시 3분.

송년회를 마치고 돌아가던 회사원이 시모키타자와 3호 건널목 인근에 쓰러져 있던 무언가를 발견했다. 우묵땅 바닥에서 먼 눈으로 봤을 때는 새하얀 마네킹 같다고 느꼈다. 그러나 거리가 가까워지면서 도로에 엎어져 있는 물체가 진짜 사람임을 깨닫고서 크게 놀랐다. 그 여자가 병자나 부상자가 아님은 한눈에 알 수 있었다. 한겨울인데도 얇은 슬립만 착용한 상태였고, 두 발에는 아무것도 신겨 있지 않았다. 맨발이었다.

회사원은 황급히 비탈길을 뛰어 올랐다. 여자는 건널목 바로 바깥, 북쪽 길에 쓰러져 있었고, 머리 쪽으로 쭉 뻗은 오른팔은 차단 막대 아래에 위치하고 있었다.

회사원은 말을 걸면서 흔들어 봤으나 여자의 왼쪽 가슴 아래가 선혈에 물들었음을 깨닫고서 숨을 삼켰다. 피보라는 턱 부근에도 점점이 튀어 있었고, 그야말로 온몸이 피투성이였다. 두 눈은 번쩍 뜨인 채로 깜빡이지 않았다. 회사원이 큰 소리로 말을 걸었지만 아무런 반응도 없었다. 그는 시체임을 직감했지만, 여자의 어깨에 닿았던 손가락에서 아직 체온이 느껴졌기에 우묵땅 바닥으로 뛰어 돌아가 인근 공중전화로 119에 신고했다.

구급차를 보내 달라고 요청하는 전화는 동시에 소방서에서 경찰로 통보됐고, 기타자와서 형사과에 '변사 사고 발생'이라는 내용으로 최초 전달됐다. 현장이 건널목 바로 바깥이었기에 철도 사고일 가능성도 고려하여 교통과에도 통보했다.

그로부터 불과 5분 안에 구급차와 교통 경찰관, 순찰 중이던 경찰차와 기타자와서에서 파견한 제1진이 현장에 집결했다.

구급대원들은 곧바로 여자의 심폐 정지와 동공 확대 여부를 확인했다. 한 대원이 심장 마시지를 시행하려고 했지만, 좌측 가슴에 찔린 상처가 있어서 압박하기를 주저하고 휴대전화로 의사에게 지시를 요청했다. 결국 소생술은 시행되지 않았고 인근 병원으로 응급 이송됐다.

여자를 태운 구급차와 교대하듯 제2기동수사대의 위장 경찰차가 현장에 도착했다. 아직 사건으로 인정되지는 않았지만, 현장에 있는 경찰관들은 이미 살인 사건이 발생했다는 전제로 움직이기 시작했다. 우선 건널목 주변 5미터를 출입 금지 구역으로 통제했다. 첫 발견자인 회사원에게 임의로 사정청취를 받는 동시에 현장 부근을 수사하기 시작했다.

세타가야 파출소 소속의 기동수사대원인 니시키 경사는 기타자와서 관내에서 발생한 사건을 해결하기 위한 1순위 임무, 즉 관계자 탐문수사를 배정받았다. 그러나 기타자와서 형사들이 첫 발견자로부터 이미 사정청취를 받기 시작했기에 파트너인 와타나베 경사와 함께 피해자의 족적을 쫓기로 했다. 왜냐면 여자의 옷에 혈흔이 많이 묻었음에도 쓰러진 지점에는 피가 흘러내린 흔적이 없었기 때문이었다. 다른 곳에서 찔렸다고 봐도 무방했다.

여자는 어디서 찔렸으며 어떻게 이동하여 건널목까지 왔는가.

누군가가 여자를 차에 싣고서 유기했을 가능성도 염두에 두면서 니시키와 와타나베는 주변 도로를 세밀히 살펴봤다.

그러자 건널목에서 우묵땅 바다 쪽으로 6미터쯤 나아간 위치에서 혈액이 뚝뚝 떨어진 흔적, 즉 적하(滴下) 혈흔이 발견됐다. 범죄 현장에서 피해자의 족적으로 간주되는 중요한 흔적이었다. 왼쪽 가슴을 찔린 여성이 우묵땅 아래에서 건널목까지 피를 흘리며 걸어갔던 게 아닐까.

니시키는 경찰견 출동을 요청한 뒤 와타나베와 함께 신중하게 계속 나아갔다. 그리고 밤길에 점점이 이어지는 혈흔을 발견할 때마다 현장 보존 범위를 확대해 나갔다.

같은 시각, 2킬로미터쯤 떨어진 응급 지정 병원에서는 당직 의사가 여자의 사망을 선고했다. 이 병원으로 달려온 경시청 서무 담당 관리관과 검시관이 의사에게 시신의 상태를 물어본 뒤 타살로 인정했고, 이로써 건널목 앞 도로에 쓰러져 있던 여자는 정식으로 살인 사건 피해자가 됐다. 시신을 발견한 당시 상황과 신체에 아직 체온이 남아 있던 것으로 보아 여자는 회사원이 발견하기 직전, 즉 오전 1시 3분쯤에 숨을 거뒀을 가능성이 높다고 추정됐다. 그 후에 시신은 기타자와서 교통과의 자재 운반용 트럭에 실려 부검을 실시하기 위해 경찰서 영안실로 옮겨졌다.

한편 시체 발견 현장에서 적하 혈흔을 계속 수색하던 두 기동 수사대원은 내리막길을 내려갈수록 혈흔이 발견되는 간격이 점점 짧아지고 있음을 깨달았다. 우묵땅 바닥, 차도가 펼쳐진 부근에 이르자 이제는 고생하여 찾을 필요도 없이 선혈이 만들어 낸 새빨간 흔적이 거의 일직선으로 남아 있었다. 피해자의 이동 경로였다.

이윽고 니시키와 와타나베는 망가진 자동판매기가 늘어선 구역에 도착했다. 적하 혈흔은 그 뒤편에 있는 오래된 건물에서 시작됐다. 니시키는 어둠 속에 서 있는 그 건물을 손전등 불빛으로 비추면서도 무엇인지 짐작이 가지 않았다. 목조 단층 건물이긴 한데, 주택처럼 보이지 않았다. 벽과 창틀 칠도 다 벗겨져서 폐가 같은 인상이 풍겼다. 훗날 밝혀진 사실인데 그곳은 의류 도매업자가 창고로 쓰던 판잣집으로, 업자가 도산한 뒤에 그대로 방치된 곳이었다.

형사들의 눈길을 끈 것은 폐가의 입구였다. 문에 달린 자물쇠가 부서져 있고, 개방된 미닫이문은 피로 범벅이 되어 있었다. 니시키와 와타나베는 이곳이 범행 현장이 틀림없다고 판단했다. 여성은 건물 안에서 찔린 뒤에 가슴에서 피를 철철 흘리며 미닫이문을 열고서 밖으로 나갔으리라.

와타나베가 무전으로 감식요원을 부르려고 하자 니시키가 손으로 제지하더니 귀를 기울여 보라는 듯 몸짓을 보냈다. 어두컴컴한 작은 건물 안에서 인간의 신음이 희미하게 들려왔다.

누군가가 안에 있다.

범죄 현장에서 이렇듯 불의의 사태와 맞닥뜨리면 경찰관의 머릿속은 관련 법규로 꽉 채워진다. 수사 과정에서 위법한 행위를 범한다면 설령 범인을 체포하더라도 재판에서 무죄를 받을 가능성이 있어서였다. 만약 현 상황에서 문이 닫혀 있었다면 안에 들어가기 위해 법원에서 영장을 발부받아야 할 뻔했다. 그러나 문이 열려 있으니 문제는 없었다. 범죄가 벌어졌던 곳으로 추정되는 현장을 둘러보기만 하는 행위는 영장을 청구하기 위한 자료 조사로 해석되어 강제 조사에 해당하지 않는다.

니시키가 건물 안으로 발을 내딛자 신음이 더욱 크게 들렸다. 현장을 망치지 않도록 주의하면서 두 수사원은 잽싸게 움직였다. 어둠 속을 뚫고 소리가 나는 쪽으로 한 걸음 한 걸음 나아갔다. 공기가 철분을 머금으며 서서히 비린내를 풍겼다.

건물 내부를 살펴보니 중앙에 세워진 벽이 공간을 두 군데로 구분하고 있었다. 그러나 문이 달려 있지 않아서 막힘없이 드나들 수 있었다. 니시키는 발걸음을 멈추고는 만약을 위해 허리에 채워 둔 신축식 경찰봉에 오른손을 대면서 신음이 들려오는 안쪽을 들여다봤다. 그러자 손전등 불빛 속에서 기이한 광경이 떠올랐다. 대량의 선혈이 나무 바닥을 심홍색으로 물들였고, 그 가운데에 한 남자가 앉아 있었다. 주위에는 찢긴 여성용 의복과 핸드백 등이 난잡하게 널려 있었다. 남자는 두 눈을 크게 뜬 채로 마치 물속에서 호흡 곤란이라도 겪는 듯 목을 길게 빼고서 입을 뻐금거리고 있었다.

니시키와 와타나베는 피해자가 한 명 더 있는 줄 알고서 황급히 남자 곁으로 달려갔다. 그러나 바로 근처까지 다가가니 남자가 양손에 장갑을 착용했고, 오른손 아래에는 날 길이가 10센티미터쯤 되는 칼이 떨어져 있음을 알아챘다.

니시키는 남자를 일으키려던 손을 집어넣고서 물었다.

"여기서 뭐 하나?"

남자는 괴로워하며 신음할 뿐 아무 대답도 하지 않았다. 호리호리하면서도 근육이 잡힌 체형이었고 20대 후반으로 보였다. 니시키는 신원을 특정하기 위해 성명과 주소 등을 계속 물어봤지만 아무 대답도 듣지 못했다. 남자는 묵비권을 행사하는 것이 아니라 정신이 이상해져서 대답하려야 할 수 없는 상태였다.

그동안에 와타나베는 손전등을 이리저리 비추며 남자의 신체 표면을 관찰했다. 이마에서 다리까지 피가 물들어 있었지만 옷은 찢어진 데가 없었다. 눈에 띄는 외상도 보이지 않았다. 다만 주변에 감도는 피 냄새에 섞여 강렬한 암모니아 냄새가 코를 찔렀다. 남자가 소변을 지린 듯했다.

니시키는 현장 상황을 파악한 뒤 우선 남자를 총포도검법 위반 현행범으로 체포하기로 했다. 칼이 바닥에 떨어져 있지만 남자가 언제든지 휘두를 수 있는 상태이므로 휴대 위반을 적용할 수 있었다. 또한 경찰의 질문에 전혀 대답하지 않는 이상한 모습도 '범인이라 추정할 만한 상황'으로서 재판관을 납득시킬 수 있으리라. 살인을 저지른 인간이 흉악한 행위에 충격을 받고서 정신을 놓는 일은 드물지 않았다. 온몸에 피해자의 피를 뒤집어썼다면 더더욱.

와타나베는 피의자를 발견했다고 무전으로 보고한 뒤 추가 인원을 요청했다. 수사원들이 달려와서 이미 수갑이 채워진 피의자를 연행하려고 했으나 한바탕 고역을 치렀다. 남자는 허릿심이 빠졌는지 스스로 서질 못했다. 정장 차림으로 현장에 온 형사들은 출동복으로 갈아입지 않은 것을 후회하면서 선혈에 물든 피의자를 좌우에서 부축한 채 현장 밖으로 끌어냈다.

훗날 수사를 통해, 현장에서 체포됐던 남자가 상해와 절도 등 전과가 여럿 있는 27세 시마지 이사무임이 밝혀졌다. 광역 폭력단 조직원으로 10대 때부터 범죄를 거듭해 온 전형적인 누범자(累犯者)였다.

시마지는 체포된 뒤에도 무언가를 두려워하며 취조에 전혀 응하지 않았다. 그러나 이번 살인이 이 남자의 범행이라는 것은 의심할 여지가 없었다. 현장에서 압수한 칼이 피해자의 몸에 난 상처와 일치할 뿐만 아니라, 흉기와 피해자의 피부에 시마지가 꼈던 장갑과 동일한 섬유 조직이 붙어 있었다. 특히 섬유 조직은 피해자의 뺨과 입가에서 다량으로 채집됐다. 이는 장갑을 낀 손으로 피해자의 입을 틀어막은 적이 있음을 의미했다.

또 시마지가 뒤집어썼던 대량의 혈액도 피해자의 것을 비롯하여 현장에서 나왔던 여러 혈액형과 전부 일치했다. 즉, 여자가 왼쪽 가슴을 찔린 순간에 시마지가 지근거리에서 대면하고 있었다는 뜻이었다.

현장에 널려 있던 여성용 의복을 비롯하여 여러 물증이 이번 사건의 전모를 보여 줬다. 시마지는 강간할 목적으로 여자를 협박해 폐가가 된 창고로 끌고 왔다. 그러나 여자가 격렬하게 저항해서 칼로 찔렀다.

증거들은 순조롭게 확보되어 갔지만, 피의자의 정신 상태가 문제가 됐다. 정신병으로 감정받아 책임능력을 상실한다면 불

기소 처분을 받게 된다. 시마지의 상태를 관찰했던 검사가 법원에 감정 유치*의 허가를 받아 내고 간이 감정을 실시했다. 결과는 '범행 시 책임능력이 있었음'이었다. 정신과 의사가 시마지를 면담해 보니 정신병 환자 특유의 증상을 확인할 수 없었다. 조직 사무소나 음식점 등 시마지가 들렀던 곳도 조사해 봤으나 범행 당일까지 이상한 언동을 보였던 적이 한 번도 확인되지 않았다. 거기다 각성제를 투약했던 전과가 있었지만, 체포 직후에 실시했던 소변 검사에서는 약물 반응이 나오지 않았다.

감정서에 적혔던 결론은 그 밖에도 또 있었다. 범행 현장에서 그가 보였던 탈력 상태는 '이상 체험 반응의 일종, 경악 반사 작용에 의한 운동 기능 상실', 이후에 질문에 답을 하지 않은 것은 '심인성 함구증' 때문이라는 진단이 내려졌다. 피의자가 살인행위 그 자체에 충격을 받아서 설 수도 말할 수도 없게 됐을 뿐, 피해자의 가슴에 칼을 찔렀던 순간까지는 정신 상태가 멀쩡했다고 판단했다.

이로써 피해자의 책임능력 문제는 정리됐다. 그러나 검사는 한 가지를 더 우려했다. 바로 사법 해부 결과였다. 피해자의 사인은 '흉부 자상에 의한 출혈사'였다. 칼은 피해 여성의 심장까지 닿았다. 더불어 현장에 떨어졌던 혈흔으로 추정한 출혈량은 1.5리터나 됐다. 그토록 중상을 입었던 피해자가 자력으로 건널목까지 걸어갈 수 있느냐는 의문이 떠올랐다. 만약에 피해 여성이 보행

---

* 피고인의 정신 또는 신체에 관한 감정이 필요할 때 기간을 정하여 적당한 장소에 유치해 두는 것을 뜻한다.

하기가 어려웠다면, 범인 시마지는 운동 기능을 상실한 상태였으니 피해자를 건널목까지 옮겼던 제삼자가 존재했다는 뜻이었다.

법의학자에게 이 문제를 어떻게 생각하느냐고 의견을 묻자 과거에 비슷한 사건이 있었다고 말했다. 도내 도로에서 심장을 찔렸던 인물이 긴 횡단보도를 다 건넌 뒤에 절명했던 사례가 있었다. 그것을 바탕으로 법의학자는 '심장이 찔렸더라도 90초 정도는 생존했을 가능성이 있으니 보행이 꼭 불가능하지만은 않다.'고 답변했다. 이 의견과 더불어서 도로에 점점이 이어져 있던 적하 혈흔이 피해자의 혈액형과 일치한다는 점까지 더하여 살해된 여자가 자력으로 건널목까지 걸어갔다는 판단이 내려졌다. 결국 피의자의 단독 범행으로 기소하기로 했다.

약 2개월 동안 구금된 끝에 시마지 이사무는 주거침입, 체포감금, 강간미수, 살인까지 저질렀던 죄의 개수만큼 거듭 체포되고 기소됐다. 그리고 특별수사본부는 해산됐다.

사건은 해결됐지만 살해된 여자의 신원만은 마지막까지 알아내지 못했다.

현장에 핸드백이 남아 있었지만 그 안에 신분을 증명할 만한 물건이 없었다. 경찰견이 피해자의 생전 족적을 쫓았으나 시모키타자와역 방향으로 100미터쯤 나아간 지점에서 냄새가 끊어졌다. 경찰견을 동원하여 알아낸 것은 여자가 차를 타고 이동했던 것이 아니라 도보로 현장에 향했다는 사실뿐이었다. 또한 신주쿠나 시부야 같은 커다란 역과 달리 시모키타자와역에는 방범카메라가 설치되지 않았기에 여자가 전철을 이용했는지조차 밝혀지지 않았다. 그 밖에도 경찰이 보유한 지문 데이터와 가출인 수색요청서에도 해당하는 인물이 없었다. 현장 인근의 치과에 치형(齒形) 조회를 의뢰했으나 헛일이었다. 의복과 신발, 반지와 화장품 등의 유류품도 널리 판매되는 상품이라 판매 경로를 쫓아 본들 신원을 특정할 수가 없었다. 물론 범인인 시마지 이사무의 주변을 철저히 조사해 봤지만, 피해자와의 접점을 보여 주는 단서는 아무것도 없었다.

그러던 중에 수사진으로 하여금 기대감을 품게 한 발견이 있었다. 현장에서 채집한 체모를 조사했던 감식과원이 피해자의 긴 머리가 두 번 염색됐음을 밝혀냈다. 원래 거뭿던 머리를 갈색으로 물들인 뒤에 사건이 벌어지기 반년쯤 전에 다시 거뭇게 물들였다고 했다. 처음에 염색했을 때는 꽤 밝은 색깔, 형사들의 표현을 빌리자면 '요란한' 색깔이 사용됐기에 피해 여성이 카바레 등 접대음식점이나 풍속업 등 밤일에 종사했을 가능성이 떠올랐다.

이 추측을 받아들여 신원 조사반은 밤의 환락가를 돌아다니며 탐문조사를 벌였고, 피해자의 사진을 본 카바쿠라 관계자 중에서 여성을 안다는 사람이 마침내 나타났다. 2년쯤 전에 아주 흡사한 인물을 고용한 적이 있다고 했다. 그 증언대로 가게 홍보용으로 촬영했던 호스티스 단체 사진 속에 생전 피해자의 얼굴이 찍혀 있었다. 인상이 흐릿하고 머리가 긴 여성. 아직 이때는 머리가 거뭿지만 살해된 여자와 동일 인물임을 금세 알아볼 수 있었다.

신원 조사반은 이 새로운 사진을 바탕으로 다른 카바쿠라 관계자로부터 동일한 증언을 확보했다. 그들의 이야기를 종합하자면 여자는 1991년 12월에 이케부쿠로에 위치한 카바쿠라에서 일하기 시작한 뒤로 여러 가게를 전전하다가 1993년 4월에 소식이 끊겼다. 사건이 벌어지기 8개월 전이었다. 이 무렵에 머리 색깔을 원래대로 되돌렸던 것으로 보아 호스티스 업계에서 손을 씻었을 가능성도 있었다. 카바쿠라에서 그녀가 어떻게 일했는지 물었더니, 접객하는 태도는 음침한데도 그녀를 지명하는 손님들이 끊이질 않았다고 했다. 그래서 모두들 그녀가 '베개 영업'이라 불리는 매춘 행위까지 벌였음을 눈치챘다고 했다.

그러나 밝혀진 피해자의 정보는 그게 전부였다. 여자는 가게마다 다른 이름과 생년월일을 댔다. 주소 역시 하나같이 실존하지 않았다. 윤락업계에서는 피고용인의 신분이나 경력 따윈 따지지 않기에 채용하면서 굳이 확인하지 않는다. 사건의 가해자인 시마지 이사무가 여자가 근무했던 가게에 손님으로 드나들지 않았는지도 조사해 봤으나, 그런 흔적은 없었다.

결국 피해자가 호스티스로서 활동했던 1년 4개월 동안에 손님을 비롯하여 수백 명과 접촉했을 텐데도 그 여자가 누구인지 아는 사람은 하나도 없었다.

사법해부를 마친 여자의 시신은 신원불명의 사체로서 구청에 넘겨져 화장됐다. 수사가 종결되면서 경시청 감식과 신원불명 상담실이 피해자의 신원 조사를 이어받았지만, 능동적인 수사가 지속될 리 없었다. 신원불명 사체가 실린 앨범 속에 여자의 시신 사진과 호스티스 시절의 옛 사진만이 추가됐을 뿐이었다. 그리고 누군가가 행방불명자를 조회하기를 기다릴 뿐이었다.

그리고 사건이 벌어진 지 1년이 지났지만 살해된 여자의 특징과 일치하는 행방불명자 조회는 한 건도 없었다. 유골은 여전히 무연고자 전용 납골당에 안치되어 있다…….

아라이 형사에게서 사건의 전말을 듣고서 마쓰다는 마지막으로 추가 질문을 했다.

"여자가 걸어서 현장에 갔던 이유는 그 인근에 거처가 있었기 때문이 아닐까요? 탐문 결과는 어떻게 나왔습니까?"

아라이가 새 담배에 불을 붙이면서 말했다.

"사건이 벌어지기 전에 피해자와 비슷하게 생긴 여자가 현장 부근에서 몇 번 목격됐어. 동일 인물이라 확정된 것은 아니지만, 머리가 길고 가냘픈 여자가 서 있었다고 하더군."

"서 있었다? 걸었던 게 아니라 그곳에 서 있었다고요?"

"그래. 우묵땅 바닥, 망가진 자동판매기 앞에 서서 전철을 바라보고 있었다더라."

"이상하지 않습니까? 철도 마니아도 아닐 테고."

마쓰다가 반쯤 농담으로 말했으나 아라이가 진지한 얼굴로 "그 가능성도 검토했어." 하고 대답했다. 범행 현장은 제방 위에 깔린 선로를 올려다볼 수 있는 위치에 있고, 더욱이 배경에 불필요한 물체가 보이지 않아서 전철 사진을 찍고 싶어 하는 철도 마니아들 사이에서 절호의 촬영지로 알려져 있다고 했다.

"하지만 목격된 여자가 카메라를 들고 있지 않았기에 그 가능성은 기각됐어. 여자 철도 마니아도 들어 본 적이 없고 말이야.

가능성이 더 높은 가설은 여자가 손님을 기다리고 있었다는 거였지."

"손님이라면 매춘 상대?"

"그래. 그 일대는 근처에 7번 순환로가 지나고 있어서 차로 접근하기에 편한 곳이야. 카바쿠라를 그만두고 매춘만 하게 된 여자가 거기서 손님과 만나기로 약속하지 않았을까? 그렇다면 한밤중에 왜 서 있었는지 앞뒤가 맞아떨어져."

"그렇군요. 불운하게도 아무 여자든 덮치고 싶었던 말단 야쿠자가 우연히 지나갔다."

"그런 셈이지. 하지만 그 역시 어디까지나 가설이고 진실은 아무것도 몰라. 매춘 손님이 자진해서 나설 리도 없고 말이지."

아라이가 잔에 얼마 남지 않은 버번을 단숨에 비우고 말했다.

"사진을 보여 준들 모두 '이런 여자는 모른다.'고 잡아떼겠지."

4장

형사를 취재하느라 보냈던 밤이 지나고 자택 침대에서 눈을 떴다. 마쓰다는 가벼운 두통에 시달렸다. 어젯밤에는 사건 이야기를 다 들은 뒤에 홀로 밤길을 걸어 돌아가기가 조금 으스스해서 무심코 과음하고 말았다.

귀가하자마자 취한 채로 전화기를 들여다봤지만, 오전 1시 3분에 부재중 전화 기능이 작동했던 흔적은 없었다. 그 전화는 걸려오지 않았다. 마쓰다는 안심하여 그대로 잠들었고, 기상했을 때 자신이 어느새 파자마로 갈아입은 것을 알고서 깜짝 놀랐다.

그 후에는 샤워를 하고 오전에 집을 나섰다. 어제 입었던 와이셔츠를 세탁소에 맡긴 뒤 직장으로 향했다.

마쓰다는 뉴스반에 마련된 자신의 책상에 앉아 사건 이야기를 들으며 적었던 메모를 정리하면서, 다른 취재를 하러 밖에 나간 요시무라가 돌아오길 기다렸다. 어젯밤에 살인 사건 피해자의 사진을 아라이가 빌려줬기에 요시무라에게 복사해 달라고 요청해야 했다.

카메라맨은 오후가 돼서야 편집부에 돌아왔다. 두 사람의 동향을 눈치챈 이자와 편집장이 바로 말을 걸었다.

"유령의 정체는 밝혀냈나?"

"예."

마쓰다는 건널목 근처에서 벌어졌던 살인 사건의 전말을 두 사람에 들려주고서 피해자의 사진을 보였다. 사진에 찍힌 여자를 본 순간, 요시무라뿐만 아니라 이자와마저 얼어붙은 듯했다.

"심령사진 속 여자랑 똑 닮았잖습니까."

요시무라가 두 사진을 들고서 여러 번 번갈아 보며 말했다.

"아무리 봐도 동일인물이에요. 역시 살해된 여자가 유령이 돼서 사진에 찍혔던 거 아닐까요?"

"내게 물어본들 대답할 도리가 없어. '이 세상에는 설명할 수 없는 신기한 일이 있습니다.'라는 결말로 기사를 정리해 두겠습니다."

"잠깐만."

이자와가 말했다.

"그것만으로는 아쉬워. 조금 더 파고들 수는 없겠나?"

마쓰다는 불길한 예감이 들었다. 이자와는 취재 결과에 흥분할 때마다 머리를 마구 긁적이는 버릇이 있었다.

"우선은 현장이야. 건널목뿐만 아니라 살인 사건의 무대가 됐던 빈 창고도 살펴보고 와 봐. 그리고 피해자의 신원을 캐내는 거지."

"하지만 이 여자는 신원불명이라고요."

"그래서 조사해 보라는 거 아닌가. 카바쿠라 관계자와 접촉해서 살아생전에 이 여자가 어떤 사람이었는지 듣고 와. 음흉한 업계이니 형사한테는 차마 말할 수 없었던 속사정이 있을지도 몰라. 운이 좋으면 신원을 밝힐 수 있을지도."

"사망한 성매매 여성의 신원을 조사하라는 말입니까? 유별난 일을 다 시키는군요."

마쓰다는 일이 귀찮게 꼬였다고 여기면서도 에둘러서 취재비를 요청해 봤다.

"카바쿠라 한 곳당 돈이 얼마나 깨지려나요?"

"2만 엔쯤 하지 않겠나? 기자랑 카메라맨 두 명이니 4만 엔."

이자와는 나카니시 데스크에게 휴대용 금고 안에서 1만 엔짜리 지폐 열 장을 꺼내 오도록 지시했다.

"이걸로 어떻게든 해 봐."

아라이 형사가 말해 준 여자의 근무지는 총 세 군데였다. 마쓰다는 현금을 받으면서 이번 취재는 아마 자비로 충당해야 할 것 같다고 한숨을 내뱉었다.

이자와에게 등 떠밀리듯 편집부에서 나온 마쓰다와 요시무라는 다시 시모키타자와 3호 건널목으로 향했다. 대낮에 건널목을 보니 햇빛이 이 일대를 내려쬐고 있어서인지 여자의 주검이 쓰러져 있던 곳이라고는 믿기지 않을 정도로 분위기가 밝았다.

우묵땅 바닥까지 내려가니 범행 현장을 바로 알 수 있었다. 녹슨 자동판매기들이 철거되지 않고 늘어서 있었다. 그 뒤쪽에 폐가로 변한 판잣집이 남아 있었다. 일반 주택보다 건축 면적이 넓었고, 나무 창틀에는 불투명 유리가 끼워져 있어서 내부를 들여다볼 수가 없었다. 자못 범죄자가 좋아할 법한 건물이었다.

창고 주변에는 담장이 세워져 있지 않아서 어디부터가 부지인지 알 수 없었다. 마쓰다는 인근에 차량과 통행인이 지나다니긴 하지만, 대낮이니 의심은 사지 않으리라 생각하면서 도로에서 안쪽으로 들어간 위치에 세워진 입구 앞에 가 봤다.

비바람에 노출되어 손상된 미닫이문에는 무언가를 문지른 것 같은 검은 흔적이 남아 있었다. 빈사 상태였던 피해자가 밖으로 나갈 때 묻힌 핏자국이겠지. 망가진 채로 방치된 잠금용 걸쇠가 이곳에서 벌어졌던 처참한 사건의 일부분을 지금도 보여 주고 있었다.

"마쓰다 씨."

요시무라가 나란히 서서 바라보다가 말했다.

"사건 이야기를 듣다가 딱 하나 납득이 되지 않는 점이 있었는데요."

"뭐?"

"체포 당시 범인의 상태 말이에요. 살인을 저질렀던 범인이 충격을 받아 옴짝달싹도 못했다는 게 가당키나 할까요?"

"정신감정을 해 봤더니 그런 결과가 나왔다고 하잖나."

"하지만 범인은 줄곧 범죄로 손을 더럽혀 온 야쿠자라고요. 타인한테 위해를 가하는 건 익숙할 텐데요."

요시무라가 혈흔이 남은 입구 쪽으로 시선을 돌리며 말했다.

"범인은 사람을 죽여서 쇼크를 받은 게 아니라, 설 수 없을 정도로 충격적인 광경을 봤던 게 아닐까요?"

마쓰다는 요시무라가 무슨 말을 하는지 알 수가 없었다.

"무슨 소리야?"

"시체가 걸었던 겁니다."

"뭐라고?"

"이 창고 안에는 즉사했더라도 이상하지 않을 만큼 피가 대량으로 남아 있었죠? 칼에 찔려 여기서 사망했던 여자가 벌떡 일어나서 걸어 나갔던 게 아닐까요? 그래서 범인은 허릿심이 쑥 빠져나갈 만큼 공포에 휩싸였던 거죠."

"말도 안 돼."

마쓰다는 그렇게 말했지만, 뭐라 형언할 수 없는 음침함을 느꼈다.

"뭐, 착각했을 가능성은 있을지도 모르겠군. 죽은 줄 알았던 여자가 걷는다면 시체가 움직인 것처럼 보일 만도 하겠지."

"어쨌든 살인을 저지른 당사자한테는 피조차 얼어붙을 만한 광경이었겠죠."

"그래."

마쓰다는 수긍하고서 현장에 들어와 본 뒤에 처음 느꼈던 의문을 밝혔다.

"내가 이해하지 못한 점은 그 뒷부분이야. 가슴을 찔린 뒤 여자는 왜 건널목 쪽으로 걸어간 거지?"

마쓰다는 요시무라를 데리고서 빈 창고에서 벗어나 도로로 나왔다. 3호 건널목과는 반대 방향인 시모키타자와역 쪽을 보니 전화 박스가 놓여 있었다. 사건 첫 발견자가 구급차를 불렀던 공중전화였다.

"도움을 요청하려고 했다면 저 전화 박스로 갔어야 했어. 거리도 아주 가깝고 말이야. 굳이 건널목으로 간 이유를 모르겠군."

"확실히 그러네요."

요시무라가 말장구를 치고서 숄더백을 열고 카메라를 꺼냈다.

"현장 주변 사진도 찍어 두죠."

카메라맨이 창고와 전화 박스의 위치 관계를 파악할 수 있는 앵글을 찾고자 차도를 건너 제방 바로 아래로 이동했다.

사건 현장을 촬영하는 일은 요시무라에게 맡기고서 마쓰다는 방금 언급했던 의문을 자기 발로 검증해 보기로 했다. 창고 앞에서 3호 건널목까지 긴 머리 여자가 걸었던 경로를 짚어 봤다. 우묵땅 바닥에서 건널목으로 이어지는 비탈길은 보기보다 가팔랐다. 더욱이 거리도 50미터나 돼서 어지간한 목적이 없는 한 중상자가 도저히 올라갈 것 같지 않았다.

"어쩌면."

마쓰다는 창고를 돌아보고서 수사진이 배제했던 가능성도 검토해 봤다. 그 사건에 공범이 있었고, 여자의 시체를 건널목까지 옮겼던 게 아닐까? 그러나 눈에 띄지 않는 폐건물 안에서 시체를 굳이 밖으로 옮겨야 할 필요가 있었을까? 전철에 치이도록 선로에 방치하여 인명사고처럼 꾸미려고 했을 가능성도 생각해 봤지만, 여자의 시체는 선로 위가 아니라 바로 옆 도로에 쓰러져 있었다. 더욱이 범행 시각인 오전 1시 무렵에는 막차가 이미 지나갔으므로 이 가설은 부정할 수 있었다.

역시나 살해된 여자는 임종 직전에 어떤 목적으로 홀로 이 비탈길을 올라갔던 것이다. 심장을 찔리는 치명상을 입은 뒤 얼마 남지 않은 혈액을 한 방울씩 뚝뚝 땅바닥에 흘리면서.

눈앞의 건널목에서 경보기가 울리기 시작했다. 뒤에서 온 통행인 둘이 종종걸음으로 선로를 넘어갔다. 마쓰다만이 그곳에 머물러 점점 내려가는 차단 막대를 쳐다봤다. 그러다가 불현듯 알아챘다. 여자가 쓰러졌던 곳은 지금 자신이 서 있는 곳 부근이 아닌가?

무심코 한 걸음 물러서 땅을 쳐다봤다.

한겨울 심야에 반라의 상태로 땅바닥에 쓰러져 아무도 모르게 숨을 거뒀던 여자. 그때 어떤 고통을 맛봤을까. 터무니없는 고통임에 틀림없겠지만, 심장을 찔리면 어떤 느낌일까. 격통에 시달리리라는 것 말고는 상상조차 할 수가 없었다.

마쓰다는 눈을 내리깔고서 계속 생각했다. 죽음의 고통을. 그 하얀 병실에서 마쓰다의 아내에게도 찾아왔던 생명의 끝을.

전철이 접근해 오는 소리에 고개를 드니 선로에 사람이 서 있었다. 마쓰다의 의식이 눈앞에 펼쳐진 현실로 끌려나오기까지 한순간 시간의 공백이 있었다. 차단기가 내려간 건널목 안으로 여성 통행인이 침입했음을 깨닫자마자 마쓰다의 몸속에서 경악

하는 소리가 터져 나왔다.

뛰어들기 자살.

마쓰다는 제 눈을 의심하고서 당장에 직면한 이 사태를 달리 해석할 수 없는지 순식간에 머리를 굴렸다. 그러나 의심할 여지가 없었다. 건널목 안에 서 있는 사람은 전철에 치일 생각이었다.

그로부터 아무 생각도 할 수 없는, 애타는 시간이 얼마나 흘러갔는지 모르겠다. 마쓰다는 무작정 경보기에 설치된 비상 버튼을 누르려고 달려가려다가 늦었다고 판단했다. 이미 급커브 너머에서 기다란 급행열차가 모습을 드러냈다. 차단 막대를 지나 구하러 갈 수밖에 없었다. 그러나 허리 높이에 있는 막대를 들어 올리고서 몸을 숙였음에도 몸이 앞으로 나아가질 않았다. 저지하는 압력이 느껴져 돌아보니 등 뒤에서 요시무라가 제 몸으로 누르며 마쓰다를 만류하고 있었다. 머리 바로 옆에서 귀가 멍멍해질 정도로 기적 소리가 요란히 울어 댔다. 날아가 버릴 것 같은 바람을 휘몰며 선두 차량이 통과했다.

마쓰다는 건널목을 돌아봤다. 잇달아 지나가는 차량에 시야가 가로막혔다.

"이 멍청아!"

마쓰다가 요시무라에게 호통을 쳤다. 차량에 가려졌다가 드러나기를 반복하는 선로를 눈으로 훑었다. 새빨간 물체가 보인다면 그것은 시체일 것이다.

"방금 그 사람은 어찌 됐어?"

그 말에 요시무라도 큰 소리로 되물었다.

"누구 말입니까?"

"여자 말이야! 건널목 안에 서 있었잖나!"

"여자 따윈 없어요!"

"뭐?"

최후미 차량이 급속하게 속도를 줄이며 3호 건널목을 지나갔다. 경보음이 멎고, 차단 막대가 저절로 올라갔다. 그곳에는 아무도 없었다.

멀어지는 전철 안에서 차장이 전화 수화기에 귀를 댄 채로 이쪽을 응시했다. 요시무라가 황급히 두 팔을 흔들며 아무 일도 없음을 몸짓으로 전했다.

마쓰다는 아무도 없는 건널목 앞에 우두커니 서 있었다. 요시무라가 말리지 않았다면 자신이 건널목 안으로 들어갔으리라.

잇달아 벌어지는 신원미상자의 침입과 열차의 비상 정지……

"마쓰다 씨, 뭘 본 겁니까?"

요시무라가 흥분이 식지 않은 목소리로 물었다.

직전에 봤던 광경을 머릿속에 떠올리면서 마쓰다가 대답했다.

"바로 저기에 머리가 긴 여자가 서 있었어."

마쓰다는 비로소 깨달았다. 건널목 안에 침입했던 사람들은 유령을 목격했던 게 아닐까 하고.

편집부로 돌아가는 전철 안에서 마쓰다는 3호 건널목에서 겪었던 일을 몇 번이나 자문하고 몇 번이고 자답했다. 대체 그곳에서 무슨 일이 벌어졌나, 그리고 자신은 무엇을 봤는가.

단언할 수 있는 객관적인 사실은 자신이 차단기가 내려간 건널목 안에 들어가려고 했고, 요시무라가 만류했다는 것뿐이었다. 그럼 그 원인인 긴 머리 여자가 정말로 선로에 서 있었다고 단언할 수 있는가? 이 기억만이 아지랑이처럼 흔들려서 확신을 가질 수가 없었다. 확실히 본 줄 알았던 여자가 불과 몇 초 뒤에 사라졌기 때문이었다.

상식에 비추어 본다면 건널목 안에 사람이 서 있었을 리가 없다. 따라서 마쓰다는 자신의 정신을 의심해야만 했다. 착각인지 환각인지 모르겠지만, 건널목 안에 사람이 있음을 깨달았던 최초의 순간을 상기해 봤다. 생각에 골똘히 잠겨서 꿈인지 생시인지 분간할 수 없는 의식 속으로 여자의 모습이 불현듯 섞여들었다고밖에 말할 수가 없었다.

"뭘 잘못 봤나 봐."

요시무라에게는 그렇게 말했다.

"익숙지 않은 심령 소재에 몰두하느라 신경이 쇠약해졌겠지. 게다가 어젯밤에는 형사랑 과음을 한 바람에 술기운이 아직 남아 있었고."

요시무라는 미심쩍은 표정을 거두지 못하고 "이상한 것에 홀리지 마세요."라고만 말했다.

마쓰다는 생각했다. 아마도 설명할 수 없는 무언가를 보고 만 사람은 주변에 말할 수가 없겠지. 개인적인 경험으로서 가슴속에 담아 두지 않으면 사회 안에서 거처를 잃어버릴 위험이 있다.

잡지사 빌딩에 도착하여 카메라실로 향하는 요시무라와 헤어진 뒤 마쓰다는 자신의 일터에 가서 편집장을 붙잡았다. 건널목에서. 겪었던 이상한 체험은 언급하지 않고 취재한 내용을 보고한 뒤 잡담을 가장하여 물었다.

"심령 소재 취재를 하다가 만약에 정말로 유령의 존재를 포착한다면 기사로 쓸 수 있을까요?"

이자와가 안경 속 눈을 움직여 마쓰다를 봤다.

"무슨 소린가?"

"순전히 예를 들자면, 기자 본인이 유령을 목격했거나 카메라맨이 결정적인 사진을 찍었을 경우 그걸 지면에 실을 수 있겠습니까?"

"아아, 그런 말인가? 그거라면 텔레비전 업계 쪽 얘기를 들어본 적이 있지. 심령 취재를 하다가 실제로 유령 영상을 찍은 녀석이 있다더군."

마쓰다가 무심코 몸을 앞으로 내밀었다.

"정말입니까?"

"정말인지 아닌지는 몰라."

이자와가 웃었다.

"어디까지나 소문일세. 허나 가령 그런 영상을 촬영했더라도 외부에 밝히기가 어렵다는 얘기였지. 매스컴은 공공성을 띠는 기관이라서 비합리적인 내용을 무책임하게 내보낼 수는 없네. 정말로 유령과 맞닥뜨렸더라도 단정하지 않고 모호하게 전할 수밖에 없어. 실은 나도 딱 한 번 기묘한 경험을 겪은 적이 있었네."

"오호?"

편집장이 뜻밖의 고백을 하자 마쓰다는 흥미가 일었다.

"다만 심령 소재는 아냐. 진지하게 취재를 하다가 겪은 일이야. 내가 아직 일개 편집자였고 마스 씨랑 막 안면을 텄을 즈음에 도쿄만에서 어선 침몰 사건이 있었지?"

"아아, 있었죠."

희생자가 열네 명이나 나온 참사였다. 마쓰다의 머릿속에서 토요일 심야에 전화를 받고서 취재를 하러 달려 나갔던 기억이 되살아났다.

"그날 밤에 조난을 당했던 어부들의 리스트를 입수하여 곧바로 유족을 취재하러 나섰지. 그랬더니 어느 유족이 어리둥절한 얼굴로 '울 남편은 구조됐을 텐데요?' 하고 말했더랬지. 이유를 물었더니 어선이 침몰한 뒤에 본인이 전화를 걸었다더군."

"전화?"

"맞아. 사고 소식을 들은 뒤에 한밤중에 남편이 전화를 걸어서 무사하다고 여겼던 모양이야. 조난자 리스트에 오류가 있는 줄 알고 부랴부랴 확인해 봤더니 그 인물은 실제로 사망했어. 전화가 걸려 왔던 시각에 이미 주검이 바다 밑바닥에 가라앉아 인양되길 기다리고 있었지."

예전의 마쓰다였다면 '무슨 착오가 있었던 거 아닙니까?' 하고 실소했을 테지만, 지금은 달랐다.

"결국 그 유족의 이야기는 어떻게 됐습니까?"

"편집장이 판단하여 유족 코멘트라는 형식으로 게재됐지. '본인이 전화를 걸어서 산 줄 알았는데.'라고 말이야. 이 정도면 증언자가 착각했다고 해석할 수도 있지. 이번에 우리가 심령 소재를 취재하다가 밝혀낸, 심령사진과 살해된 여자의 얼굴이 일치한다는 점도 주의해서 적어야만 하겠군."

"심령 소재에는 의외로 많은 것들이 숨겨져 있을지도 모르겠군요."

"정치계 소재랑 똑같지."

그 후에 마쓰다는 지하 1층 카메라맨실에 가서 요시무라에게 사건 현장을 촬영했던 사진을 보여 달라고 했다. 그러나 공표할 수 없을 만한 것은 전혀 찍히지 않았다.

밤이 깊어진 뒤 편집부를 나왔다. 노후화된 빌딩 엘리베이터를 혼자 탔을 때도, 인적이 끊긴 골목을 걸어서 자택 맨션으로 갈 때도 마쓰다는 뒤쪽이 자꾸만 신경 쓰였다. 무언가가 들러붙은 채 따라오는 것 같은 기분이었다.

귀가한 마쓰다는 거실 소파에 푹 앉아 여전히 혼란스러운 머리를 정리했다. 3호 건널목에서 겪었던 일은 긍정도 부정도 하지 못한 채 떨쳐 버릴 수밖에 없겠다는 생각이 들기 시작했다. 그 건널목 안에 정말로 여자가 서 있었다면 현실과의 정합성이 상실된다. 서 있지 않았다면 자신의 인지 능력이 고장 났다는 뜻이다. 실제로 마쓰다는 자신의 정신이 이상해진 게 아닌가 하고 일말의 불안감을 품었다. 그러나 건널목에서 목격했던 장면이 현실에서 벌어질 수가 없음을 잘 알기에 아직은 제정신을 붙들고 있다고 여기기로 했다.

마쓰다는 술이나 마실까 하여 소파에서 일어났다가 벽에 여전히 걸려 있는 라벤더색 코트를 응시했다. 입원했던 아내가 "퇴원할 때를 위해 준비해 줘." 하고 부탁했다. 마쓰다는 아내가 다시금 그 코트를 입을 수 있을지도 모른다는 어렴풋한 희망을 품으면서 병실에 가져갔으나 결국 세탁소 커버가 씌워진 채로 자택에 갖고 돌아왔다. 그때 이미 마쓰다는 혼자의 몸이었다.

한동안 코트를 바라보다가 '건널목에 아무도 없었는가.' 하는 물음이 다시 머릿속에서 고개를 쳐들었다. 망자와의 교감을 과학적으로 설명할 수 있는지 따지는 것은 요점에서 벗어난 게 아닌가 싶기도 했다.

마쓰다는 텔레비전대에 다가가 아래 선반에서 비디오카메라를 꺼냈다. 몇 년 전에 구입했으나 한 번밖에 사용하지 않았던 기계였다. 안에 담긴 테이프는 차마 볼 마음이 들지 않아서 여태껏 방치해 뒀다. 그 안에는 살아생전 아내의 모습이 담겨 있었다. 신혼여행을 빼고 단 한 번뿐이었던 부부의 여행을 기록해 놓은 테이프였다.

마쓰다는 취급 설명서를 보면서 카메라를 텔레비전에 연결한 뒤 테이프 되감기 버튼을 누르려고 했다. 바로 그때 처음으로 테이프가 이미 완전히 되감겨 있음을 깨달았다. 기계 조작에 서툴렀던 아내가 혼자서 이 비디오를 봤다는 뜻이었다. 사랑이 한창 깊어지는 시기에 으레 느껴지는, 상대를 향한 사랑이 흘러넘쳐서 되레 가슴이 아려 오는 것 같은 그런 답답한 감각이 치밀어 올랐다.

재생 버튼을 누르기 전에 마쓰다는 잠시 망설였다. 아내가 움직이는 모습을 봤다가는 혹여 상실의 고통을 덧칠해 버리지 않을까 두려웠다. 그러나 지금 스위치를 누르지 않는다면 두 번 다시 이 기회가 찾아오지 않으리라 생각을 고쳐먹고서 카메라에 손을 뻗었다.

재생을 시작하자 완전히 잊고 지냈던 풍경이 텔레비전 화면에 나타났다. 이즈 반도로 향하는 열차 차창에서 찍은 풍경이었다. 한동안 바라보니 마치 시간이 역행이라도 한 것처럼 마쓰다의 추억에 생기가 띠었다. 화면 밖에 있는 아내의 온기도, 서로 맞닿은 어깨의 감촉도, 머리카락에서 풍겨 오는 샴푸 향기까지 그 모든 것이 가슴속에서 생생히 되살아났다.

그날은 아내가 에키벤*을 먹고 싶어 해서 일부러 아침을 거르고서 집을 나섰다. 열차 안에 나란히 앉아 신주쿠역에서 샀던 도시락을 먹으면서 품평을 나눴다. 마쓰다는 아내가 핸드백 안에 과자 2인분을 감춰 두는 모습을 보고서 무척이나 귀엽게 여겼다.

미나미이즈초 지역 풍경으로 전환됐지만, 아내의 모습은 아직 화면에 등장하지 않았다. 지금이 테이프를 정지할 때였으나 마쓰다는 기억의 파편을 줍는 데 정신이 팔려서 그 기회를 놓치고 말았다. 해변에 가득 감도는 깨끗한 공기, 산을 뒤덮은 선명한 녹음, 감청색으로 물든 초여름 하늘. 아내의 목소리가 그런 풍경에 한데 겹쳐 들려왔다. 들뜬 목소리로 내뱉는 말 한 마디 한 마디

---

* 일본의 기차역에서 파는 도시락. 각 지역의 특산품을 써서 만들기에 역마다 특색이 있다.

마다 단둘이서 즐기는 여행의 기쁨이 전해졌다. 마쓰다는 그 목소리를 2년 만에 다시 들었다. 인생의 절반을 줄곧 포근히 감싸 줬던 부드러운 울림.

여행 첫날에는 유람선을 탔다. 이튿날에는 케이블카를 타고 산에 올랐다. 기념품 가게에서 아내는 공예품인 유리 세공품을 들고서 반짝이는 그 빛을 눈에 비췄다. 투숙했던 여관에서 서로가 서로의 유카타 차림을 바라봤던 밤, 배차 간격이 뜸한 버스를 기다리며 산속 정류장에 우두커니 서 있던 기억, 두 번 다시 돌이킬 수 없는 시간에 녹아든 그 모든 것이 텔레비전을 쳐다보던 마쓰다를 집어삼키고는 압도했다.

노을빛을 산란하듯 반사하는 잔물결을 배경에 두고 아내가 찍혔다. 40대 중반인데도 그녀의 가냘픈 목은 아름다운 곡선을 그리고 있었다. 눈동자는 때로는 즐겁게, 때로는 짓궂게 빛났다. 살아생전의 아내가 움직이는 모습은 이제 영상으로밖에 볼 수 없었다.

화면 속 아내가 웃으면서 멋쩍은 표정으로 이쪽을 향해 말을 걸었다.

"나 말고 경치를 찍어."

"뭐 어때? 여행 기념이야. 이제 곧 배터리도 다 떨어질 테고."

마쓰다 본인이 들뜬 목소리로 대답했다.

"이번에 여행을 온 감상은?"

"아주 좋았어. 이런 적 처음이잖아."

"신혼여행이 있잖아?"

"그럼 15년 만인가? 다음 여행은 언제야?"

"내년 이맘때."

"거짓말."

아내가 미소를 지으며 째려보자 마쓰다는 난처하게 웃으며 얼버무렸다.

바닷바람이 불어오자 아내가 한 손으로 머리카락을 누르면서 바람이 불어오는 쪽을 바라보고는 물었다.

"저기, 휴가 더 연장할 수 없어?"

"무리야."

"알겠어. 그럼 잔뜩 찍어야 해."

아내가 가녀린 어깨를 기울이며 신고 있던 샌들을 벗고서 맨발이 됐다. 그곳으로 미끄러지듯 몰려든 바닷물이 하얀 발을 감싸려고 할 때 영상이 갑자기 끊어졌다. 홀로 사는 방 안에서 시간을 알리는 시계 종소리가 작게 울렸다.

마쓰다는 두 손으로 눈물을 훔치고서 그대로 머리를 싸쥐었다. 테이프가 끊어진 뒤 노을에 잠긴 해변에서 겪었던 일을 떠올렸다. 이때 마쓰다는 몹시도 즐거웠던 나흘간 여행에 신이 나서 의기양양한 기분으로 아내에게 물어보려고 했다. 행복하냐고. 이미 병마가 아내의 몸에 들어온 것도 모른 채, 아내의 생명이 앞으로 3년이면 다 스러진다는 것도 모른 채.

비애나 동정 같은 미적지근한 감정이 아니라 육체적인 고통조차 수반하는 격렬한 연민의 정이 가슴의 중심까지 옥죄었다. 아내가 너무 가엾고 가엾어서 소리 내어 울려고 했을 찰나에 전화가 울렸다.

마쓰다는 목구멍까지 차오른 눈물을 꾹 삼키고서 고개를 들었다. 거실과 다이닝룸에 놓인 두 대의 전화기가 연달아 울렸다. 열린 문을 통해 옆방에 걸린 시계를 보니 오전 1시 3분이었다.

불과 조금 전까지 마쓰다를 무너뜨렸던 비탄의 감정이 솟아오르는 공포도 억눌렀다. 마쓰다는 소파 반대편으로 이동하여 협탁에 놓인 전화 수화기를 들었다.

귀를 한동안 기울이자 암흑을 연상케 하는 무음 속에서 여자의 신음이 들려왔다. 낮에 들렀던 살인 사건 현장에서 줄곧 떠올랐던 의문의 답이 수화기 너머에 있었다. 듣는 이의 마음마저 찢어 버릴 것 같은 울림이, 날붙이가 심장을 찌르는 고통이 얼마나 극심한지를 말해 주고 있었다. 이 목소리를 듣는다면 모두가 피를 토하며 땅바닥을 기어 다니는 여자의 모습을 떠올릴 것이다.

"여보세요?"

마쓰다가 물었다. 마르지 않는 눈물에 목소리가 젖어 있었다.

"누구십니까?"

그러나 대답은 없었다. 마쓰다를 전율의 밑바닥으로 끌어들이듯 고통에 겨워하는 신음만이 이어질 뿐이었다.

마쓰다는 공포에 삼켜지지 않도록 마음을 굳게 먹으면서 이 전화가 어디에서 걸려 왔는지 생각했다. 저세상이나 황천이라고 표현하는 세계가 아니라 이 목소리만이 되울리는 심혼(心魂)의 영역과 직접 연결되어 있는 듯했다. 수화기 너머에는 오직 하나의 영혼만이 있고, 자신은 그 여자의 영혼과 직접 접촉하고 있는 게 아닐까.

귓가에 전해지는 음성의 성격이 약간 바뀌어 흐느낌으로 변화했다.

호소하고 싶은 말이라도 있는 것인가. 마쓰다는 "말 좀 해 보세요." 하고 얘기해 봤지만, 여자의 목소리는 언어를 이루지 못했다. 잠시 뒤 불안정하게 오르락내리락하던 음성이 물속에 가라앉은 것처럼 멀어지더니 이윽고 끊어졌다.

마쓰다는 수화기를 쥔 채로 방금 들었던 음성이 현실인지 생각했다. 그와 동시에 '현실이란 무엇인가.' 하는 고찰도 함께 딸려 왔다. 정상적인 판단력과 합리적인 사고로 인지되는 세계만이 현실이라면, 비합리적인 관념으로만 감지되는 세계는 없는 것인가? 마쓰다는 그곳이야말로 영혼의 거처인 것 같다고 생각했다. 즉 인간의 혼이란 마치 한 편의 이야기나 음악, 혹은 살아 있는 인간의 의식처럼 현실에는 존재하지 않는 관념 속에서만 발현되는 무언가라고 정의할 수 있지 않을까? 그렇다면 말을 주고받지 않아도 타인의 마음을 헤아릴 수 있듯 영혼과 교감할 수 있지 않을까?

마쓰다는 손에 들린 수화기를 내려놓으면서 업무에 전념했던 유군기자 시절로 돌아가야겠다고 생각했다. 온 힘을 다해서 취재해야만 하는 사건이 바로 눈앞에 있었다.

5장

이튿날에 마쓰다는 출근하기 전에 옛 둥지였던 신문사에 들렀다. 소유한 주식을 처분하기 위해서였다.

일본의 신문사는 경영 독립을 지키기 위해서 주식 공개가 법으로 금지되어 있다. 대신에 사원들이 각출한 돈을 자본금으로 삼고 있다. 주가는 변동이 없고 배당금도 개미 눈물만 해서 일정 금액을 무이자로 예치해 둔 것이나 마찬가지였다. 마쓰다는 퇴직하면서 주식을 처분하고 싶었지만, 안정적인 주주를 유지하고 싶어 하는 사원 주주회에서 기다려 달라고 부탁한 탓에 여태껏 갖고 있었다.

반환 절차를 밟아서 돌려받은 금액은 30만 엔이었다. 앞으로 취재비가 부족해지면 이 돈을 쓰기로 각오를 굳혔다.

그 후에는 고탄다로 나가서 어제 약속을 잡아 뒀던 취재 대상을 만났다. 80년대까지 카바레 고용 점장으로 활동했던 모토키라는 남자였다. 현재는 역 앞 빌딩에서 본인이 소유한 작은 바를 운영하고 있었다. 모토키는 업무상 중소영세기업 경영자와 안면을 트고 있기에 유군기자 시절에 항간의 풍문 등을 취재할 때 정보원으로서 상당히 도움을 받았다.

예약한 레스토랑에서 오랜만에 재회하여 서로 근황을 주고받은 뒤 마쓰다는 세 군데의 카바쿠라 상호를 들려주며 관계자를 아는지 물었다.

"공교롭게도 하나도 모르겠네요."

모토키가 대답했다.

그가 경영자를 알고 있었다면 이야기가 빨랐을 텐데. 역시나 카바쿠라 취재는 발품을 팔아 가며 착실히 해 나갈 수밖에 없을 듯했다.

뒤이어 마쓰다는 모토키에게 카바쿠라라는 업종이 어떻게 운영되는지 알려 달라고 부탁했다. 살인 사건의 피해자가 생전에 무슨 일을 했는지 대강이라도 파악해 두고 싶었다.

"카바쿠라의 핵심은 유사 연애죠."

모토키가 설명했다.

기존의 카바레나 긴자 고급 클럽에서는 프로 호스티스들이 접객하지만, 카바쿠라는 자못 일반인처럼 생긴 여자들을 잘 갖춰 놓는 것이 중요하다고 했다.

"손님들은 그런 여자랑 어울리며 연인 기분에 젖어 술을 마십니다. 언젠가 침대로 유혹할 수 있지 않을까 기대하면서 말이죠. 단골은 마음에 든 호스티스를 만나기 위해 가게에 들르고, 호스티스는 손님이 지명할 때마다 수입이 늘어납니다. 남자의 욕망을 잘 받아넘기면서 단골로 붙들어 두는 게 호스티스의 실력입니다."

"남자는 바보로군."

"정말로요."

모토키가 웃었다.

"연인을 원하는 남자들은 카바쿠라에, 엄마를 원하는 남자들은 스낵바에 가죠."

그러고 보니 스낵바나 고급 클럽의 여주인을 '마마'라고 부르던가? 마쓰다는 이야기를 듣다가 떠올랐다.

"카바쿠라에서는 연인 기분을 고취시키기 위해 '동반 출근'이라는 특별한 서비스도 있습니다. 개점 시간 전에 손님과 호스티스가 밖에서 데이트를 하고 나서 가게에 가는 거죠. 가게 입장에서는 동반 서비스료를 챙길 뿐만 아니라 개점 직후의 빈자리를 메울 수도 있으니 상당히 짭짤하죠. 그리고 동반 서비스를 이끌어 낸 호스티스한테는 서비스료 안에서 수당이 지급됩니다."

"호스티스의 연수입은 얼마나 되지?"

"실력에 따라 천차만별입니다. 최소 300만 엔에서 최대 2000만 엔까지 벌지 않을까요?"

전국 일간지의 기자보다도 더 많이 버는구나. 마쓰다는 놀랐다. 그 긴 머리 여자는 어땠을까?

"느낌이 음침한 여자는 일하기 어려운 직종인가?"

"물론."

"벌이가 시원찮은 호스티스가 베개 영업에 나서는 경우도 많나?"

"있죠. 다만 이 부분은 설명하기가 어려운데, 카바쿠라는 풍속 업계와 아슬아슬하게 다릅니다. 물장사의 최대 경계선이라고도 할 수 있을까요. 여성의 성을 팔지만 성행위까지는 가지 않는 게 그들의 자존심이기도 합니다. 하지만 남자와 여자가 얼굴을 맞대며 술을 마시는 장사이니 예외는 얼마든지 있죠. 실제로 베개 영업을 했다가 돈벌이가 더 쏠쏠한 일거리를 찾아 풍속업계에 떨어져 버린 여자들도 많아요."

그것이 그 긴 머리 여자가 나아갔던 길인가? 마쓰다는 약간 실망했다. 취재 대상자가 조금이라도 좋으니 순진한 구석이 남아 있는 여성이길 바랐다.

마지막으로 마쓰다는 카바쿠라 특유의 복잡한 요금 체계도 알려 달라고 했다. 취재가 난항을 겪으면 돈이 꽤나 깨질 것 같았다.

모토키와 헤어진 뒤 마쓰다는 편집부에 가서 취재 준비에 착수했다.

우선은 정공법으로 아라이 형사가 알려 준 세 군데의 카바쿠라에 전화를 넣어 봤다. 그러나 모두 취재를 거절했다. 지금은 연말 성수기이고, 더욱이 가게를 홍보할 수 없는 여성지이니 취재를 거절하는 것도 당연하겠지.

그렇다면 일반 손님을 가장하여 들어갈 수밖에 없었다. 마쓰다는 카메라맨실에서 요시무라를 불러내 호스티스를 어떻게 취재할지 논의했다. 상대의 경계심을 자극하지 않는 것이 핵심이므로 요시무라는 촬영 장비를 최소한으로 챙기기로 했다.

두 사람은 오후 6시에 편집부를 출발하여 이케부쿠로역의 입식 메밀요리점에서 요기를 한 뒤 첫 번째 취재처로 향했다. 역 서쪽 음식점 거리에 위치한 '비비안'이라는 카바쿠라였다. 경찰 조사에 따르면 긴 머리 여자가 처음으로 근무했던 가게다.

추위가 매서운 밤이었다. 그러나 네온사인들이 휘황찬란하게 번쩍이는 거리로 수많은 회사원이 드나들었다. 송년회 자리로 향하는 남자들의 얼굴이 벌써부터 거하게 풀려 있었다.

요시무라는 취객이나 배회하는 야쿠자와 시비가 붙지 않도록 주의하면서 재빨리 가게 외관을 촬영했다. 비비안의 외관은 서양식 성을 본뜬 것처럼 생겼다. 난잡한 주변 경관에서 완전히 붕 떠 있었다.

마쓰다는 젊은 파트너에게 물었다.

"이런 가게에 와 본 적이 있나?"

"사람들이랑 어울리다가 몇 번쯤."

요시무라가 카메라를 숄더백에 넣으면서 대답했다.

"근데 솔직히 프리랜서한테는 뼈아픈 지출이더라고요. 술을 마실 작정이라면 요 근방에 깔려 있는 이자카야면 충분한데 말이죠. 회사 접대비를 쓰거나 어지간한 부자가 아닌 한 카바쿠라에 드나들기 힘들지 않을까요?"

"그렇겠군."

마쓰다가 30대였을 시절에는 카바레가 열풍이었다. 그러나 동료와 어울리거나 기삿거리를 캐내려 접대할 때 빼고는 가 본 적이 없었다. 군이 자비를 들이면서까지 갈 마음은 들지 않았다. 작은 부자는 카바쿠라에 다니고, 큰 부자는 긴자 고급 클럽에 푹 빠져 살겠지.

쓸데없이 번지르르한 금속 문을 열어젖히자 융단이 깔린 통로가 나왔다. 접수 카운터에서 턱시도 차림의 남자가 말을 걸었다.

"어서 오세요."

"두 명입니다만."

마쓰다가 말했다. 가게 내부는 생각보다 환했다. 그러나 붉은색으로 통일된 인테리어에서는 음란한 분위기가 감돌았다.

접수 담당자가 호스티스의 사진들이 쫙 배치된 패널을 손으로 가리키며 물었다.

"컴패니언을 지명하시겠습니까?"

이 가게에서는 접대부를 '호스티스'가 아닌 '컴패니언'이라고 부르는 듯했다. 마흔 장쯤 되는 얼굴 사진들을 쳐다보면서 마쓰다는 미리 준비해 온 대사를 내뱉었다.

"3년쯤 전에 한 번 온 적이 있는데, 그때 그 아이가 아직도 있을지 모르겠네."

"3년 전요? 이름을 기억하십니까?"

"글쎄, 기억이 잘 안 나네. 느낌이 괜찮은 아이였는데."

"그럼 두 분을 '프리'로서 안내해 드린 뒤에 일한 지 3년이 넘은 애로 붙여 드리는 게 어떨까요?"

'프리'란 호스티스를 지명하지 않은 손님을 가리킨다. 그만큼 요금이 저렴해진다.

"예, 좋죠."

뒤이어 접수 담당자가 시간제 요금 체계를 설명했다. 마쓰다
는 한 시간 세트를 선택했다. 요금만 추가로 지불한다면 추후에
연장하는 것도 가능했다.

"그럼 이쪽으로."

마쓰다와 요시무라는 안내 담당자를 따라 통로 안으로 나아갔
다. 그러자 샹들리에가 휘황찬란하게 빛나는 공간이 나타났다.
벽 쪽과 중앙에 테이블이 늘어서 있는데, 소파는 모두 같은 방향
을 향하고 있었다. 손님들끼리 얼굴을 마주치지 않도록 배려한
것이리라. 손님이 여든 명 정도 들어갈 수 있을 정도로 실내가
널찍했다. 개점 직후라서 그런지 테이블 대부분이 비었다.

마쓰다는 안내받은 자리에 앉으면서 옛날 카바레와는 확실히
다르다고 납득했다. 카바쿠라에는 밴드 연주와 댄스 플로어는
물론이고, 변두리 느낌이 물씬 풍기는 비닐제 의자도 보이지 않
았다. 심홍색 벨벳 소파는 고급스럽고 착석감이 좋아서 죄 많은
사람도 포근히 받아 줄 것 같았다.

웨이터가 얼음을 가져다준 뒤에 검은 옷을 입은 종업원이 두
여자를 데리고 왔다. 한 명은 분홍색, 다른 한 명은 귤색 드레스
를 입었다. 둘 다 가슴 부분이 크게 파여 있었다.

"소개합니다. 아유미 씨와 미호 씨입니다."

"아유미입니다."

"미호입니다. 잘 부탁합니다."

두 호스티스가 바닥에 무릎을 꿇고서 명함을 내밀었다. 나이는 스무 살을 넘긴 듯했다. 마쓰다에게는 딸뻘이라고 할 수 있는 나이였다. 머리는 밝은색으로 물들였고, 경박함은 전혀 느껴지지 않는 매혹적인 웃음을 짓고 있었다. '저 여자들의 부모는 딸의 직업을 어떻게 생각할까.' 하고 생각하는 마쓰다의 옆에서 요시무라가 싱글벙글 좋아했다.

　호스티스들은 각자 맡은 손님 옆에 시중을 들듯 앉고서 어떤 음료를 마시겠느냐고 물었다. 마쓰다는 물로 희석한 위스키를, 요시무라는 브랜디를 부탁했다. 두 여자가 테이블에 놓인 술병을 들고서 잔을 따르는 동안에 마쓰다는 시간을 허비하고 싶지 않아서 바로 본론으로 들어갔다.

"두 사람은 가게에서 일한 지 오래됐어요?"

"전 3년 정도?"

아유미가 대답했다.

"저도요."

미호가 뒤이어 대답했다.

"우린 출판사 사람인데."

그러면서 마쓰다는 요시무라와 함께 명함을 내밀었다.

호스티스들이 호들갑스럽게 감탄했다.

"《월간 여성의 친구》라니, 유명한 잡지잖아요!"

"엄마가 곧잘 읽어요."

요시무라가 대꾸했다.

"고마워요, 고마워."

"2년 전쯤에 있던 여자 중에 머리가 거멨던 사람 몰라요? 몸매가 호리호리하고 인상이 흐릿한."

두 호스티스가 얼굴을 마주 보자 마쓰다는 긴 머리 여자의 얼굴 사진을 보여 줬다.

"당시 광고 사진인데."

그러자 아유미만이 반응했다.

"세이코야."

"세이코?"

"이 가게에서 유명했는데요. 아, 하지만 이 사람……."

아유미가 갑자기 미간을 찡그렸다. 살인 사건의 피해자임을 떠올린 듯했다.

마쓰다는 기대를 품었다. 이 호스티스는 생전의 그녀를 알고 있다.

"세이코의 본명은 모르고?"

순간 아유미의 눈에서 경계하는 기색이 스쳤다.

"이거 무슨 취재죠?"

"이런 편법으로 접근해서 미안하게 됐습니다."

마쓰다가 사과하고서 아유미의 손에 1만 엔짜리 지폐를 쥐여 줬다.

"이건 이상한 돈이 아니라 취재료예요. 《월간 여성의 친구》 편집부에서 지급하는."

위스키를 병째로 주문하든가, 비싼 음식을 시키든가 호스티스의 수입을 늘리는 방법은 얼마든지 있었지만, 사무적으로 접근하는 편이 효율이 좋을 것 같다고 판단했다.

"이야기만 해 주면 돼요. 이 사람에 관해 아는 건 뭐든 좋으니."

"본명은 몰라요."

아유미가 취재에 응해 줬다.

"전에 형사도 물어봤지만, 이 사람에 관해 아는 건 하나도 없습니다."

요시무라가 조심스러운 태도로 사진 촬영을 요청하자 아유미가 승낙했다. 증언자의 사진으로서 게재될 경우에는 검은 선으로 눈을 가리도록 되어 있다. 요시무라는 가게 안에서 눈에 띄지 않도록 늘 쓰던 니콘이 아닌 미놀타의 소형 카메라로 아유미를 찍었다.

마쓰다는 살인 사건 피해자에 관한 정보를 조금이라도 더 캐내기 위해 질문을 계속했다.

"그럼 여기서 평판은 어땠죠? 성격은?"

"굉장히 어두웠어요. 이 사진처럼. 웃음이 전혀 어울리지 않는다고 해야 할까, 요상한 웃음밖에 지어내질 못했죠. 마지못해 웃는다는 느낌."

마쓰다는 지금껏 여러 번이나 봤던 사진을 내려다봤다. 왼쪽 가슴을 찔려 3호 건널목에서 숨을 거둔 여자는 지금 마쓰다가 있는 이 가게에서 부자연스러운 웃음을 지으며 접객했다. 그때 그녀의 삶은 어떠했는가. 무슨 생각을 하면서 매일 살아갔는가.

"그럼 가게 안에 친구도 없었고?"

"없었죠. 헬프로 오면 테이블 분위기만 나빠져서 다들 껄끄러

위했죠."

마쓰다는 아라이 형사가 들려줬던 이야기의 진위를 파악하기
로 했다.

"근데 이 사람을 지명하는 손님이 있었죠? 베개 영업을 했다
는 얘기도 나돌았고."

"그래요."

아유미가 수긍하고서 그저 소문이 아니라 어떤 손님에게서 직
접 들었다고 말했다.

"'그 여자, 돈을 위해서라면 베개 영업이든 뭐든 다 한다.' 그
손님이 그렇게 말했어요."

"그 손님은 지금도 이 가게에 옵니까?"

"아뇨. 그 사건이 벌어진 이후로 다들 발길을 끊었습니다. 연
루될까 봐 우려했겠죠, 분명."

아유미는 의분과도 같은 감정을 담아 입술을 삐죽 내밀고서
말했다.

"그렇게 알랑거렸으면서."

두 번째 취재처인 '스타 더스트'는 선로를 넘어 반대쪽, 이케
부쿠로역 동쪽에 있었다. 이곳에서도 마쓰다는 동일한 방식으로
취재에 임했다.

호스티스에게 사진을 보이자 바로 대답이 나왔다.

"아키나예요."

"아키나?"

"물론 가명이죠. 본명은 몰라요."

이름을 교코라고 밝힌 호스티스가 말했다.

마쓰다는 긴 머리 여자의 신원을 밝혀내고자 질문을 거듭했지만, 이곳에서도 신통찮은 대답밖에 듣지 못했다. 그러다가 교코가 역으로 질문을 했다.

"그러고 보니 그 아이, 살해됐다고 들었는데 범인이 누구였나요?"

"야쿠자였어요. 피해자한테 난폭한 행위를 하려다가 찌른 것 같습니다."

"아, 그랬군요."

교코가 의외라는 반응을 보이자 마쓰다가 물었다.

"예상과 달랐습니까?"

"응. 이 아이는 굉장히 음울해서 무슨 생각을 하는지 도통 알 수 없는 느낌이었거든요. 다들 어디서 남자의 속을 벅벅 긁었던 게 아닐까 하고 속닥거리곤 했죠."

"그 여성을 증오했을 법한 손님이 실제로 있었을까요?"

"아뇨, 구체적으로 그런 손님이 있었다는 말은 아니에요."

"그럼 달리 떠오르는 건 없습니까? 이 사진 속 사람에 관해서."

"그냥 인상인데, 보고 있으면 짜증이 절로 치밀어 오르더라고요. 뭘 하든 내키지 않는다는 느낌을 풍기는 애는. 대기실에서 말을 걸어도 가져다 붙인 것처럼 어색한 웃음밖에 짓질 못하니 날 비웃는 것 같은 기분이 들더라고요. 나만 이렇게 느낀 게 아니라 다른 사람들도 같은 말을 했어요."

"그럼 본명이나 주소 등 사생활을 아는 친구는 없었습니까?"

"없었을 거예요. 걔 주변에는 험담만 늘어놓는 사람들뿐이었으니."

마쓰다와 요시무라는 전철을 타고 나카노까지 이동하여 세 번째 '헤이안 귀족'이라는 가게에 들어갔다. 지금껏 들렀던 가게와는 달리 수용 인원수가 50명도 채 안 될 것 같은 소규모 가게였다.

나가주반* 차림으로 등장한 호스티스가 사진을 보자마자 말했다.

"무라사키 시키부예요."

"무라사키 시키부?"

"난 세이 쇼나곤."**

호스티스가 부채로 입가를 가리고는 교태를 부리며 미소 지었다.

마쓰다는 세이 쇼나곤에게 물었다.

"이 무라사키 시키부는 인상이 흐릿한데 다들 어떻게 사진만 척 보고서 알아채는 겁니까?"

"억지웃음 때문이에요. 이것만은 금세 떠올라요."

어지간히도 특징적인 웃음이었나 보다. 마쓰다도 이 사진을 처음 봤을 때 사악한 분위기까지 느꼈다.

"실제 됨됨이는 어땠죠?"

"보시다시피. 로커룸에서 도난 사건이 벌어지면 가장 먼저 의심을 받는 타입이에요."

---

* 여성용 전통옷.
** 둘 다 일본 헤이안 시대의 여성 문인이다.

"본명이나 당시 주소는 모릅니까?"

"모르겠네요."

"그럼 이 가게를 그만둔 후에 어떻게 됐는지도 모릅니까? 이 가게를 마지막으로 소식이 두절됐습니다만."

"긴자 고급 클럽에서 일했다던데요?"

"예?"

요시무라가 놀라서 언성을 높였다.

베테랑 기자는 의외의 정보와 맞닥뜨리더라도 태도를 유지한 채 취재를 계속해야 한다. 정보원이 자신이 지닌 정보의 값어치를 알아채고서 보수를 늘려 달라는 등 거래를 하려 들 위험이 있어서였다. 마쓰다는 무심한 얼굴로 질문을 계속했다.

"그거 확실한 얘기입니까?"

"소문으로만 들었어요."

"카바쿠라에서 긴자 클럽으로 전직하는 건 흔한 일입니까?"

"가끔 있죠. 긴자 뒷길을 걷다 보면 스카우트가 말을 걸곤 하니까요. 저도 전에는 긴자에 있었습니다."

"근데 이 사람은 꽤 느낌이 어둡잖아요? 스카우트를 받을 만한가?"

"그래서 다들 그랬죠. '특공대'에 들어간 거 아니냐고."

"'특공대'가 뭐죠?"

"평범하게 접대하는 게 아니라 전문적으로 몸을 파는 여자."

긴자 고급 클럽에서도 매춘 행위를 벌이고 있다는 것을 소문으로 들은 적이 있었다. 그러나 실제로 취재해 본 적은 없었다.

"그런 사람들이 있습니까?"

"있어요. 광고 대리점이 대기업 중역을 접대할 때나, 보험 회사가 대장성* 고위 관료한테 서비스를 할 때 그런 주문도 들어오니까요. 가게 아이한테 그런 일을 시킬 수는 없으니 특공대 여자를 임시로 고용해서 그 일을 시킵니다."

대장성 고위 관료가 매춘 접대를 받았다는 소재는 특종감이었다. 그러나 현재 마쓰다는 심령 취재를 맡고 있었다.

"이 사진 속 사람이 특공대였다는 소문을 어디서 들었습니까? 긴자 클럽에서 실제로 본 사람이 있었습니까?"

"아뇨. 정말로 소문만 나돌았을 뿐 증거는 없습니다."

"결국 확실한 건 아무도 모른다는 뜻이군요."

그러자 세이 쇼나곤이 속내를 떠보는 것 같은 시선으로 마쓰다를 쳐다보며 물었다.

"손님들, 설마 형사는 아니겠죠?"

"명함에 적힌 그대로예요."

"여성의 친구입니다."

요시무라가 스스로를 가리키며 덧붙였다.

세이 쇼나곤이 그윽한 미소를 다시 지으며 말했다.

"좋아요. 무라사키 시키부랑 함께 살았던 친구가 있으니 알려줄게요."

이때도 마쓰다는 간신히 태연한 표정을 유지했다.

---

* 일본의 중앙 행정 기관. 세입과 세출, 조세, 조폐, 은행 관리 등을 담당했다. 2001년에 조직 개편으로 사라졌다.

"이 사람한테 친구가 있었다고요?"

세이 쇼나곤이 알려 준 호스티스의 가명은 '에리'였다. 이미 나카노에서 일했던 가게를 나와 가부키초에 자리한 카바쿠라 '나이트 엠페러'로 옮겼다.

세이 쇼나곤의 말에 따르면 요즘에 연락을 하질 않아서 에리라는 호스티스가 그 가게에서 계속 일하는지 모른다고 했다.

"운이 좋으면 만날 수 있겠군요."

마쓰다가 에리의 개인 연락처를 물어봤으나 세이 쇼나곤이 "본인한테 물어봐요." 하고 거부했다. 그러다가 약간 양보하여 본명을 메모지에 써 줬다.

"오카지마 에미라는 애예요. 단, 내게 들었다는 건 비밀로 해 주세요."

마쓰다와 요시무라는 불야성으로 변한 가부키초 한길을 급히 걸어갔다. 3호 건널목에서 사망했던 여자에게 친구가 있었다는 사실은 경찰도 파악하지 못했다. 즉, 이 오카지마 에미라는 호스티스는 수사원에게서 사정청취를 받지 않았다. 손이 타지 않은 중요 증인인 에리와 만나서 이야기를 듣는다면 살인 사건 피해자의 신원을 틀림없이 특정할 수 있으리라.

가게는 영화관이 늘어선 구역의 뒤편에 있었다. 빌딩 외벽에 붙은 네온사인이 흘러내리듯 계속 깜빡거리며 빛의 홍수를 그려 냈다. 한가운데에 설치된 자동문을 지나니 검은 옷을 입은 종업원과 대기하던 호스티스들이 일제히 맞이했다.

"어서 오세요. 두 분이시죠? 저희 가게는 첫 방문이신가요?"

"그렇습니다. 폐점은 몇 시죠?"

"오전 2시입니다."

마쓰다는 손목시계를 봤다. 고맙게도 11시를 막 넘긴 시각이었다.

"저희 가게의 요금 체계를 알려 드리겠습니다. 세트 요금은 한 시간당 1만 5000엔부터……."

검은 옷 종업원의 설명을 들으면서 마쓰다는 접수대 옆에 설치된 호스티스 소개 패널을 훑어봤다. 최상단에 넘버 원부터 쓰리까지를 위한 틀이 달려 있었다. 두 번째로 인기가 많은 호스티스로서 '에리'의 사진이 그 안에 걸려 있었다. 머리가 짧고 동글동글하게 생긴 미인에, 균형 잡힌 몸매의 소유자였다. 나이는 20대 초반이나 중반 정도. 웃는 얼굴이 몹시도 발랄해서 이런 가게와 어울리지 않는다는 인상마저 풍겼다.

검은 옷 종업원이 마쓰다에게 물었다.

"지명을 따로 하지 않고 프리로 해 드려도 되겠습니까?"

"아, 아뇨."

마쓰다가 패널을 가리키며 말했다.

"저 아이를 부탁하고 싶은데."

"에리를 지명하시겠습니까? 그쪽 분은?"

요시무라가 대답했다.

"나도 에리가 좋겠는데."

"두 분 모두 에리로 하시겠습니까?"

요시무라가 직원이 경계할까 봐 우려하여 "아, 그럼 난 이 사람으로." 하고 다른 사진을 가리켰다.

"로라 말씀이시군요. 알겠습니다. 그럼 느긋하게 즐기십시오."

안내 담당자가 나타나 마쓰다와 요시무라를 뒤쪽 플로어로 데려갔다. 아시아 최대의 환락가, 가부키초에 있는 가게답게 인테리어에서 중후한 느낌이 흘러넘쳤다. 손님층도 두터워서 젊은이부터 노인까지 온갖 종류의 성인 남성이 다 모여 있었다. 그들과 호스티스들이 나누는 대화와 웃음소리가 저마다 입에서 뿜어내는 담배 연기와 함께 높은 천장에까지 자욱하게 맴돌았다. 한 송이의 꽃도 꺾어서는 안 되는 꽃밭 안에서 남자들은 취하고 위안을 얻고 발산하고, 또 속아 넘어가며 이 공간에 푹 빠져들었다.

마쓰다와 요시무라의 테이블에 지명하지 않은 다른 호스티스들이 다가왔다. 인기 있는 호스티스가 선약 테이블을 도는 동안에 '헬프'라 불리는 대타 호스티스가 기다리는 손님을 상대하는 구조였다.

두 헬프와 수다를 떨면서 마쓰다는 넌지시 1년 전에 시모키타자와에서 벌어졌던 사건에 관한 정보를 캐내 봤지만, 아직 열아홉 살밖에 되지 않은 호스티스들은 경력이 얕아서 전직 동업자가 살해됐다는 사실조차 몰랐다. 잡담을 이어 가던 중에 마쓰다가 담배를 물 때마다 호스티스가 재빨리 라이터 불을 내밀었다.

20분쯤 지나자 헬프가 다른 2인조와 교대했다. 그중 한 사람이 요시무라가 지명했던 로라였다. 키가 크고 얼굴에서는 서구적이어서 다소 느끼한 인상이 풍겼다. 몸매가 도드라지는 정장을 입었는데 치마가 극단적으로 짧았다. 이번에 온 2인조에게서도 사건에 관한 정보를 얻어 내지 못했다.

마쓰다가 요의를 느끼고서 일어서자 놀랍게도 호스티스가 화장실 입구까지 따라와 손을 닦을 수건까지 건네줬다. 이곳은 남자들의 저속한 지배욕을 철저히 만족시켜 주는 가게였다.

자리로 돌아가니 검은 옷 종업원의 에스코트를 받으며 다른 호스티스들이 나타났다.

"오래 기다리셨습니다. 에리입니다."

두 호스티스 중에서 누가 에리인지 금세 알아챘다. 쾌활한 웃음이 입구에 걸린 사진 속 모습과 판박이였다. 동그란 얼굴을 이루는 피부에서는 윤기가 흘렀고, 미니스커트가 탄탄한 몸을 감싸고 있었다. 고상하다기보다 산뜻한 인상이었다. 미모의 스포츠 선수라고 해도 통할 법한 모습이었다. 그러나 지나치게 완벽한 화장과 머리 모양에서 왠지 부자연스러운 인상을 지울 수 없었다. 생화가 아닌 조화의 아름다움을 연상케 했다.

"처음 뵙겠습니다. 에리입니다. 잘 오셨어요."

가게에서 두 번째로 인기가 많은 호스티스가 몸을 굽히고서 마쓰다의 손을 잡으며 악수했다. 향수의 달콤한 향기가 주변에 은은히 감돌았다. 그녀가 내민 명함에는 상호와 함께 '에리'라고만 적혀 있었다. 가까이에서 오카지마 에미를 보고서 마쓰다는 스물다섯 살쯤 됐으리라 짐작했다.

요시무라를 상대하는 호스티스는 '캐시'였다. 나이와 체격 모두 에리의 여동생뻘 같았다. 젊은 자매 같은 두 사람이 자리에 앉고서 물었다.

"손님의 성함을 알려 주실 수 있을까요?"

요시무라에 이어 마쓰다도 이름을 밝힌 뒤 메뉴판을 들고서 말했다.

"술을 주문하고 싶은데 두 사람도 마실 겁니까?"

"아, 그래도 될까요?"

에리가 얼굴을 반짝였다.

"감사합니다."

마쓰다와 요시무라는 스카치 위스키를, 두 호스티스는 칵테일을 시켰다. 이러한 주문은 요금이 별도로 청구되고 그중 일부는 호스티스들에게 환원된다.

웨이터가 가져온 술로 건배를 한 뒤 에리가 물었다.

"두 분은 퇴근길이신가요?"

"뭐, 그렇다고 해야 하나."

"어떤 일을 하실까요?"

"우리가 뭐 하는 사람으로 보이나요?"

요시무라가 역으로 질문했다.

"매스컴 관계자?"

에리가 바로 맞히자 요시무라가 놀랐다.

"어떻게 알았지?"

"두 분 모두 사회의 최전선에서 싸우고 계신다는 느낌이라."

속이 뻔히 보이는 아첨임에도 요시무라가 기뻐하며 웃었다.

신참 보도 카메라맨보다 인기 호스티스가 세상물정에 더 밝은 듯했다.

"매스컴이라고 해 봤자 여성지이지만."

마쓰다가 말하고서 명함을 건넸다.

"《월간 여성의 친구》소속입니다."

"와, 알아요!"

캐시도 흥미진진한 얼굴로 대화에 가세했다.

"연예인 같은 사람을 쫓아다니나요?"

"우린 사건이 전문이라서."

"대단해!"

두 호스티스가 입을 모아 말했다.

마쓰다는 잡담을 계속했다. 잘나가는 호스티스를 테이블에 붙들어 둘 수 있는 시간은 15분에서 20분밖에 안 된다. 지금은 억지로 본론에 들어가기보다 취재 대상에게서 호감을 얻어 내는 것이 먼저였다.

그나저나 에리의 접객 기술은 혀를 내두를 지경이었다. 표정과 목소리로 환한 분위기를 유지하면서 대화의 일부분에서 손님이 관심을 가질 만한 화제를 유도한 뒤 무슨 말을 하든 긍정해 줬다. '일본의 호스티스는 직장인의 카운슬러 역할도 겸하고 있다.'는 분석을 들은 적이 있었다. 그 말이 절로 수긍이 갈 만큼 능수능란한 접객술이었다.

그러나 그러한 교묘한 기술을 발휘하는 이유는 남자들로부터 돈을 뽑아내기 위함이었다. 에리가 약삭빠르게 행동하면 할수록 마쓰다는 상스럽게 느껴졌다. 금전을 매개로 하는 교유는 아무리 친해진들 늘 허무함이 따르기 마련이었다.

서비스 종료 시간이 가까워지자 에리가 더욱 친밀하게 미소 지었다. 대화의 흐름에 편승하듯 "오늘 밤은 마쓰다 씨랑 계속 대화하고 싶어요." 하고 말했다.

바로 그때 검은 옷 종업원이 테이블에 다가와 물었다.

"슬슬 시간이 다 됐습니다만, 서비스를 연장하시겠습니까?"

"한 시간, 연장합니다."

마쓰다가 바로 대답했다.

"계속해서 에리 씨와 로라 씨를 지명하죠."

에리가 대화를 옆에서 듣고서 "감사합니다!" 하고 진심으로 기뻐하듯 말했다. 그리고 다시 찾아온 로라와 교대하여 다른 지명 손님 곁으로 떠났다.

다시 에리가 모습을 드러내기까지 40분쯤 기다렸다. 그동안에 요시무라와 로라가 묘하게 의기투합한 눈치였기에 마쓰다는 노파심에 걱정이 됐다. 올곧게 자란 티가 풍기는 청년 사진가가 엄혹한 세상에 닳고 닳은 여자에게 너무 일찍 푹 빠진 거 아닌가?

아까와 마찬가지로 에리가 화려하게 웃으며 테이블로 돌아왔다.

"마쓰다 씨를 또 만나서 기뻐요."

그러고는 호들갑스럽게 재회를 기뻐했다.

"나도요."

마쓰다는 두 호스티스를 위해 두 번째 칵테일을 주문해 줬다. 다 함께 잔을 부딪친 뒤 가벼운 어조로 취재에 돌입했다.

"아까 우리는 사건이 전문이라고 했는데 실은 지금도 조사하고 있는 사건이 있거든."

"그게 뭔가요?"

에리가 환한 눈동자로 쳐다보며 물었다.

"이 여성을 조사하고 있는데."

마쓰다가 외투 주머니에서 긴 머리 여자의 사진을 꺼냈다.

"이름이나 사는 곳을 조사하고 있지요."

에리가 사진을 들여다보는 동안만은 진지한 표정을 지었다. 그러나 이내 다시 웃음을 지으며 말했다.

"이 사람, 누군가요? 어떤 사건의 관계자?"

예상치 못한 반응에 마쓰다는 허를 찔렸다.

"모르나? 에리 씨와 같은 호스티스이고, 나카노에 있는 '헤이안 귀족'이라는 가게에서 일했는데."

"몰라요."

에리가 고개를 가로젓고서 로라에게 물었다.

"알아?"

"나도 몰라."

로라도 말했다.

설마 사람을 착각했나? 마쓰다는 의아해했다. 오카지마 에미라는 호스티스는 이미 이 가게를 떠났고, 지금 눈앞에 있는 여성은 '에리'라는 가명을 물려받은 것뿐인가? 그러나 단도직입으로 물어보려고 해도 상대가 오카지마 에미 본인이 맞는다면 어떻게 되겠는가. 본의 아니게 본명을 거론했다가 심기를 거스를 위험이 있었다. 호스티스들은 대부분 가명으로 활동한다.

"예상이 빗나가 버렸나."

마쓰다는 사진을 집어넣고서 '로라만 없었다면 직설적으로 물어볼 수 있을 텐데.' 하고 생각했다. 에리와 단둘이 있을 방법을 고민하다가 좋은 생각이 떠올랐다.

"잠깐 실례. 화장실 좀."

마쓰다가 자리에서 엉덩이를 떼자 에리도 지명 손님의 수발을 들기 위해 일어섰다.

취객과 호스티스로 가득한 공간에 있으니 알코올을 머금은 날숨과 담배 연기 때문에 숨이 턱턱 막힐 듯했다. 환호성을 크게 지르며 샴페인을 따는 테이블도 있으니 에리와 대화를 나누더라도 누가 엿들을 걱정은 없겠다고 마쓰다는 짐작했다.

그런데 질문을 꺼내려고 하자 에리가 마쓰다의 팔꿈치를 잡더니 팔짱을 끼었다. 정장 소매 너머에서 여성의 말캉한 가슴 감촉이 전해졌다. 마쓰다는 미인계를 경계하며 바짝 긴장했다. 그러나 에리는 풋풋한 반응이라고 오인했는지 "후후." 하고 의미심장하게 웃었다.

"평소에는 이런 가게에 잘 안 오시나 봐요?"

"오늘이 처음이죠."

"또 와 주시면 기쁠 텐데."

에리가 마쓰다의 팔을 점점 더 세게 감싸 안았다. 그러나 은근하면서도 강력한 유혹에 노출됐는데도 마쓰다는 즐길 기분이 들지 않았다. 아내가 이곳에 있다면 무슨 말을 할까 생각했다. 아직 아내의 상을 다 마치지 못했던 것이다.

취재 대상은 나이에 걸맞지 않게 세상물정에 밝다. 얕잡아 봤다가는 큰코다칠 수 있다. 마쓰다는 간접적인 수단에서 직접적인 수단으로 전환하기로 했다.

"오카지마 에미 씨 맞죠?"

마쓰다가 느닷없이 말하자 에리가 그의 어깨 아래에서 이쪽을 올려다봤다. 부정하지 않았다는 것은 긍정한다는 증거였다.

"당신 친구에 관해 이야기를 듣고 싶군요."

"아까 그 사진 속 애?"

"그래요."

"모른다고 했을 텐데요."

"오카지마 씨가 그 사진 속 사람과 함께 살았다는 증언이 있어요."

"그러니까 모른다고 했잖아요."

에리는 격한 목소리를 일체 내지 않고, 귀엽게 토라진 것 같은 표정을 지으며 말했다.

어째서 사진 속 여자와의 관계를 감추려고 하는지 마쓰다는 알 수 없었다.

"정말로 아무것도 모릅니까? 같은 가게에서 일했으면서도 만난 적이 없다?"

"얼핏 본 적은 있을지도 모르겠지만 그뿐. 사진 속 사람이 어디서 뭘 하는지 전 몰라요."

마쓰다는 에리의 얼굴을 물끄러미 들여다보고서 그녀가 했던 말을 반복했다.

"어디서 뭘 하는지 모른다?"

"네."

에리가 생긋 웃으며 고개를 끄덕였다.

그녀의 대답이 현재형이었음을 마쓰다는 흘려듣지 않았다. 바로 확인해야만 하는 것이 생겼다. 마쓰다는 플로어 구석, 화장실로 이어지는 짧은 통로 입구에서 발걸음을 멈춘 채 물었다.

"요즘 같은 연말은 바쁩니까?"

갑자기 화제가 바뀌자 에리가 당혹스러운 기색을 내보였다. 그러나 손님들로 꽉 찬 실내를 쳐다보며 대답했다.

"보시다시피요. 쉴 틈도 없어요."

"작년 이맘때도?"

"작년? 아아, 작년에만 여행을 다녀왔어요."

그리고 마쓰다와 꼈던 팔짱을 풀고서 자랑스럽게 덧붙였다.

"남친이랑, 말이죠."

마지막 말을 강조한 이유는 이제 마쓰다를 손님으로서 보지 않는다는 의사 표시일 터였다. 마쓰다는 짐짓 부럽다는 듯 미소를 지어 보였다.

"얼마나 다녀왔습니까?"

"2개월. 연말연시를 껴서 하와이에서 느긋하게 쉬다 왔죠."

"그래서 몰랐군요."

"뭘요?"

"사진 속 사람이, 작년 이맘때에 사망했다는 걸."

그 순간 에리의 표정에서 화사한 느낌이 날아가 버린 듯 싹 사라졌다. 텅 비어 버린 두 눈동자가 감출 수 없는 충격을 보여 줬다.

"신원미상의 시체로 발견돼서 누구였는지 조사하는 중입니다."

에리가 눈을 잘게 깜빡이며 여성지의 사건 담당 기자를 다시 쳐다봤다. 마쓰다가 자신의 동요한 속내를 눈치챘음을 알면서도 이내 빈틈없는 인기 호스티스로 다시 되돌아와 그저 호기심이 생긴 척 질문했다.

"왜 죽었죠?"

"사진 속 사람을 아는군요. 친했지요?"

"왜 죽었느냐고 물었어요."

호스티스와의 흥정은 이미 마쓰다의 영역으로 옮겨졌다. 정보만이 상품으로 취급되는 세계에서 가진 자들끼리는 물물교환으로 거래한다. 원하는 물건이 있다면 자기 것을 내어 줘야만 한다.

"살해됐습니다."

에리가 또다시 말을 잃었다. 마쓰다는 그녀가 겉으로는 망연자실해하면서도 속으로는 무언가를 바삐 생각하고 있음을 알아챘다. 무슨 생각을 하는지 짐작이 되지 않았지만, 이미 미끼를 문 것이나 진배없었다. 마쓰다는 서비스 시간을 연장하지 않고 다른 수를 던졌다.

"내일 에리 씨와 동반 출근을 하고 싶습니다만 괜찮겠어요?"

"내일은 일정이 있어요."

"모레는?"

에리가 잠시 대답을 망설이다가 가슴 주머니에서 마쓰다의 명함을 꺼내 말했다.

"회사로 전화해도 돼요?"

"마음대로."

"그럼 그렇게 알고 계세요."

"전화는 언제 할 겁니까?"

에리가 고개를 갸웃거리고서 대답했다.

"마음이 내키거든 걸게요."

테이블에 나온 계산서를 보니 두 시간 세트 요금에 지명료 등
이 가산되어 8만 엔이 넘는 금액이 적혀 있었다. 마쓰다는 현금
으로 지불한 뒤 에리와 로라, 그리고 검은 옷 종업원의 배웅을
받으며 가게를 나왔다. 영업용 미소를 다시 되찾은 에리가 손을
흔들며 자동문 뒤로 사라졌다.

색색의 네온 빛이 비추는 길을 걸어 나가던 중에 요시무라가
물었다.

"취재비, 괜찮겠습니까?"

이미 20만 엔 가까이 지출해서 대적자였다. 그러나 마쓰다는
아랑곳 않고 말했다.

"어. 그보다 자네야말로 로라한테 코가 꿰이지 않도록 조심해
야겠더라."

"전 괜찮아요."

요시무라가 명랑하게 웃었다.

"근데 에리랑 무슨 대화를 나눴습니까?"

"'자세한 얘기는 다음에 다시.'라더군."

"어째서 취재에 순순히 응해 주지 않는 걸까요?"

"그 답도 내일 이후에나 알 수 있겠지. 그보다……."

마쓰다가 T자로 모퉁이에 멈추더니 신주쿠역의 반대 방향을 돌아봤다. 신오쿠보 방면 도롯가에 은색 세단이 세워져 있었다. 운전석과 조수석에서 두 남자의 모습이 보였다.

"왜 그래요?"

"잠깐 따라오겠어?"

마쓰다는 요시무라를 데리고서 렌터카 번호판이 달린 차량 쪽으로 걸어갔다. 이 구역은 영화관이 에워싸고 있는 광장에서 두 블록쯤 떨어져 있고 도로 폭도 좁았다. 세단에 접근하자 조수석에 탄 남자가 좌석 아래에 떨어진 물건이라도 찾듯 고개를 숙였다. 마쓰다는 아무런 내색도 하지 않고 지나친 뒤 백미러의 사각을 계산하여 차량의 좌측 후방에서 멈췄다.

"형사가 잠복하고 있어."

"저 차 말입니까?"

"응. 조수석에 탄 형사가 낯이 익어."

마쓰다는 기억을 더듬었지만 이름은 떠오르지 않았다. 상대도 어디서 본 적이 있는 것 같은 신문기자가 다가와서 얼굴을 황급히 숨긴 거겠지.

위장 경찰차는 나이트 엠페러가 입점한 빌딩 후문 쪽에 정차해 있었다. 마쓰다는 잠복수사를 방해하지 않고 한동안 지켜보기로 했다. 그러자 조수석 창문이 열리더니 차량 안에서 팔이 뻗어 나와 백미러 방향을 조정했다. 잠복 중이던 형사와 전직 신문기자는 작은 거울을 통해 딱 눈이 마주쳤다.

"묘하게 긴장되네요."

요시무라가 말하고서 위장 경찰차에 등을 돌린 채 숄더백에서 니콘 카메라를 꺼내 코트 속에 감췄다.

마쓰다는 추위를 견디고자 살짝 동동거리며 오로지 기다렸다. 미묘한 신경전을 먼저 깬 쪽은 형사였다. 차문이 살며시 열리더니 목표물인 빌딩을 신경 쓰며 잰걸음으로 다가왔다.

"당신, 기자 나부랭이 맞지?"

눈썹이 두꺼운 중년 형사가 목소리를 낮추며 말했다.

"오랜만입니다."

마쓰다는 그렇게만 대답했다.

"여기 멀뚱히 서 있으면 곤란한데. 특종감은 없으니 다른 데로 가 주면 안 되겠나?"

"뭘 하는지 알려 주시면 물러나도록 하죠."

"각성제 의혹 내사 중이야. 오늘 밤은 잠복만 할 뿐 단속이나 체포는 하지 않아."

"저 카바쿠라에서 각성제가 거래된다는 말입니까?"

"그러니까 그걸 수사하는 중이라고."

수사를 막 시작한 단계이고 각성자 판매자의 행동을 확인하기 시작했다고 한다.

"호스티스가 연루됐습니까?"

"그건 아냐. 우리 표적은 조직 관계자야."

오카지마 에미가 얽히지 않았음을 알았지만, 꼭 확인해야 하는 다른 사항이 떠올랐다.

"저 카바쿠라, 폭력단이 운영합니까?"

"맞아. 경영 모체는 반도파의 위장 기업이야."

형사가 광역 폭력 조직의 이름을 언급하고서 가시 돋친 말투로 물었다.

"이제 됐나?"

"예, 죄송했습니다. 그럼 이만."

마쓰다가 순순히 물러났다.

형사가 차로 돌아갔다. 반대 방향으로 걸어가면서 요시무라가 물었다.

"그냥 돌아가도 됩니까?"

"마지막으로 딱 하나만 확인해 두지."

마쓰다는 밤새 영업하는 슈퍼마켓을 찾아 요시무라에게 돈을 건네고서 캔 맥주를 사 오라고 시켰다. 그 앞 사거리에서 나이트 엠페러 빌딩까지 50미터쯤 떨어져 있었다. 이곳에서 2인조 취객처럼 연기한다면 형사들도 볼멘소리를 내뱉지 않을 터였다.

요시무라와 나란히 가드레일에 걸터앉으니 싸늘한 금속이 엉덩이에 파고들었다. 꾹 참고서 그 자세를 계속 유지했으나 가드레일은 좀처럼 따뜻해지지 않았다. 한 시간쯤 지났을 즈음에 빌딩 후문이 열리더니 사복 차림의 젊은 종업원이 나왔다. 그 남자가 빠른 걸음으로 신주쿠 방면으로 나아가자 옆 골목에서 다른 2인조가 나타나 따라붙었다.

이윽고 그 젊은 종업원이 대형 밴을 몰고서 돌아왔다. 마치 기다렸다는 듯이 후문이 열리더니 일을 마친 호스티스들이 줄지어 밴에 탑승했다. 이 시간에는 전철이 끊겨서 가게 종업원이 그녀들을 자택까지 바래다 줄 것이다.

"에리가 있었나?"

마쓰다가 물었다.

카메라 망원렌즈로 상황을 엿보던 요시무라가 대답했다.

"없습니다."

호스티스를 태운 밴이 달려 나가자 위장 경찰차도 미끄러지듯 움직였다. 가부키초 도심으로 사라져 갔다.

형사는 거짓말을 하지 않았다. 잠복 표적은 운전수 역할을 맡은 젊은 남자였고, 오카지마 에미와는 관계가 없었다. 여성지 입장에서 불법 약물 매매는 가치 있는 뉴스가 아니므로 마쓰다는 내버려 두기로 했다.

"철수하자."

요시무라가 카메라를 가방에 다시 넣었다. 귀갓길에 오르고자 택시를 잡을 만한 장소를 찾아서 걸어 나가자 스포츠카 한 대가 두 사람을 추월하여 나이트 엠페러 후문 앞에 정차했다. 운전석에서 내린 사람은 척 봐도 그쪽 계통임을 알 수 있는 야쿠자 체형의 남자였다. 마쓰다는 전부터 야쿠자의 외양에는 서양풍과 일본풍 두 유형이 있다고 생각해 왔다. 저 남자는 서양풍이었다. 전통의상보다는 이탈리아제 정장이 잘 어울리는 타입이었다.

마쓰다는 야쿠자를 그냥 보내고서 길 반대편으로 건너갔으나 이내 발걸음을 멈췄다. 후문에서 사복으로 갈아입은 에리가 모습을 드러내서였다. 모피 코트를 걸친 오카지마 에미는 가게 안에 있었을 때보다 더 화사하게 보였다. 그녀는 "기다렸어?" 하고 환한 목소리로 젊은 야쿠자에게 말을 걸었다.

1년 전에 함께 여행을 갔다던 남친이 저 남자인지도 모른다. 마쓰다는 비로소 오카지마 에미를 호스티스라는 기호(記號)가 아니라 특정한 인생을 짊어진 살아 숨 쉬는 인간으로서 보게 됐다. 명품 옷과 액세서리로 몸을 치장한 저 여성에게는 애정이나 안심감, 혹은 도덕, 어쩌면 금전일지도 모르겠지만, 평범한 사람의 삶에 마땅히 있어야 할 것이 왠지 결여된 듯 보였다. 그것은 본인의 잘못이 아닐 테지만, 틀림없이 삶의 방식에 영향을 끼치고 있었다. 양지보다는 음지로, 낮보다는 밤으로.

에미가 마쓰다를 알아채고서 사랑스럽게 웃던 웃음을 싹 거뒀다. 야쿠자도 애인의 시선을 쫓아 이쪽을 돌아봤다. 이미 사나운 표정을 짓고 있었다.

"됐어. 손님이야."

에미가 나직이 연인을 달랬다.

그럼에도 야쿠자는 적의를 철철 뿜어내며 운전석으로 돌아갈 때까지 마쓰다를 꼬나봤다. 에미는 당혹감이 담긴 것도 같은 눈빛으로 이쪽을 힐끗 보고서 차에 탔다.

요란한 배기음을 뱉어 내며 차가 급발진하자 요시무라가 바라보면서 말했다.

"에리가 뭔가 말하려고 했던 것 같던데 아닌가요?"

"'자세한 얘기는 다음에 다시.'라고 말하고 싶었겠지."

마쓰다는 유군기자 시절의 감각을 떠올렸다. 취재하여 긁어모은 단편적인 정보들이 준동하듯 느껴지는 이유는 그것들이 한데 이어지려고 발버둥을 치기 때문이다. 신원미상의 시체와의 관계를 부정하는 예전 동료. 무대는 폭력 조직이 운영하는 카바쿠라. 그곳에는 어떤 줄거리가 숨겨져 있는가.

마쓰다는 가부키초의 길 위에 선 채로 머릿속에서 흐릿한 관계도를 그린 뒤 어느 부분부터 밝혀내야 할지 따져보기 시작했다.

6장

이튿날 업무는 지하철역 매점에서 시작했다.

마쓰다는 신문과 잡지가 진열된 스탠드를 둘러보고서 눈에 띄는 족족 풍속 정보지들을 구입했다. 어느 표지에나 여성들이 눈부신 웃음을 지으며 알몸 직전의 상태로 속살을 까발릴까 말까 애태우는 사진으로 장식되어 있었다. 판매원 아줌마가 퉁명스러운 얼굴로 돈을 받았다.

차마 전철 안에서 그런 잡지들을 펼쳐 볼 수가 없었던지라, 마쓰다는 급히 편집부에 가서 책상에 도착하자마자 책장을 맹렬히 넘겨 나갔다. 카바쿠라부터 소프랜드까지 야간 업소를 소개하는 기사들이 지면을 가득 메웠다.

금세 나이트 엠페러의 1면 광고가 눈에 띄었다. 아래 구석에 광고주 기업명이 작게 인쇄되어 있었다. 유카쿠 코퍼레이션. 잠복 중이던 형사가 슬쩍 흘렸던 광역 폭력단의 위장 기업이었다.

뒤이어 마쓰다는 다른 잡지도 확인하여 세 번째 잡지의 광고에서 원하던 가게를 찾아냈다. 헤이안 귀족. 이쪽 광고주도 유카쿠 코퍼레이션이었다.

머릿속에 그려 둔 관계도에서 두 요소가 선으로 이어졌다. 건널목에서 사망했던 신원미상의 여자와 오카지마 에미가 과거에 일했던 카바쿠라, 그리고 에미가 현재 몸을 담은 가부키초의 가게 모두 광역 폭력단 반도파가 운영하는 곳이었다.

마쓰다는 편집부에 걸린 벽시계를 보고서 지금이 점심시간임을 확인했다. 그러고는 망설인 끝에 전화기를 들어 기타자와 경찰서 형사과 번호를 눌렀다. 기사가 취재하려는 형사의 근무지에 직접 전화를 거는 것은 규칙 위반이므로 용건을 에둘러 밝힐 수밖에 없었다.

전화를 받은, 목소리가 젊은 형사에게 이름만을 밝히고서 "아라이 계장님을 부탁합니다." 하고 말하자 이내 오래 알고 지낸 경찰관이 허물없는 말투로 대답했다.

"오, 마쓰 씨인가? 무슨 일이야?"

"지난번 그 건 말입니다만, 한 가지 중요한 질문을 깜빡했습니다. 아라이 씨가 편한 시간에 이쪽에 전화해 주시겠습니까?"

"지금 알려 줘도 돼. 이미 끝난 사건이야."

바라지도 않았던 전개였다. 마쓰다는 감사의 뜻을 표한 뒤 취재에 들어갔다.

"여자를 찔렀던 말단 야쿠자 말입니다만, 어느 파 소속이었습니까?"

"반도파."

형사가 바로 대답했다.

마쓰다는 충격과도 비슷한 가벼운 흥분을 느꼈다.

"건널목 살인 사건이 반도파의 조직적인 범행일 가능성은 없습니까?"

"없겠지."

"어째서 그리 단언합니까?"

"조직의 소행이라고 치자. 이유가 뭔데?"

아라이가 역으로 질문했다.

"동일본 최대 폭력단한테 카바쿠라 호스티스 따윈 하찮은 존재야. 젊은 조직원한테 징역살이를 시킬 각오로 죽일 만한 이유가 어디에 있나?"

형사가 굳이 말하지 않더라도 당연히 알아차려야 하는 의문이었다. 마쓰다는 기자로서의 판단력이 여전히 떨어져 있음을 통감했다.

"게다가 범인인 시마지는 여자를 살해한 뒤에 조직의 명예를 더럽혔다는 이유로 절연당했고."

"살해된 여자가 각성제나 약물을 했던 흔적은 없었습니까?"

"없었어. 사법해부를 실시하여 검사해 봤지만 결과는 깨끗했어. 아, 잠깐만."

아라이가 말을 한 번 끊었다.

"또 마시러 가자고. 밤에라도 내가 다시 전화를 걸 테니까."

전화로는 말할 수 없는 내용이 떠올랐나 보다.

"좋죠. 부탁합니다."

마쓰다는 오늘 밤에는 자택에 있을 거라고 말하고서 일단 전화를 끊었다.

"이보게, 카바쿠라 놀음에 푹 빠졌나?"

등 뒤에서 목소리가 들려 돌아보니 이자와 편집장이 서 있었다. 히죽거리며 풍속 정보지를 넘겨보고 있었다.

"잠깐 저 좀 보시죠?"

마쓰다가 일어서서 이자와를 벽 쪽 응접 공간으로 이끌었다.

편집장이 충전물이 삐져나온 소파에 몸을 묻고서 물었다.

"무슨 수확이 있었나?"

마쓰다는 신원미상의 여자의 친구로 추정되는 호스티스와 접촉했음을 보고했다. 이자와의 얼굴에서 놀라움이 아닌 만족감이 배어났다. 마쓰다가 기대한 대로 움직여 줘서 만족한 눈치였다.

"하나 더."

마쓰다가 말을 이어 나갔다.

"긴 머리 여자가 나카노에 자리한 카바쿠라를 그만둔 뒤에 긴자 고급 클럽에서 일했다는 얘기도 들었습니다. 만약에 그게 사실이라면 신원을 아는 사람을 찾아낼 수 있을지도 모릅니다. 긴자 클럽에 아는 사람 없습니까?"

이자와가 바로 일어서더니 칸막이 너머에 펼쳐진 편집부를 둘러보며 외쳤다.

"가와세! 잠깐 이리로 와 주게!"

연예 담당 기자의 책상이 있는 구역에서 단정하게 생긴 40대

남성이 다가왔다. 이 편집부에서 에이스급으로 활약하는 연예기
자였다.

정장을 말쑥하게 차려입은 가와세는 마쓰다에게 눈인사를 하
고 앉고서 편집장에게 물었다.

"뭡니까?"

세상 사람들은 으레 껄렁거릴 거라는 편견을 갖고 있지만, 뛰
어난 연예기자 중에는 성실한 사람이 많다. 취재 대상에게서 신
뢰를 얻지 못하면 기삿감을 따낼 수 없기 때문이다.

"데스크를 통하지 않아서 미안하네만……."

편집장이 운을 띄웠다.

"어떤 여자가 긴자 클럽에서 일한 적이 없었는지 알아봐 줄 수
없겠나? 시기는 작년 봄에서 가을 사이. 사진은 나중에 주지."

"좋죠."

"본명이나 신원을 밝혀내 주면 고맙겠어."

"한번 해보죠."

이야기는 그것으로 끝났다. 같은 편집부 소속일지라도 취재반
이 다르면 비밀엄수주의를 지켜야만 한다. 가와세는 일절 캐묻
지 않고 "그럼 이만." 하고 인사하고서 그대로 떠났다.

"연예인은 긴자 클럽을 아주 좋아하거든."

이자와가 말했다.

"연예 담당 기자는 그런 가게를 드나들며 검은 옷 종업원한테
서 정보를 따내지."

마쓰다의 눈이 동그래졌다.

"취재비도 엄청 깨지겠군요?"

"그래. 하지만 그만한 보상은 얻을 수 있지."

그때 칸막이 뒤에서 편집부원인 구도가 나타나 말했다.

"마쓰다 씨, 3번에 전화요."

"누구 전화야?"

"오카지마라는 여자분인데요."

마쓰다는 이자와를 다시 쳐다보고는 "살해된 여성의 친구입니다." 하고 말한 뒤 희미한 기대감을 품고서 수화기를 들었다.

"예, 마쓰다입니다."

"오카지마 에미입니다. 어젯밤에는 신세를 졌습니다."

그 목소리가 귀에 설어서 마쓰다는 당황했다.

"여보세요, 오카지마 씨?"

"맞아요."

에미의 목소리는 어젯밤과 달리 상큼하지 않고 낮게 가라앉아 있었다. 영업용이 아닌 평소의 목소리인 듯했다. 마쓰다는 어떻게 응해야 할지 고민하다가 가볍게 물어봤다.

"동반 출근 때문에 전화를 한 겁니까?"

"아니에요. 오늘 밤에는 일정이 있다고 했잖아요. 다만 오후 2시부터 4시까지는 아카사카에 있는 '선라이즈'라는 스포츠 클럽에 있을 거예요. 용건은 그뿐."

"그뿐?"

"그래요. 전화를 하겠다고 약속해서 건 거예요. 그럼."

마쓰다는 대화를 더 길게 이어 나가려고 했으나 그 전에 전화가 끊겼다. 수화기를 돌려놓으면서 마쓰다는 고개를 갸웃거렸다. 만날 생각은 없다면서 묻지도 않았는데 오후 일정을 알려 주다니 대체 무슨 의도인가. 에미가 취재에 응할지 말지 망설이다가 이쪽에 일임한 건가.

맞은편에서 이자와가 몸을 내밀었다.

"뭐라고 하던가?"

"여성의 복잡한 심리에 관해 제게 묻지 마세요."

마쓰다가 대답했다.

취재 대상과 접촉하기 위해 마쓰다는 아카사카로 향했다.

스포츠 클럽 앞에서 기다리다 보면 에미와 맞닥뜨릴 수 있으리라 짐작했다. 그러나 회원제 시설인 선라이즈는 상업 빌딩 7층에 입점한지라 입구 앞에서 어슬렁거렸다가는 의심을 받기 십상이었다.

마쓰다는 작전을 변경하여 2시에 딱 맞춰 클럽 유리문을 열고서 고급스러움이 풍기는 로비에 들어섰다. 그곳에서 여성지 이름이 적힌 명함을 천천히 내밀며 "시설을 견학하고 싶습니다." 하고 요청하자 접수 담당자가 흔쾌히 허락했다. 잡지에서 클럽을 다뤄 준다면 절호의 홍보가 되리라 여겼겠지.

"마음껏 구석구석 살펴보세요."

담당자가 활짝 웃으며 마쓰다를 플로어 안쪽으로 안내했다.

평일 오후라서 트레이닝 기구가 설치된 공간에서 주부로 보이는 사람들의 모습이 눈에 띄었다. 각자 다른 색깔의 옷을 입고서 근육 트레이닝을 하는 데 땀을 흘리고 있었다. 이 클럽의 회비는 시세의 열 배쯤 나가므로 대부분의 이용자는 나름 부유층에 속한다고 볼 수 있을 터였다. 마쓰다는 정장을 입은 자신이 이곳에서 겉돌고 있음을 눈치채고서 취재하는 척 펜과 메모장을 꺼냈다. 천천히 걸으면서 이용객 중에 오카지마 에미가 있는지 살폈다.

실내 풀장을 둘러볼 수 있는 창이 있어서 들여다봤으나 수영하는 사람들이 모두 물안경을 착용해서 얼굴을 구별할 수가 없었다. 마쓰다는 풀장 입구를 지나 안쪽 에어로빅 스튜디오에 가 봤다. 통로를 사이에 두고 양편에 유리벽으로 구획된 공간이 두 군데씩 늘어서 있었다. 그중 한곳에서는 요가를, 반대쪽에서는 에어로빅을 시작하려고 했다. 3면의 벽에 거울이 달린 스튜디오 내부는 겨울임을 잊을 정도로 훤했다.

취재 대상은 에어로빅 클래스에 있었다. 스무 명쯤 되는 여성 중에 이쪽을 돌아보는 사람이 있어서 얼굴을 봤더니 에미였다. 어젯밤에 비해 화장이 옅고 머리를 뒤로 가지런히 묶었다. 빨간 레오타드 밖으로 뻗어 나온 목덜미의 곡선이 아름다웠다. 저 부분만은 아내와 비슷하다고 마쓰다는 생각했다. 에미는 이내 고개를 되돌린 뒤 강사가 튼 음악에 맞춰서 몸을 움직이기 시작했다.

레오타드를 입은 여성들을 언제까지고 쳐다볼 수는 없는 노릇이었다. 마쓰다는 통로 안쪽에서 흡연실을 발견하고는 그곳에 비치된 벤치에 앉았다. 이따금 클럽 직원이 지나갈 때마다 의심하지 않도록 취재 결과를 메모장에 쓰는 척했다.

에어로빅 운동이 끝날 때까지 담배 다섯 개비를 태웠다. 스튜디오에서 나온 에미가 마쓰다의 모습을 보더니 여자들 대열에서 벗어나 흡연실로 다가왔다. 운동을 마친 지금은 품이 넉넉한 티셔츠로 몸매를 감췄다.

에미는 인사도 않고 마쓰다 옆에 앉더니 한숨을 한번 내뱉었다. 그녀의 몸에서 열기와 달콤한 향기가 발산됐다. 물론 마쓰다는 성적인 매력을 느끼긴 했지만, 그보다는 에미의 인상이 어젯밤과는 전혀 달라서 놀랐다. 하루하루를 재밌게, 찰나적으로 살아가기만 하리라 여겼던 호스티스가 지금은 진지하게 자신의 인생과 대면하고 있는 듯 보였다. 그녀의 옆얼굴에는 어떤 생각을 골똘히 한 것 같은 그늘이 드리워져 있었다.

에미가 바닥을 내려다보며 물었다.

"그래서?"

"그래서."

마쓰다가 말을 이어 나갔다.

"용건은 어젯밤이랑 똑같습니다. 그 사진 속 사람에 관해 알고 싶습니다. 이름, 주소, 인품 등을."

한동안 기다렸으나 대답이 없었다.

"말해 줄 수 없겠습니까?"

"마쓰다 씨한테 말해 봤자 모를 텐데요?"

"어째서?"

"우리 같은 여자를 내심 한심하게 여기니까."

어젯밤에 나눴던 짧은 대화로 속내를 완전히 들켰음을 깨닫고서 마쓰다는 민망해했다. 별안간에 둘러댈 말을 찾았지만, 지금은 무슨 말을 하든 나이 먹은 남자의 고지식한 변명으로 들리겠지.

"기사를 쓰는 것이 무슨 의미가 있죠?"

에미가 다그쳤다.

"살해된 사람을 구경거리로 만들고 싶은 것뿐이잖아요?"

아니라고 말한다면 이번에는 자기 기만이 되리라. 언론인이라는 인종은 타인의 불행을 세상에 끄집어내서 밥벌이를 한다. 신문기자 시절에 눈에 핏발을 세우고서 살인 사건 피해자의 사진을 찾아 헤맸던 기억이 되살아났다. 불과 최근에 딸을 잃은 아버지를 찾아가 따님의 사진을 빌려 달라고 부탁했다가 얻어맞은 적도 있었다. 그러나 기자들은 고치지 않는다. 스스로를 비웃다가 태도가 돌변하여 거만해지더니 끝내 어깨에 힘을 바짝 주고 걷는 인간까지 나온다.

"그래도 그게 내 일이거든요. 이 사회에서 벌어진 일을 독자한테 전하는 거 말입니다."

"말은 잘하네요. 사회가 어떤 데인지 하나도 모르면서."

"그런가요."

"그래요. 마쓰다 씨가 자기 직업을 밝히기만 해도 세상 사람들은 모두 맨얼굴을 감춰요."

에미가 어두운 목소리로 말을 붙여 나갔다.

"나와는 정반대. 내가 직업을 밝히면 그 순간 세상 사람들 모두가 본성을 드러내요."

마쓰다는 이제 에미의 의도를 알아챘다. 취재하러 접근한 기자를 시험하려는 것이리라. 열의나 성의, 인격을. 그리고 마쓰다는 낙제점을 받기 직전이었다.

"한 개비, 빌릴게요."

에미가 그렇게 말하고서 재떨이 옆에 놓인 마쓰다의 담배에 손을 뻗었다. 마쓰다가 라이터로 불을 대 주자 에미가 입가를 일그러뜨리며 웃었다.

"카바쿠라 호스티스 따위한테 알랑거리지 말고 정치가의 비리라도 파헤치는 게 어때요? 그게 훨씬 사회에 이로울걸요."

자신의 한심한 꼬락서니를 나무라는 것 같아서 마쓰다는 민망했다. 먹먹한 심정으로 본인도 담배를 물고는 불을 붙인 뒤 유해한 연기를 한가득 들이마시고서 말했다.

"나 역시 만족스럽지는 않아요. 일도, 인생도. 하지만 달리 어쩔 도리가 없었죠."

"위로를 받고 싶으면 아내한테나 가죠?"

"아내는 없어요."

"순 거짓말만."

"거짓말이 아니에요."

에미가 의아해하며 마쓰다의 왼손을 힐끗 쳐다봤다. 그의 약지에는 아직 결혼반지가 끼워져 있었다.

"결혼은 했지만, 병을 앓다가 그만."

"아, 그래요."

에미가 당황하여 말했다. 말꼬리가 기어들어 갔다. 한동안 담배를 묵묵히 계속 태우다가 이윽고 마쓰다가 묻지도 않은 이야기를 했다.

"나도요, 어느 지점에서 선택을 잘못 했나 봐요. 종종 다른 삶을 사는 편이 더 낫지 않았을까 싶기도 해요. 하지만 사람들이 색안경을 끼고 쳐다보니 이런 삶에서 점점 헤어 나올 수가 없어요."

공감의 표시로 마쓰다는 말장구를 쳤다.

"마쓰다 씨, 하나 물어봐도 돼요?"

"해 봐요."

"결혼하길 잘한 것 같아요?"

왜 그런 것을 묻는지 궁금해서 마쓰다는 옆에 있는 여자의 얼굴을 들여다봤다. 에미의 눈에는 무언가 절실한 빛이 깃들어 있었다. 마쓰다는 마음이 고통스럽지만 얼버무리지 않고 대답해야겠다고 생각했다. 에미의 물음은 언젠가 스스로 답을 내놓아야만 하는 난제였다.

"지금은 모르겠군요."

솔직히 말했다.

"잘했다고 단언할 수는 없어요."

"어째서요?"

마쓰다는 결혼했던 날을 떠올렸다. 아내와 나란히 성직자 앞에 서서 죽음이 두 사람을 갈라 놓을 때까지 사랑하겠노라 맹세했다. 그러나 죽음이 두 사람을 갈라 놓은 뒤에도 마쓰다는 아직 아내를 사랑했다.

"내가 먼저 죽었어야 했는데."

에미가 연기를 후우 내뱉고서 담배를 재떨이에 비벼 껐다. 그러고는 무거운 짐을 내려놓은 사람처럼 가볍게 일어서고서 말했다.

"이 빌딩 옥상에 대화를 나눌 만한 곳이 있으니 거기서 기다려요. 30분 뒤에 갈게요."

마쓰다는 의외라고 생각했다. 거짓말을 하지 않은 것이 그녀의 마음을 움직인 듯했다. 사회에서 온갖 고초를 맛봤기에 타인이 성실하게 행동해 주길 바랐겠지.

"하지만 별 대단한 얘기는 없으니 기대는 하지 말고요."

에미가 당부하고서 흡연실을 나갔다.

에미가 지정한 곳은 옥상에 있는 정원 공간이었다. 파라솔이 달린 둥근 테이블들이 한 구역에 설치되어 있었다. 아마 여름철에 비어 가든으로서 이용될 테지만, 한겨울 오후라서 휴식을 즐기는 사람은 없었다. 해 질 녘을 앞두고 찬바람만 불어 댈 뿐이었다.

마쓰다는 한 테이블에 앉아 취재 대상이 나타나길 기다리면서 긴 머리 여자의 사진을 쳐다봤다. 만약 여자의 영혼이 이 세상에 머물고 있다면, 본인의 신원을 캐내려고 하는 잡지기자를 어떻게 생각할까.

이윽고 "오래 기다렸죠?" 하는 목소리가 들리더니 에미가 스포츠백을 어깨에 둘러멘 채로 옥상에 나왔다. 연분홍색 다운코트와 무릎 아래까지 올라오는 부츠가 매우 따뜻해 보였다. 밝게 물들인 머리색과 아주 잘 어울렸다.

"마쓰다 씨, 아까는 미안했어요."

"뭘 말입니까?"

"저기, 아내분 얘기요."

마쓰다가 웃음을 지었다.

"괘념치 말아요."

에미는 마쓰다 맞은편에 짐을 내려 두고서 그 옆에 있는 의자에 앉았다. "자요." 하고 말하면서 손을 내밀기에 쳐다봤더니 특정한 형태로 접힌 메모용지가 있었다. 마쓰다는 그것을 받고서 물끄러미 쳐다봤다.

"이건, 작은 새?"

"맞아요. 그렇게 접는 법을 그 친구가 알려 줬어요."

그 친구란 긴 머리 여자를 말하는 거겠지. 마쓰다는 종이에서 증언자 쪽으로 시선을 옮겼다.

"내 룸메이트였지만, 추억은 그게 다예요. 둘 다 해가 뜰 때까지 일하다가 집으로 돌아와 잠만 자는 생활만 보냈으니까."

마쓰다는 메모를 할까 말까 고민한 끝에 그대로 이야기를 듣기로 했다. 기자가 기록하려는 자세를 취하기만 해도 취재 대상의 입이 무거워지는 경우가 있어서였다. 두 시간 정도의 취재라면 내용을 전부 기억할 자신이 있었다.

"둘이서 살았던 집은 어디였습니까?"

"메지로."

"주소는 기억합니까?"

"네."

에미는 수첩용 작은 펜을 꺼내 종이로 접은 작은 새의 날개 부분에 도시마구에 소재한 맨션 주소와 이름, 호수를 적었다. 여자가 살해됐던 시모키타자와에서 전철을 타고 30분쯤 가면 나오는 곳이었다. 지리적으로는 연관성이 떨어지는 지역이었다.

"집을 빌렸을 때 명의는?"

"내 이름으로 빌렸어요. 걔가 보증인이 되어 줄 만한 친척이 없다고 해서."

친척이 없다는 말은 귀중한 증언이었다. 그러나 신원 조사가 난항을 겪게 되리라는 의미이기도 했다. 천애고아 신세라면 여자의 내력을 아는 사람이 이 세상에 한 명도 없다는 뜻이었다. 마쓰다는 마음이 다급해져 궁금한 것을 계속 물었다.

"이 사람의 본명이 뭡니까?"

"그걸 모르겠어요."

에미가 당혹스러운 얼굴로 대답했다.

"내게는 야마다 마리라고 했는데, 딴 사람한테는 다른 이름을 댔어요. 사토 히로코라고 한 적도 있고 나카무라 유미라고 한 적도 있고."

에미는 흔한 이름들을 하나씩 말하며 한자로 표기해 줬다.

"전부 가명일 거예요."

"왜 그토록 본명을 숨기려고 했을까요?"

"우리 업계에서는 다들 사연이 있으니까요. 폭력을 휘두르는 남자한테서 도망쳤다거나, 빚쟁이한테서 숨고 싶다거나, 과거의 자신을 버리고 싶었다거나. 이유는 얼마든지 있어요."

마쓰다는 문득 에미에게도 그러한 배경이 있으리라 느꼈지만, 지금 물어볼 만한 이야기가 아니었다.

"처음에 알게 된 계기가 뭐였죠?"

"이케부쿠로에 있는 카바쿠라에서 함께 일했어요. 스타 더스트라는 가게요."

마쓰다가 두 번째로 취재했던 가게였다. 여자는 아키나라는 가명을 썼더랬다.

"거긴 종업원용 기숙사도 운영하긴 했지만 너무 열악했어요. 그래서 개랑 집세를 반씩 내기로 하고 더 좋은 데로 옮겼죠."

"서로 사이는 좋았습니까?"

에미가 고개를 살짝 가로저었다.

"솔직히 말해서 딱히 좋지는 않았어요. 그냥 얌전해 보여서 말을 건 거예요. 이 아이라면 룸메이트가 되더라도 싫은 소리를 늘어놓지는 않을 것 같아서."

"실제로도 그랬다?"

"네. 말수가 적었고 여하튼 사람이 어두웠어요. 늘 방구석에 틀어박혀 있는 것 같은 느낌. 누군가한테서 숨듯이."

마쓰다는 이야기를 들으면서 여자의 모습을 마음속으로 그려 보려고 노력했다.

"목소리는 어땠죠?"

"목소리? 나보다 조금 낮았던가. 가라앉은 음색이었지만, 따뜻함이 살짝 섞인 느낌이었어요."

에미가 말했던 특징은 심야에 걸려 오는 전화의 음성과 일치했다. 마쓰다는 둥근 테이블의 빈자리에 또 다른 여성이 앉아 있는 것 같은 으스스한 감각에 휩싸였다.

"사투리를 쓰던가요?"

"아뇨."

"그 밖에 신원을 알 만한 단서가 없을까요?"

"없네요. 아마 부모님도 없었던 것 같아요. 가족 이야기도 피하는 눈치였고요. 다만 딱 한 번……."

에미가 허공을 이리저리 바라보며 과거를 더듬었다.

"그 종이접기를 알려 줬을 때 어렸을 적 얘기를 했어요."

"어떤?"

"궁전 같은 집에서 살았대요. 농담인 줄 알았는데 아버지가 커다란 호텔을 운영했대요. 호텔 풀장이나 화단이 있는 넓은 정원에서도 놀았다고 했어요. 그때만은 굉장히 행복하게 웃었고요."

마쓰다의 마음속에서 처음으로 여자의 상이 사진을 벗어나 움직이기 시작했다. 사회의 밑바닥에서 살면서 따뜻함이 서린 목소리로 딱 하나뿐인 친구에게 추억을 들려주는 여자. 에미의 증언으로 짐작해 보건대 아버지가 호텔 경영에 실패하여 일가족이 뿔뿔이 흩어진 듯했다. 그야말로 천국에서 지옥으로 전락해 버린 비참한 삶이었다. 친척이 없다는 본인의 말을 가미한다면 부모가 동반 자살했을 가능성도 떠올랐다.

"그 호텔 말입니다. 이름이나 위치 등 더 자세한 정보는 없을까요?"

"없어요."

에미가 어두운 표정으로 말했다.

"그 얘길 듣고 시샘이 나서 내가 비아냥거렸거든요. '부잣집

딸로는 보이지 않는데.' 하고요. 나보다 아래라고 여겼던 사람이 더 행복했다는 걸 알았더니 부아가 치밀더라고요. 그랬더니 조금 풀이 죽어서는 예전처럼 과묵한 애로 되돌아갔어요."

에미가 고개를 숙인 채로 아픔을 참아 내듯 입을 꾹 다물었다. 그 여자가 어떻게 풀이 죽었는지 연기하여 보여 주는 듯했다. 두 사람 사이에 침묵이 내려앉은 동안에 여자 사진이 종이로 접은 작은 새와 함께 바람에 흔들렸다.

"미안해요."

에미가 대상을 정하지 않고 그저 사과했다.

"마쓰다 씨가 개에 관해 물을 때마다 정말로 아무것도 몰랐구나 싶네요. 나도 별로 좋아하지 않았어요. 집세를 아끼기 위해서 들인 단순한 동거인이었죠. 왜 마음을 더 열고서 얘기를 들어 주지 않았을까요?"

모두가 망자를 떠올릴 때마다 동일한 후회에 시달린다. '어째서 그때……'라고. 마쓰다는 에미의 마음을 가볍게 해 주기 위해 말했다.

"다른 사람한테 들었는데, 주변 사람들한테 호감을 사는 타입은 아니었던 것 같더군요."

"네."

"베개 영업을 했다는 소리도 들었고."

"아마도 그랬겠죠."

에미가 비난하지 않고 그저 긍정했다.

마쓰다는 여자의 변화무쌍한 인생을 상상하면서 마음이 아팠다. 유소년기에 작은 새를 접으면서 놀았던 여자애가 20년 뒤에는 매춘까지 하고 말았다.

"이 사진에 찍힌 것처럼 억지 미소를 늘 머금고 있었다는 것도 사실입니까?"

"응."

"이런 사람이 어째서 긴자 고급 클럽으로 일터를 옮겼을까요?"

"거기까지 조사했어요?"

에미가 놀란 얼굴로 말하더니 갑자기 태도가 애매하게 바뀌었다.

"미안하지만, 그것만은 말해 줄 수 없어요."

"왜죠?"

"그이가 입단속을 시켰어요."

"그이?"

"있잖아요. 어젯밤에 가게까지 데리러 왔던 사람."

마쓰다를 위협하며 떠났던, 복서처럼 생긴 야쿠자를 가리키는 것이었다.

에미는 왼손 약지에 빛나는 반지를 보이며 말했다.

"나요, 곧 그 사람이랑 결혼해요."

눈가에 수줍은 기색이 서리자 그녀가 공연히 귀엽게 보였다.

"그거 축하합니다. 근데 어째서 긴자 클럽에 관해 떠들지 말라고 입막음을 했을까요?"

"글쎄요."

에미가 고개를 갸웃거렸다. 시치미를 떼는 것인지, 정말로 모르는지 판단할 수 없었지만, 수수께끼가 하나 풀렸다. 어젯밤에

에미가 여자와의 관계를 부정했던 이유는 연인이 비밀로 하라고
당부해서였다.

"그 남자는, 뭘 하는 사람이죠?"

에미가 망설이다가 대답했다.

"이른바 그쪽 사람이요. 반도파에 몸담고 있어요."

마쓰다는 자신이 좁다란 판자 위를 건너고 있음을 의식했다.
자칫 발이 미끄러지지 않도록 주의해야만 했다.

"근데 말이죠. 저래 봬도 그리 나쁜 사람은 아니에요."

에미가 변명하듯 말했다.

"실은 상냥한 사람이에요. 어젯밤에도 날 지키려고 그런 태도
를 취했던 거고."

"압니다, 알아요."

마쓰다가 호들갑스러울 정도로 고개를 크게 끄덕였다.

"그 남자와는 언제부터 교제를?"

"작년 4월."

"함께 여행을 갔던 상대가 바로 그 남자였군요."

"그래요."

"용케도 장기 휴가를 냈군요. 가게에서 그토록 인기를 끄는데."

"나, 평소에 성실히 일하거든요. 매니저가 배려해 준 것 같아요."

마쓰다가 갑자기 화제를 돌리자 수상하게 느꼈는지 에미가 목
소리를 낮추고서 역으로 질문했다.

"저기, 마쓰다 씨. 그 애가 살해당했다고 했죠?"

마쓰다가 고개를 끄덕였다.

"범인은 누구였죠?"

마쓰다는 반도파 야쿠자가 범인이라는 사실을 감춰야만 한다고 판단했다. 에미의 행복한 기분에 찬물을 끼얹고 싶지 않을뿐더러 그녀를 더 끌어들였다가는 어떤 위해가 가해질 것 같다는 막연한 불안감이 들었다.

"경찰 수사에 따르면 밤길에서 우연히 마주친 잔인한 남자의 범행이라더군요. 범인과 피해자 사이에는 접점이 없었어요."

"흐으음."

에미가 납득이 안 된다는 얼굴로 말했다.

"어디서요?"

"시신은 시모키타자와 3호 건널목에서 발견됐습니다."

"그 건널목의 자세한 위치 좀 알려 줘요."

마쓰다가 휴대용 지도를 꺼내 위치를 가리키자 에미가 미간을 찡그리며 고개를 갸웃거렸다.

"모르는 곳이네요."

"사건이 벌어지기 전에 그 여성이 이 건널목 근처에서 여러 번 목격됐습니다. 시모키타자와에 거처가 있다는 이야기도 듣지 못했습니까?"

"없어요. 지금 일하는 가게로 직장을 옮기면서 동거 생활도 끝냈거든요. 그래서 그 뒷일은 몰라요. 도움이 되지 못해서 미안하지만."

에미가 달리 들려줄 만한 말이 없는지 잠시 생각하는 눈치였지만, 이윽고 손목시계를 힐끗 보고서 말했다.

"내가 해 줄 수 있는 말은 이 정도네요. 말할 수 없는 내용은 있지만, 거짓말은 안 했어요. 그것만은 믿어 줘요."

마쓰다가 고개를 끄덕였다. 분명 에미는 거짓 없이 이야기를 해 줬다.

"정말로 고맙군요."

"가게에 또 와도 상관없지만, 다음에 만날 때는 취재할 생각을 쏙 빼고 와야 해요."

"알겠습니다."

이 여성과 두 번 다시 만날 일이 없으리라 생각하니 마쓰다는 조금 아쉬웠다. 에미와 대화를 나누면서 마음속 어딘가가 서로 통하는 느낌이 들었다. 평소였다면 조금 더 파고들어 심층 취재를 하고 싶었지만, 3호 건널목 살인 사건의 배후에 폭력단의 그림자가 어른거리기 시작했기에 그녀와 무리하게 접촉하는 것은 위험했다.

에미가 자리에서 일어나 스포츠백을 어깨에 둘러메고는 짓궂게 미소 지으며 말했다.

"마쓰다 씨한테 힌트를 줄게요."

"힌트?"

"그래요. 오늘 내가 했던 말을 곰곰이 생각해 봐요. 그럼 이만."

에미는 기자에게 추가로 질문할 시간도 주지 않고, 명랑한 웃음만을 그 자리에 남기고서 걸어 나갔다.

밤색 머리가 빌딩 안으로 사라지자 마쓰다는 기억을 더듬어 가며 취재 대상이 들려줬던 모든 이야기를 메모지에 적었다. 그러나 에미가 언급한 힌트가 무엇인지 짐작 가는 바가 없었다.

메지로로 이동하는 전철 안에서 마쓰다는 종이로 접은 작은 새를 바라보며 생각했다. 인연을 맺었던 모든 사람으로부터 소외당한 긴 머리 여자에 대해서.

인물을 취재하다가 취재 대상을 비방하는 말을 들었을 경우에 당사자뿐만 아니라 비방한 쪽이 어떤 사람인지도 따져봐야만 한다. 마쓰다는 타인을 비방하는 인물에게 문제가 있었던 사례를 여태껏 취재하면서 여러 번 경험해 왔다.

그러나 이번에는 모든 증언자가 동일한 이야기를 했다. 늘 음울하게 웃으며 돈을 위해 몸을 파는 성격 나쁜 여자. 그것이 다른 사람의 눈에 비친 긴 머리 여자의 실상이리라. 그러나 아무도 그녀의 실체를 모른다. 출신지는커녕 본명조차 아는 사람이 없었다. 신원불명인 채로 사망했던 여자는 육체를 지닌 채로 이 세계에 존재했을 때조차 실체 없는 유령처럼 살아왔다.

오카지마 에미가 증언해 준 덕분에 여자의 상이 전보다 또렷해졌다. 그러나 아직 핵심을 하나도 알아내지 못했다.

3호 건널목에서 죽은 여자는 누구인가.

저녁 시간, 혼잡한 지하철 안에서, 그리고 환승역인 신주쿠의 지하 통로에서 수많은 사람이 마쓰다의 눈앞에 나타났다가 사라졌다. 그의 입장에서는 이름조차 모르는 유령 같은 사람들이었다. 그 남자들, 여자들 중에도 자신이 누구인지 아무에게도 알리지 않은 채 살아가는 사람이 있을까? 궁극의 고독이라 할 수 있는 처지가 이 도시에서는 흔한 이야기인지, 아니면 드문 이야기인지조차 마쓰다는 알 수 없었다. "사회가 어떤 데인지 하나도 모르면서."라고 말했던 에미의 목소리가 들려왔다.

메지로역에 도착하여 에미가 써 준 주소를 향해 큰길을 나아가다가 옛날에 그 여자도 이 길을 걸었겠구나 싶은 감회가 마음속을 스쳤다. 동료와 집세를 반씩 내고 빌린 거처에서 직장인 카바쿠라를 오가는 매일. 마쓰다의 상상 속에서 등을 구부정하게 말고서 눈을 내리뜬 채 걷는 긴 머리 여자의 모습이 떠올랐다. 그녀는 하루하루 무슨 생각을 하며 생활했을까. 음울한 미소 뒤에 어떤 인생을 숨겨 왔는가.

마쓰다는 에미와 주고받았던 대화도 다시 돌이켜봤다. 여자가 긴자 클럽으로 직장을 옮긴 경위를 어째서 반도파 야쿠자가 비밀로 하라고 입막음했는지 의문이었다.

다른 호스티스가 언급했던 '특공대' 소문과 합쳐서 생각해 보니 줄거리 하나가 떠올랐다. 재계나 관료계의 고위인사를 상대하는 매춘 조직이 실존하고 반도파가 그것을 운영했다는 가설이다. 에미의 연인이 입막음을 했던 이유가 매춘 조직의 존재를 은폐하기 위해서였다면 논리가 맞아떨어진다. 그러나 마쓰다는 마지막 하나가 자꾸만 마음에 걸렸다. 여자가 살해됐다. 지금 떠올린 가설과 살인이라는 중대한 범죄 사이에는 설명할 수 없는 비약이 있었다. 혹은 살해된 여자가 자신의 몸을 샀던 악인들의 목록이라도 만들어서 세상에 폭로하려고 했던 건가? 그리고 폭력단이 입을 막고자 살해했나?

결국 건널목에서 죽은 여자의 이름조차 알아내지 못한 채 의문만 자꾸 쌓여 갔다. 마쓰다는 '넌 기자잖아.' 하고 스스로에게 채찍질을 했다. 증거를 붙잡아. 진상을 밝혀내라고.

　여자와 에미가 살았던 맨션은 금세 발견했다. 대로에서 샛길로 들어가면 나오는 3층짜리 건물이었다. 한 층에 베란다 여섯 개가 조촐하게 늘어서 있었다.

　에미가 적어 준 호수는 205호였다. 마쓰다는 위치를 대강 짐작하고 2층 창문을 올려다봤다. 해가 이미 저물었는데도 불이 켜져 있지 않았다. 옛날에 그 방에서 긴 머리 여자가 룸메이트에게 종이로 작은 새를 접는 법을 가르쳐 주면서 어렸을 적 이야기를 들려줬다. 그로부터 채 1년이 지나기도 전에 자신이 살해될 줄은 상상조차 못 한 채.

　마쓰다는 문의를 하려 맨션 현관에 들어갔지만 상주하는 관리인이 보이지 않았다. 그대로 2층으로 올라가서 205호실의 양 옆집과 각각 접촉했다. 한쪽 문에서는 노인이, 다른 한쪽 문에서는 중년 여성이 얼굴을 내밀고서 취재에 응해 줬다. 그러나 작년 봄까지 살았던 이웃이 어떤 사람인지 전혀 모른다고 대답했다.

　마쓰다는 여자가 생전에 물건을 구입했을 상점들을 돌아다니며 물어봤다. 그러나 사진을 보여 줬는데도 상점 주인과 종업원들은 '기억에 없다'며 고개를 가로저었다. 마쓰다는 그들과 함께 사진을 다시금 쳐다보다가 한 가지를 알아차렸다. 긴 머리 여자는 부자연스러운 미소를 짓지 않았을 때는 누구의 기억에도 남지 않을 만큼 인상이 흐릿하고 수수하게 생긴 여자였으리라.

마쓰다는 하는 수 없이 메지로역 앞으로 되돌아가 기사회생의 역전타를 노리는 마음으로 공중전화 박스에 들어갔다. 여자의 실체에 관한 유일한 정보, '아버지가 커다란 호텔을 운영했다.'는 에미의 증언을 추적해야만 했다.

전화를 건 곳은 도산한 기업 정보를 다루는 신용 조사 회사였다. 이곳은 《월간 여성의 친구》 출판처가 매년 계약하는 회사라 언제든지 조회할 수 있다.

조사부 담당자가 응대하고자 전화를 받자 마쓰다가 질문했다.

"한 해에 도산하는 호텔이 평균적으로 얼마나 됩니까?"

"숙박업에 속한 업체라면 도산 건수가 매년 50건쯤 되는군요."

긴 머리 여자의 나이가 25세라고 가정한다면 그녀가 살았던 동안에 도산했던 숙박업자의 숫자는 족히 1000군데가 넘는다.

"그중에서 소규모 여관이나 민박을 제외하고 대규모 호텔로 범위를 줄인다면 얼마나 됩니까? 부지 안에 풀장이 있을 법한 대형 시설 말입니다."

"자본 규모가 그 정도로 큰 업체라면 대략 10퍼센트 정도군요."

그래도 100여 군데다. 경영자의 가족 구성을 일일이 조사하는 것은 현실에 맞지 않았다. 취재기자는 자신 한 명뿐이었다. 이 대목에서 마쓰다는 비로소 기사를 어떻게 마무리 지어야 할지 마음에 걸렸다. 취재 기간은 앞으로 여드레 남았다. 간청하여 마감일을 미뤄 본들 연장할 수 있는 일수는 사흘뿐이었다.

마쓰다는 인사하고서 수화기를 내려 둔 뒤 주소록을 뒤적여 옛날에 적어 뒀던 번호를 눌렀다. 유군기자 시절에 협력을 요청한 적이 있던 호텔 업계지 편집부였다.

"아아, 안녕하세요."

전화를 받은 편집장은 마쓰다를 기억하고 있었다.

"뜬금없이 문의를 드려서 송구스럽습니다만."

마쓰다가 양해를 구하고서 물었다.

"과거 25년 동안에 도산했던 호텔 경영자가 자살했거나 일가족이 뿔뿔이 흩어졌다는 이야기를 들은 적 없습니까? 여자애가 있던 가정입니다만."

"아니, 그런 일도 다 있었습니까?"

상대가 당혹스럽다는 말투로 대답했다.

"구체적으로 떠오르는 얘기는 없는데요. 우리는 도산하는 단계까지만 취재를 하니까요."

"그렇겠죠."

마쓰다도 그렇게 반응할 수밖에 없었다.

"급한 일입니까?"

"일주일 안에 알 수 있으면 좋을 것 같은데요."

"그럼 기자 녀석들한테 물어보죠. 뭔가 알아내면 연락드리겠습니다."

"감사합니다."

마쓰다가 전화 카드를 뽑아 박스 밖으로 나오니 북풍이 불어와 코트 옷자락을 흔들었다. 지지부진한 취재 활동은 대부분 헛수고로 끝난다는 사실을 오랜 경험을 통해 잘 알고 있었다. 그럼에도 마쓰다는 기분이 울적했다. 모든 것이 여자의 신원을 밝히지 못하도록 틀어막고 있는 듯했다. 집으로 돌아가기 전에 어디서 술이라도 한잔 걸칠까 하고 생각했지만, 연락을 하겠다는 아라이 형사의 말이 떠올라서 어쩔 수 없이 귀갓길에 올랐다.

밤 10시가 넘자 아라이가 전화를 걸었다.

목욕도 하지 않고 기다리던 마쓰다는 심야의 괴전화가 순간 어른거렸으나 수화기 너머에서 형사의 목소리가 들려와서 안도했다.

"오, 마쓰 씨, 시간이 늦었구먼."

아라이가 귀가하던 도중에 공중전화로 전화를 걸었는지 거리의 잡다한 소음들이 배경음처럼 섞여 있었다.

"낮에 했던 얘기 말인데, 호스티스 살인 사건과 관련하여 언뜻 들은 얘기가 하나 있어. 그걸 말해 줄까 해서."

"어떤 얘깁니까?"

"재판이 잘 풀리질 않는다며 검사가 투덜댔다나 봐."

사건 재판까지는 생각이 미치지 못했던지라 마쓰다는 흥미가 솟았다.

"무슨 문제라도?"

"피고인 시마지한테 사선 변호사가 붙었는데 쓸데없이 딴지를 걸더래. 피고인의 정신 상태를 다시 감정하라나 뭐라나."

"시마지 이사무는 분명 조직에서 절연당했을 텐데요?"

"맞아. 보통은 국선 변호사가 옆에 붙지."

"누가 사선 변호사를 고용해 준 겁니까?"

"거기까지는 모르겠지만 반도파가 보냈다고 봐야겠지."

시마지 이사무가 길을 가던 여자를 강간하려고 습격했다가 살해했다면 조직은 그러한 온정을 베풀지 않았을 것이다. 아라이의 정보는 역시나 그 살인이 반도파의 조직적인 범행임을 시사했다.

오카지마 에미의 증언 내용도 그것을 뒷받침했다. 그 여자가 긴자 클럽으로 옮겼을 때 반도파 야쿠자가 때마침 에미의 앞에 나타나 연인이 됐고, 여자가 긴자 클럽으로 옮긴 사정을 말하지 말라고 입막음을 했다. 또한 여자가 살해됐을 때와 겹치는 시기에 에미를 해외여행에 데려갔다. 그 목적은 피해자의 신원을 밝히는 조사가 단 하나뿐인 친구였던 에미에게 미치지 못하도록 저지하기 위해서가 아니었을까? 인기 호스티스인 에미가 연말 성수기에 장기 휴가를 받은 것 역시 경영 모체인 반도파의 입김이 작용했다고밖에 볼 수가 없었다.

그러나 머릿속에서 이토록 명확히 줄거리가 그려지건만, 근본적인 수수께끼만은 건드리지 못한 채 남았다. 어째서 그토록 용의주도하게 여자의 신원을 숨겼고, 그리고 죽여야만 했는가.

'시마지 이사무를 취재할 수 있으면 좋으련만.' 하고 마쓰다는 생각했다. 조직에서 살해를 명령받았다면 하다못해 죽여야 할 대상의 이름 정도는 들었으리라. 그러나 본인과 직접 접촉하려고 해도 구치소라는 장소가 커다란 벽처럼 막았다. 일본에서는 형사 피고인과 언론 관계자의 면회를 금지한다.

"시마지와 면회할 수는 없겠죠?"

형사에게 물어봤지만 "어렵지."라는 답변이 바로 돌아왔다.

"게다가 그 녀석은 취조 중에 아무 말도 하질 않았어. 기자가 면회하러 가 봤자 마찬가지일 거야."

"그렇겠군요."

"내가 들려주고 싶었던 얘기는 이게 다야. 마쓰 씨한테 얼마나 도움이 됐는지는 잘 모르겠지만."

"아뇨, 아주 참고가 됐습니다. 감사합니다."

"그리고 이건 사족인데, 오늘 밤에 그 3호 건널목에서 인명사고가 벌어졌어."

"오호?"

이 역시 의외의 이야기였다.

"단순히 건널목 안으로 사람이 들어갔다가 끝난 사고가 아니라?"

"그래, 사망자가 나왔어. 남녀가 같이 뛰어들었지."

마쓰다는 얼떨떨한 기분에 휩싸였다. 여태껏 취재해 왔던 건널목 유령담과는 왠지 궤를 달리하는 것 같았다.

"기관사가 뛰어드는 장면을 직접 봐서 사건이 아니라 사고로 처리됐어. 덕분에 이제야 집에 돌아가는군."

"그 동반 자살 사건 말입니다. 무슨 기묘한 점은 없었습니까?"

"무슨?"

마쓰다는 어떻게 에둘러 물어봐야 할지 고민하며 물었다.

"다른 사람의 실루엣이 보였다거나, 혹은 여자만 사라졌다거나."

"여자 킬러라도 있었다는 얘긴가?"

아라이가 껄껄 웃었다.

"수상한 점은 없었지. 남자가 여자를 질질 끌다시피 전철로 뛰어들었어. 그냥 동반 자살이 아니라 억지 동반 자살이구만."

필시 온몸의 털이 쭈뼛쭈뼛 솟을 만큼 오싹한 광경이었으리라. 마쓰다는 얼굴을 찡그렸다.

"기묘한 점을 꼽으라면 그 두 사람, 공손하게도 꽃다발을 준비했더군."

"꽃다발?"

"그래. 스스로한테 주는 작별의 뜻인지는 모르겠지만, 건널목 밖에 싱싱한 꽃다발이 놓여 있었지."

"별난 얘기로군요. 그 남녀는 누굽니까?"

"젊은 커플이야. 교통과에서 신원을 확인해 줬어. 남자 시신에는 문신이 있었으니 그쪽 인간이겠지."

이제야 마쓰다는 이해가 됐다. 불법 약물을 투약하여 제정신을 잃은 끝에 벌어진 동반 자살이 틀림없었다. 각성제 중독자가 살인을 저지를 경우에는 광기에 사로잡혔다고밖에 표현할 수 없는 처참한 수단을 동원하곤 한다. 마쓰다는 범행의 상세한 내용을 숨기고서 기사를 쓴 적이 있었다.

"그 둘의 이름만이라도 괜찮다면 지금 알려 주지."

"그럼 일단 알려 주십시오."

마쓰다는 전화기 옆에 놓인 볼펜을 들고서 메모장에 댔다.

"남자는 다카다 신고, 여자는 오카지마 에미. 나이는 각

각······."

마쓰다는 당황하여 말을 끊었다.

"죄송합니다. 여자 이름을 다시 한번."

"오카지마 에미."

마쓰다의 머릿속에서 핏기가 싹 가셨다. 젊은 남자는 야쿠자이고, 여자의 이름은 오카지마 에미. 다른 사람일 리가 없었다.

"동반 자살?"

"그렇다고 했잖나."

자신의 목소리가 뒤집어지는 것을 느끼면서 마쓰다는 물었다.

"둘 다 사망, 했습니까?"

"남자는 즉사했고 여자만 살았지."

"살았다고요? 얼마나 다쳤습니까?"

"중상을 입었어."

에미와는 오늘 오후에 만나고 헤어졌다. 스포츠 클럽에서 땀을 흘리고 웃으면서 떠났던 그녀가 동반 자살에 휘말렸다는 이야기가 가당키나 한가.

마쓰다는 혼란스럽기만 한 머리를 달래다가 간신히 적절한 질문을 찾아냈다.

"여자가 실려 간 병원도 알려 줄 수 있겠습니까?"

30분도 채 지나지 않아 마쓰다를 태운 택시가 오하시에 위치한 대학병원에 도착했다. 구급외래 접수처로 뛰어가던 도중에 마쓰다는 알아차렸다. 이곳은 1년 전에 3호 건널목에서 발견됐던 여자의 시신이 제일 먼저 실려 왔던 병원이었다. 심야라서 현관 안에 사람은 보이지 않았다. 가로등만이 로비 내부를 비추고 있었다.

마쓰다는 접수처 창구를 발견하고서 안에 있는 초로의 경비원에게 물었다.

"사고를 당해 응급으로 실려 온 오카지마 에미 씨의 지인입니다만, 면회가 가능합니까?"

"이름이 어떻게 되시는지?"

"마쓰다입니다."

경비원이 내선 전화 수화기를 들어 너스 스테이션을 지키는 간호사에게 허가를 구해 줬다. 상대가 대답하기까지 시간이 조금 걸렸다.

"개인실이라서 면회해도 된답니다. 다만 30분 이내로 해 주십시오."

"감사합니다."

마쓰다는 두 가지 의미에서 기뻤다. 면회를 허가해 줬다는 것은 에미에게 의식이 있다는 뜻이었다.

마쓰다는 병실 번호를 듣고서 엘리베이터를 타고 4층으로 올라갔다. 너스 스테이션 카운터에서 면회표를 쓰고 있으니 아내를 병문안하러 왔을 때가 싫어도 떠올랐다. 그 이후로 마쓰다는 아무리 몸이 아파도 병원에 발을 들이는 것이 꺼려졌다.

조명이 비추는 복도 가장 안쪽에 문틈으로 빛이 새어 나오는 병실이 있었다. 마쓰다는 병실 번호를 확인하고서 노크했다.

"예."

의외로 또렷한 목소리가 들려왔다.

마쓰다는 문을 열고서 안을 들여다봤다. 에미의 가족이 와 있다면 속히 물러날 작정이었다. 그러나 그녀는 혼자였다. 병실 가운데에 놓인 침대 위에서 베개에 등을 기댄 채 앉아 있었다. 움츠러진 어깨가 몹시 작고 무력하게 보였다. 마쓰다는 그녀가 몹시 가여워서 어찌할 바를 몰랐다.

에미가 이쪽으로 고개를 돌리고서 가냘프게 "아, 마쓰다 씨." 하고 말했다. 커다란 거즈가 얼굴 왼쪽을 뒤덮고 있었다. 내출혈 때문에 생긴 검붉은 멍이 목까지 도드라져 있었다.

"상태는 어때요? 괜찮습니까?"

"그럭저럭."

에미가 씩씩하게 대답했다.

대화하는 데 문제가 없는 것 같아서 마쓰다는 일단 안도했다.

"들어가도 됩니까?"

"그럼요."

마쓰다는 병실 안으로 들어갔다. 에미는 가동식 침대 테이블을 가슴 앞까지 끌어당겨 그 위에 세면기를 올려 두고는 손을 씻고 있었다.

"얼마나 다쳤죠?"

"온몸에 타박상을 입었고 다리는 부러져서 전치 1개월이래요. 이불 속은 깁스 신세예요."

"그래도 나을 수 있는 부상이라서 다행이군요."

마쓰다가 침대 옆에 있는 의자에 앉고서 말했다.

"뭐 필요한 물건은? 내일에라도 사 가지고 오지요."

"고마워요. 지금은 괜찮아요."

다음에 방문할 때는 꽃다발을 사 와야겠다고 마쓰다는 생각했다. 입원했던 아내가 가장 기뻐했던 선물이었다.

에미가 비누로 왼손을 씻으면서 말했다.

"그보다 마쓰다 씨, 건널목 사고를 물어보려고 여기에 온 거죠?"

"네."

마쓰다는 수긍하면서 의아해했다. 에미 본인이 '사고'라고 했으니 건널목에서 벌어졌던 참사는 동반 자살이 아니라는 뜻인가.

"나랑 함께 있던 사람이 어떻게 됐는지, 알아요? 나, 기절해서, 아무것도 몰라요."

마쓰다가 난처해하며 에미의 얼굴을 쳐다봤다. 아직 약혼자의 사망 소식을 듣지 못한 듯했다.

"저기, 마쓰다 씨가 가게 앞에서 봤던 남친이요. 이름은 다카다 신고인데."

마쓰다가 머뭇거리자 에미가 거듭 말했다.

"어차피 내일이면 알게 될 테니 숨기지 말고 말해요. 그이는, 죽었어요?"

마쓰다는 생각했다. 자신이 이곳에 발걸음을 한 이유는 일 때문이 아니라 에미의 곁에 있어 주기 위해서였다. 약혼자의 안부를 전혀 모르는 채로 홀로 불안한 밤을 보내게 내버려 두느냐, 아니면 지금 이 자리에서 진실을 말해 주느냐. 어느 쪽을 택해야 할지는 자명했다.

"안타깝지만."

마쓰다가 말을 신중히 고르면서 말했다.

"사고 현장에 있던 그 남성은 살지 못했습니다."

에미의 눈가에 그늘이 졌다.

"그래요."

서글프게 말하며 시선을 떨구더니 세면기 안에서 다시 손을 씻기 시작했다.

마쓰다는 무슨 말을 해야 할지 고민했지만, 위로의 말이 떠오르지 않았다. 이런 때에 어쭙잖게 위로를 해 봤자 심기만 거스를 뿐이라는 것을 경험으로 알고 있었다. 마쓰다는 하는 수 없이 화제를 바꾸기로 했다.

"수건 좀 갖다 줄까요?"

"아직, 괜찮아요."

에미가 벌겋게 부어오른 왼손을 마쓰다에게 보였다. 약지에는 투명한 보석이 박힌 약혼반지가 끼워져 있었다.

"손을 씻고 있었던 게 아니라 반지가 잘 빠지질 않아서요."

에미는 잘 빠지질 않는 반지를 비눗물에 적셔 빼내고 있던 것이었다.

"이건 이제 필요가 없어졌어요. 사고를 당하기 전에 그이는 이미 약혼자가 아니게 됐으니까."

"무슨 소립니까?"

"윗사람의 지시를 받아서 나랑 사귀었던 거래요."

윗사람이란 반도파의 간부임에 틀림없었다. 에미 본인은 아는지 모르는지 1년 전 살인 사건과 이어지는 단서를 말하기 시작했다.

"나 속았어요."

에미가 빠지지 않는 반지를 만지작거리며 말을 이었다.

"그이가 직접, 말했어요. 신고는요, 입막음을 하려고 내 곁에 붙어 있었던 것뿐이래요. 날 카바쿠라 호스티스라고 멸시하면서도, 애써 사랑하는 척 연기했대요."

마쓰다는 질문하고 싶은 욕구가 솟았지만, 지금은 에미가 말하도록 놔뒀다. 그녀가 떠듬떠듬 말을 이어 나갔다. 억눌렀던 감정이 치밀어 오르자 억양이 점점 흐트러지기 시작했다.

"행복해질 수 있을 거라고 믿었는데, 전부 거짓말이었어. 나, 바보라서 믿어 버렸어요. 다른 사람들이 이런 일을 하는 날 쳐다보던 눈빛과 달랐기에, 이 반지를 받았을 때, 정말로 기뻤어요."

그때 불현듯 반지가 저항을 멈추고 약지에서 빠졌다. 그 광경을 본 에미가 비로소 상실을 깨달은 것처럼 어깨를 흠칫 떨었다. 이윽고 눈물을 뚝뚝 흘리며 말했다.

"죽고 싶어."

마쓰다는 살짝 놀라면서 자신의 감정을 대변해 준 여성을 쳐다봤다. 아내가 떠난 뒤로 마쓰다는 죽음을 두려워하는 한편으로 스스로 죽음에 다가가고 싶어 하는 위태로운 마음도 품으며 살아왔다.

에미가 흘리는 눈물은 당장에라도 끊어질 것 같은 가느다란 실과도 같았다. 두 사람 사이에서 팽팽한 긴장감이 감돌았다. 마쓰다는 분위기에 저항하듯 입을 열었다.

"나도 같은 심정이었습니다. 아내를 먼저 떠나보낸 후로 줄곧."

에미가 고개를 들어 마쓰다를 쳐다봤다.

마쓰다가 미소를 머금고서 말을 덧붙였다.

"하지만 지금도 살아 있고."

두 뺨을 적시던 에미가 매달리는 눈빛으로 쳐다보다가 두 팔을 내밀었다. 마쓰다는 몸을 내밀어 상처 입은 그녀의 몸을 받아 줬다. 서로의 체온을 충분히 나눈 뒤에 두 사람은 포옹을 풀었다. 마쓰다는 연인과 알게 된 지 불과 1년 만에 사별한 에미가 부러 웠다.

"고마워요, 마쓰다 씨."

에미가 울먹이며 말했다.

마쓰다는 일어나 세면장에 가서 비치된 페이퍼 타월을 여러 장 뽑아 돌아왔다. 에미가 그것을 받고서 상처 입은 왼쪽 약지를 위로하듯 닦았다.

오늘 밤은 그녀를 가만히 내버려 두는 편이 낫겠다 싶어서 마쓰다는 다 쓴 세면기를 치우려고 했다. 그러자 에미가 말했다.

"조금만 더, 여기 있어 줄래요? 하고 싶은 얘기가 있어요."

마쓰다는 손을 멈췄다. 에미가 초췌해진 마음을 추스르고서 무언가 증언하려는 기색이 전해졌다.

"신고가 전철에 뛰어들기 전에 건널목에서 이상한 일이 있었 어요."

"이상한 일?"

"네."

에미가 고개를 끄덕이고는 미간을 찡그리며 말을 끊었다. 그녀의 표정에서 지금껏 느껴졌던 비탄과는 다른, 의혹이나 의아함 같은 감정이 엿보였다. 에미가 목소리를 차분히 가다듬고서 "오늘 저녁, 마쓰다 씨랑 헤어진 뒤에 말이죠." 하고 운을 뗀 뒤 자신이 겪은 체험을 기자에게 들려주기 시작했다…….

아카사카의 빌딩 옥상에서 마쓰다와 헤어진 뒤에 에미는 걸어서 자택 맨션으로 돌아갔다. 오늘 밤은 일을 쉬고서 약혼자와 데이트를 할 예정이었다.

에미는 일찍 몸단장을 마치고서 다카다 신고가 도착하길 기다리면서 집에서 해야 할 업무를 끝마치려고 했다. 지명 손님 리스트를 갱신하고, 영업용 전화를 돌리는 등 일과처럼 해 오던 일들이 많았다. 접객할 때 어떤 화제가 오르든 대응할 수 있도록 여러 신문도 훑어봐야 했지만, 오늘만은 마쓰다가 들려준 살인 사건 이야기가 마음을 무겁게 짓눌러서 도무지 내키지 않았다. 에미의 마음을 어둡게 가라앉힌 것은 옛 룸메이트의 죽음을 애석해하는 감정뿐만이 아니었다. 약혼자를 향한 의혹이었다.

다카다 신고가 평소처럼 약속 시간보다 조금 늦게 찾아왔다. 고급 정장을 러프하게 차려입었다. 넥타이를 매지 않은 가슴팍에서 머스크 계열의 콜로뉴 향기가 농밀하게 감돌았다.

"어디로 갈까?"

그가 묻자 에미는 꽃집에 가 달라고 부탁했다. 신고는 이유를 묻지도 않고 아오야마에 있는 생화점으로 차를 몰았다.

에미는 그 가게에서 꽃다발을 샀다. 함께 살았던 친구가 어떤 꽃을 좋아했는지 생각해 봤지만 전혀 떠오르지 않았다. 그래서 카틀레야, 크리스마스로즈, 거베라 등 제철을 맞이한 꽃을 택했다. 하얀 꽃만 고르면 침울해질 것 같아서 약간 다채롭도록 다른 색깔들도 갖췄다.

차로 돌아가니 운전석에서 기다렸던 신고가 물었다.

"그리고?"

"시모키타자와로 가 줘."

에미가 부탁했다.

"7호 순환로에서 들어가다 보면 건널목이 나올 거야."

이때도 신고는 요청한 대로 차를 몰았다. 연인의 부탁을 들어주긴 하지만 왠지 무관심하고 쌀쌀맞은 태도였다.

에미는 마쓰다와 만나기 훨씬 전부터 약혼자를 불신하고 있었다. 약혼반지를 받고서 반년 동안에 혼인신고 날짜나 결혼식장 예약 등 가슴 설레는 이야기를 꺼낼 때마다 신고는 계속 얼버무리기만 했다. 그가 진심으로 결혼할 마음이 있는지 의심스러웠지만, 면전에서 추궁했다가는 손에 거의 들어온 행복이 달아나 버릴 것 같아 무서워서 차마 묻지 못했다. 더욱이 애당초 결혼할 마음이 없으면서 어째서 반지를 줬느냐는 단순한 의문도 들었다. 신고의 직업이 워낙 특수한지라 지금은 어떤 사정 때문에 약속해 줄 수 없는 게 아닌가 하고 그럴싸한 이유로 스스로를 달래기도 했다.

그러나 가게에 나타난 마쓰다가 옛 룸메이트가 살해됐다는 이야기를 들려준 뒤로는 모호한 의문이 명확한 의혹으로 바뀌었다. 공포를 수반하는 의혹이었다. 신고가 살인 사건에 관여했던 것이 아닐까. 자신과 교제한 이유는 룸메이트에게 벌어졌던 사건을 은폐하기 위해서일 뿐, 연애 감정 따윈 전혀 품지 않았던 게 아닐까.

신고의 차가 시모키타자와 외곽에 있는 어느 우묵땅에 도착했다. 앞유리 너머에서 높은 제방이 벽처럼 뻗어 나갔다. 에미는 제방 오른편에 깔려 있는 건널목을 발견했다. 어둠이 깔린 밤중에 가로등이 비추는 건널목만이 두드러져 보였다.

"여기서 내릴래."

에미가 말하자 신고가 주차할 만한 곳을 찾아 옆길로 조금 들어가서 차를 세웠다. 바로 옆에 폐가 같은 판잣집이 서 있었다. 전혀 관리되지 않은 목제 미닫이문에 무언가를 덕지덕지 칠한 것 같은 검은 얼룩이 묻어 있었다. '시모키타자와에도 이토록 음침한 장소가 다 있구나.' 에미는 의외라고 생각했다.

신고가 시동을 끄고서 고요해진 길 위로 내려와 물었다.

"여긴, 뭐야?"

"친구가 말이야. 저 건널목에서 죽었어. 그래서 꽃이라도 바칠까 해서."

"흐응."

신고가 별로 관심 없다는 얼굴로 고개를 끄덕였다.

"그리고 우리 결혼도 보고하고 싶었고."

"결혼, 결혼, 그 타령 좀 그만해. 앞서지 말라고. 아직 혼인신고
도 안 했잖아."

"미안. 나도 모르게, 기뻐서."

신고가 길가에 침을 뱉었다.

에미는 망가진 자동판매기 앞에 멈춰 서서 3호 건널목을 올려
다봤다. 룸메이트가 그곳에 홀로 쓰러졌다고 생각하니 먼발치에
서 바라보기만 했을 뿐인데도 덜컥 겁이 났다. 발이 앞으로 나아
가질 않았다. 사건이 벌어졌던 1년 전에도 틀림없이 오늘 밤처럼
온몸이 시릴 만큼 추웠을 터였다. 본명조차 밝히지 않고 세상을
떠난 친구는 죽어 가면서 얼마나 쓸쓸하고 비참했을까. 새삼스
레 동정하는 마음이 솟아났다. 그러나 신고의 목소리에 에미가
눈물을 글썽이며 품었던 애달픈 감정이 지워져 버렸다.

"그래서 누군데? 그 친구는."

에미가 약혼자에게 시선을 돌리고는 표정의 변화를 놓치지 않
으며 말했다.

"걔."

"걔라니 누구?"

"긴자로 갔던 걔."

그때 저 멀리서 건널목이 의외라고 느껴질 만큼 요란하게 울
어 대기 시작했다.

신고는 무표정했다. 에미의 말을 듣고도 반응이 미지근했다.
그가 건널목과 자동판매기 뒤쪽에 있는 건물을 번갈아 봤다.

"1년 전에 여기서 죽었대. 우리가 하와이에 갔을 적에. 신고,

혹시 알고 있었어?"

약혼자가 아무 말 없이 에미 쪽으로 고개를 서서히 돌렸다. 눈빛이 바뀌었다. 여태껏 에미에게만은 결코 드러낸 적이 없었던 노골적인 적의가 담겨 있었다.

"야, 누구한테서 들었어?"

신고가 분노가 서린 목소리를 낮게 깔며 에미에게 다가갔다.

"그년이 죽은 걸 누구한테서 들었느냐고?"

에미는 약혼자의 변모가 너무나도 뜻밖이었다. 신고가 조직 폭력배의 맨얼굴을 그대로 드러냈다. 에미는 자신이 모르는 사이에 위험한 영역에 발을 들였음을 깨달았다.

"누구한테 들었든 상관없잖아."

"상관없기는 무슨! 얼른 불어!"

에미가 당장 얼버무리려고 했으나 이내 말을 삼켰다. 정적이 갑자기 주변을 감쌌다. 비탈길 위를 힐끗 보니 전철이 아직 통과하지 않았는데도 건널목에서 나던 소리가 멎었다. 무언가가 이상하다고 느낀 순간, 에미의 목덜미에서 싸늘한 한기가 느껴지더니 등줄기에 소름이 돋았다.

"그래, 어제 그 손님이냐?"

신고가 슬금슬금 다가왔다.

"그놈이 무슨 소릴 했나 보지?"

"아냐!"

"그 자식, 기자나 흥신소 놈이냐?"

"아니라고 했잖아!"

"그럼 왜 그 여자 일을 다시 끄집어내는 거냐고? 그 일에 관심 갖지 말라고 누누이 말했잖아!"

"그래도 걘 친구였어!"

"친구? 그리도 험담을 늘어놨으면서 인제 와서 친구 노릇을 하겠다?"

에미는 두 손으로 안고 있던 꽃다발을 내려다봤다. 울고 싶어 졌다.

"좋아."

신고가 언짢은 듯 한쪽 뺨을 일그러뜨리며 웃었다.

"그리도 알고 싶다면 알려 주지. 우리 조직이 그 여자를 죽였어."

에미가 경악하여 고개를 들었다.

"죽였다고?"

"어. 이 말을 들었으니 너도 곱게는 못 보낸다."

어느 정도 예상하긴 했지만 신고의 그 말을 들으니 에미는 정 신이 아찔해졌다. 그때 또다시 건널목 경보음이 울리기 시작했 다. 붉게 점멸하는 경보등 불빛이 에미의 혼란에 박차를 가했다. 모든 게 다 이상하다고 에미는 생각했다. 이 우묵땅에 온 뒤로 모든 게 다 미쳐 돌아가고 있었다.

"다음은 네가 말할 차례야."

신고가 에미의 어깨를 툭 찔렀다.

"내가 입단속시켰다고 그 손님한테 다 까발렸냐? 내 말 맞지!"

에미는 마쓰다가 해를 입을까 두려웠다.

"안 했어! 아무 말도 안 했다니까!"

"시치미 떼지 마. 이 창녀가!"

에미의 눈앞에서 불꽃이 튀었다. 신고가 에미의 뺨을 있는 힘껏 후려갈겼다. 에미는 어렸을 적부터 신물이 날 만큼 폭력에 익숙했지만, 약혼자의 일격에는 눈물이 나왔다. 지금껏 에미가 사랑했던 남자들은, 아버지와 연인, 그 모든 사람이 자신에게 폭력을 휘둘러 왔다. 그러나 신고만은 다르리라 믿었다.

격렬한 귀울림에 청각이 먹먹해졌다. 건널목 경보음과 신고의 호통이 단편적으로 귓속으로 파고들었다.

"날 너 같은 호스티스한테 붙여 준 이유는 다 입을 막기 위해서였다고!"

"붙여 줬다고?"

"어, 그래! 근데 이래서야 면목이 없잖냐! 어서 불어! 긴자 클럽에 관해 어디까지 떠들었어?"

신고가 오른팔을 어깨 높이까지 끌어당겼다. 이번에는 손바닥이 아니라 주먹을 쥐고 있었다. 광대뼈를 부서뜨릴 기세로 주먹을 휘두를 것 같아서 에미는 별안간에 목을 움츠리며 두 손으로 머리를 감쌌다.

바로 그때 갑자기 나무줄기가 찢어지는 것 같은 소리가 울렸다. 메마른 파열음이 들리기에 에미는 순간 자신의 뼈가 부러지는 소리인 줄 알았다. 격렬한 폭력에 노출되면 신체에 가해지는 위해가 남 일처럼 느껴질 때가 종종 있다. 그러나 몸 어디도 아프지 않았다. 조심스럽게 눈을 뜨니 신고가 주먹을 휘두르려는 자세 그대로 굳어 버렸다.

바로 그때 다시 한번 거목이 꺾이는 것 같은 소리가 아무것도 없는 허공에서 울려 퍼졌다. 에미는 출처 모를 기묘한 소리보다도 신고의 상태가 기이했다. 얼이 나가 버린 표정으로 두 눈은 빛을 잃었다.

"신고?"

불러 봤으나 반응이 없었다. 에미는 욱신거리는 왼뺨을 누르고는 입을 여러 번 뻐끔거려 귀울림을 털어낸 뒤 목소리를 높였다.

"신고, 왜 그래!"

에미에게 향했던 신고의 멍한 시선이 건널목으로 이어지는 비탈길을 더듬듯 서서히 옮겨졌다. 누군가의 움직임을 눈으로 쫓고 있음을 알아채고서 에미는 오르막길을 돌아봤다. 그러나 그곳에는 아무도 없었다.

"뭐야, 저 자식, 아직 살아 있잖아."

신고가 말했다.

"왜 건널목으로 가는 거냐?"

"누굴 말하는 거야?"

"저 여자 말이야. 저기 걸어가는 거 안 보이냐?"

이때 에미도 밤길을 걸어가는 누군가의 기척을 느꼈다. 그러나 눈에는 아무것도 비치지 않았다.

"아무도 없어!"

"있어."

신고가 차단기가 내려간 건널목을 응시하며 걸어 나갔다.

"제길, 얼른 처리해야 해."

"신고, 기다려!"

에미가 황급히 약혼자의 뒤를 쫓았다. 그러나 잰걸음으로 걷던 신고가 전력질주를 하더니 순식간에 에미를 떼어 놓고 가 버렸다. 그가 달려가는 방향에서 건널목 표시등이 상행선 열차의 접근을 알렸다. 참사를 예감한 에미는 하이힐을 신은 발을 접질리면서도 아픔을 참으며 계속 달렸다.

신고가 3호 건널목에 도달했다. 차단 막대가 진로를 가로막자 앞으로 고꾸라질 듯 멈춰 섰다. 그가 혀를 차고서 막대를 들어올리며 선로에 뛰어들려고 했다. 그사이에 따라잡은 에미가 뒤에서 그의 몸을 껴안고는 밖으로 끌어내려고 했다. 신고가 노성을 질러 댔지만, 이내 요란한 기적 소리에 묻혔다. 급커브를 꺾으며 나타난 열차가 전조등으로 두 사람의 모습을 비추며 맹렬한 속도로 건널목으로 돌입했다.

에미가 비명을 질렀다. 막무가내로 약혼자의 허리에 매달려 봤지만, 살기등등한 야쿠자를 당해 낼 수는 없었다. 신고는 에미를 질질 끌면서 보이지 않는 누군가를 덮치듯 열차 앞으로 뛰어들었다.

사람의 몸이 박살 나는 무참한 소리와 함께 에미도 날아가 버렸다. 저항할 수 없는 힘이 허공에 떠오른 몸을 회전시켰다. 땅바닥이 시야를 가득 메우듯 엄습해 왔다. 이대로 죽는구나 싶었다. 마지막에 눈에 비친 것은 건널목 바로 앞에 떨어뜨린 꽃다발이었다.

시간 감각을 잃었던 에미가 희미한 진동을 느끼고서 눈을 떴다. 그곳은 구급차 안이었다…….

　동반 자살 사건의 전말을 다 들려준 에미가 테이블 위에 놓인 반지를 멍하니 쳐다봤다. 마지막에 "전치 1개월이라니 운이 참 좋았죠." 하고 덧붙였지만, 그 말과는 반대로 눈빛은 쓸쓸했다.

　"이게, 오늘 밤에, 벌어졌던 사건의 전부예요. 그 건널목에서, 모든 게 다 끝났어."

　마쓰다는 당혹스러웠다. 에미가 말했던 내용은 일반적인 취재 활동으로 얻을 수 있는 증언과는 성격이 달랐다. 마쓰다는 철도 사고의 전모를 조감하듯 들여다봤다. 확실한 사실과 그렇지 않은 부분을 나눠서 이야기를 진행시키기로 했다.

　"아마도 내일……."

　마쓰다는 현실적인 조언부터 시작했다.

　"경찰 관계자가 사정을 청취하러 올 테니 사고에 이르기까지 겪었던 모든 일을 그대로 말하면 됩니다. 알겠죠?"

　다카다 신고의 언동으로 보아 1년 전에 긴 머리 여자가 살해됐던 사건은 말단 야쿠자의 우발적인 범행이 아니라는 것이 확실해졌다. 그 사건은 반도파가 저지른 조직적인 살인이었다. 에미의 증언이 교통과에서 형사과로 전해진다면 재조사의 단서가 되어 주지 않을까 싶은 기대감이 들었다.

　"응, 그럴게요."

　에미가 대답했다.

　마쓰다는 만족했다. 경찰이 형사 사건으로 판단하고서 개입해 준다면 에미의 신변도 안전해지리라.

"그리고 한 가지 확인하겠는데, 그 남자는 각성제나 약물 같은 건 하지 않았습니까?"

"안 했어요. 약물류는 조직 안에서 금지되어 있다고 했어요. 팔에 주사 흔적도 없었고."

다카다 신고는 약물 때문에 환각을 보고 이상한 행동을 벌인 것이 아니었다. 마쓰다는 다른 방향으로 이야기를 진행시켰다.

"그 남자의 상태가 이상해지기 전에 나무가 부러지는 것 같은 소리가 들렸다고 했죠?"

"그래요. 우지끈, 하는 소리였어요. 그게 무슨 신호인 것처럼 신고의 모습이 확 바뀌었죠."

"그 소리가 아무것도 없는 허공에서 들렸다?"

"네, 두 번이나. 환청이나 잘못 들은 게 아니에요."

마쓰다는 자료로 참고하고자 구입했던 괴담집 내용을 떠올렸다. 아무것도 없는 공간에 울리는 메마른 파열음을 '고음(叩音)', 또는 '랩음'이라고 부르는데, 심령 현상이 벌어지는 전조라고 한다. 지금껏 에미와 접촉하면서 마쓰다는 3호 건널목에서 벌어졌던 괴이한 사건을 일절 말하지 않았기에 선입관에 사로잡혀 착각했을 가능성은 배제할 수 있다. 에미는 실제로 그 기묘한 소리를 들은 것이 틀림없었다.

"이상한 소리뿐만이 아니에요. 그 전에도 경보음이 요란하게 울려 대던 건널목이 갑자기 조용해지는 등 모든 게 이상했어요."

에미가 뜸을 들이더니 목소리를 낮춰 말을 이었다.

"나 말이에요. 거기에 또 다른 사람이 있었던 것 같은 기분이 들어요."

"그렇다면?"

"그 애가……."

에미가 말을 하려다가 마쓰다를 쳐다봤다.

"잠깐, 나도 질문 좀 할게요. 그 애가 죽었을 때 상황이 어땠죠?"

"상황이 어땠냐니요?"

"건널목을 향해서 걸어갔나요?"

마쓰다가 아무것도 알려 주지 않았는데도 에미는 여자가 어떤 과정으로 최후를 맞이했는지 짐작한 듯했다. 아마 다카다 신고는 죽기 전에 길 위에 피를 뚝뚝 흘리며 걸어가는 여자의 모습을 봤겠지. 그리고 뒤를 쫓아가다가 열차 앞에 뛰어들었다.

"분명 죽기 직전에 우묵땅 바닥에서 건널목까지 걸어갔어요."

에미가 두 팔로 제 어깨를 감싸고는 상처 입은 몸을 문지르며 말했다.

"그 애가 날 지켜 준 것 같아요. 그때 난 아무것도 못 봤지만 인기척만은 느꼈어요. 누군가가 오르막길을 걸어 올라가는 것 같은."

"즉……."

마쓰다는 간접적으로 표현하려다가 단어가 잘 떠오르질 않아서 직접적으로 말했다.

"그 여성의 영혼?"

"그래요. 내가 더는 폭행을 당하지 않도록 신고의 시선을 끌어 준 것 같아요."

마쓰다는 그 해석을 부정하고 싶지 않았다. 그 긴 머리 여자는 단 하나뿐인 친구였던 에미를 야쿠자의 폭력으로부터 지켜 냈겠지. 모두들 선조의 영혼이 후손을 지켜 주고 있음을 신앙처럼 믿듯 마쓰다는 자연스럽게 받아들였다.

"마쓰다 씨."

에미가 고개를 들었다. 눈동자에는 강한 빛이 서려 있었다.

"이제 입막음하는 사람도 없어졌으니 전부 다 말할게요. 나카노의 가게를 그만둔 뒤에 그 애 소식이 끊긴 이유는 정치인의 정부(情婦)가 됐기 때문이에요."

마쓰다는 허를 찔렸다는 표정으로 에미를 쳐다봤다.

"긴자 클럽에서 다른 가게의 호스티스들을 끌어모았는데 그 과정에서 그 애가 뽑혔어요."

자세한 사정도 모르는데도 마쓰다의 마음속에 무거운 충격이 퍼져 나갔다. 그것은 특종감을 움켜쥐었을 때밖에 맛볼 수 없는 흥분이었다.

"정치인이 정부를 고르기 위해 여성들을 끌어모았다?"

"그래요. 호리호리한 여자들만. 반도파의 지시로."

마쓰다의 의식이 심령 현상에서 멀어졌다. 순식간에 사건기자의 후각이 되살아났다. 반도파와 정계의 연결고리를 드러내는 정보가 없었는지 머릿속으로 재빨리 검색하면서 질문했다.

"그 가게의 이름은?"

"샤블랑."

"시기는?"

"작년 4월."

"정부로 택한 정치인의 이름은?"

"노구치라는 사람이에요. 요즘 뉴스에 자주 나와요."

믿기 어렵다고 생각하면서도 마쓰다는 확인했다.

"노구치 스스무?"

에미가 고개를 단호히 끄덕였다.

마쓰다의 눈에 여당 본부 빌딩에서 봤던 국회의원의 모습이 크게 떠올랐다. 예순이 넘었는데도 권력을 쥐려는 천박한 욕망을 기름진 얼굴에 드러내던 노인. 대형 건설사 비리 사건의 소용돌이 한가운데에 있으면서도 세상의 추궁으로부터 완전히 벗어나려는 정부 여당의 실력자.

"그거 확실한 얘깁니까? 어떻게 알았죠?"

"그 애가 직접 말했어요. 그만 같이 살기로 하고 메지로의 집을 해약했을 때. 그 후에 신고도 끈질기게 입막음을 했으니 틀림없어요."

긴 머리 여자의 소식이 끊어졌던 이유는 거물 정치인이 그녀를 정부로 삼아서 감췄기 때문이었다.

"거처를 어디로 옮겼는지는 모릅니까?"

"거기까지는."

마쓰다는 차분히 생각했다. 권력의 중추에 있는 인간이 정부를 두는 것은 드문 이야기는 아니었다. 여러 첩을 임신시키고 태어난 아이들 전부를 호적에 올린 바람에 호적 등본이 소책자처럼 두꺼워진 어느 국회의원의 사례를 마쓰다도 알고 있었다. 이

러한 추문은 셀 수 없을 정도로 많았지만, 대형 언론사 기자들은
권력자에게 납작 엎드리며 아무것도 쓰지 않았다. 기사로 내기
는커녕 여성 기자 중에는 자진하여 정부가 되는 사람까지 있었
다. 과거에 첩이 관계를 폭로한 바람에 취임한 지 불과 2개월 만
에 사임할 수밖에 없었던 총리도 있었지만, 그러한 사례는 극히
드물었다. 정부도 관계를 유지하면서 충분한 보답을 받기 때문
이었다.

그러나 에미의 증언이 진실일지라도 여전히 석연치 않은 점이
있었다. 과거 사례들로 보아 정부와의 관계가 발각될 위험성이
높다는 이유만으로 살인까지 저질렀을 리는 없다.

"신고가 다른 말은 하지 않았습니까? 반도파가 무슨 이유로
그 여자를 죽였는지?"

"거기까지는 몰라요. 나도 방금 마쓰다 씨한테 들려준 얘기밖
에 듣지 못했어요."

마쓰다는 불현듯 노구치 스스무가 궁지에 내몰린 상황임이 떠
올랐다. 정계와 건설업계의 유착을 보여 주는 대규모 뇌물수수
사건. 그것이 건널목 살인 사건과 관련이 있다면 어떤 줄거리가
떠오르는가.

마쓰다는 머릿속으로 당사자들의 관계를 상관도로 그려 봤다.
정치가, 건설사, 폭력단, 그리고 그 틈새에서 사라져 간 한 성매
매 여성…….

그때 노크하는 소리가 울렸다. 마쓰다와 에미 모두 화들짝 놀
라 돌아봤다. 슬라이드식 문이 열리더니 간호사가 조심스럽게

얼굴을 내밀었다.

"슬슬 면회를 끝내 주시겠습니까?"

손목시계를 보니 제한시간인 30분이 훌쩍 지나갔다. 마쓰다가 "정말로 죄송합니다." 하고 사과하고서 일어났다.

간호사가 문 너머로 사라지자 에미가 강한 어조로 말했다.

"마쓰다 씨, 그 애는 아직 그 건널목에 있어요. 천국에 가지 못하고 헤매고 있어요. 제발 정치인의 악행을 밝혀내요. 이대로는 그 애가 한을 풀지를 못해요."

"알겠어요."

마쓰다가 짧게 대답했다. 노구치 스스무는 틀림없이 그 여자의 본명을 알고 있으리라.

"해보죠."

마쓰다는 마지막으로 국회의원 이야기만은 경찰에게 하지 말아 달라고 에미에게 전했다. 권력자가 살인 사건에 관여했다고 의심되는 경우에 경찰 수사에 어떤 압력이 가해질지 알 수 없어서였다. 에미는 이 조언에도 수긍했다. 총명한 그녀라면 마쓰다의 지시를 지켜 주리라.

병실을 나오면서 돌아보니 에미가 기력을 다 소진했는지 베개에 윗몸을 축 기댔다. 불과 몇 시간 전과는 전혀 다른 인생을 걷기 시작한 그녀를 바라보면서 마쓰다는 미래의 행복을 빌어 주지 않을 수가 없었다.

"또 오지요."

마쓰다는 그렇게 말하고서 문을 닫았다.

7장

이튿날 마쓰다가 눈을 뜬 곳은 사옥 지하 1층에 있는 취침실이었다. 작은 침대 하나만이 달랑 놓여 있는, 압박감이 느껴지는 비좁은 방이었다.

전날 밤에 에미가 입원한 병실을 나온 뒤에 회사 자료실로 곧장 가서 노구치 스스무의 경력과 현재 진행 중인 비리 사건을 다시 살펴봤다.

올해 63세인 노구치는 당선 횟수만 열한 번을 자랑하는 베테랑으로 건설대신과 여당 간사장 등을 역임한 바 있었다. 자신의 파벌까지 형성한 현재는 여당 실력자끼리 맺은 밀약에 따라 차차기 총리대신 자리를 약속받았다는 소문이 공공연하게 나돌았다.

한편 정계와 건설업계의 유착을 여실히 보여 준 권력 남용 사건은 뇌물을 뿌렸던 여러 건설 회사 경영자와 더러운 돈을 받아챙긴 정치가들이 모두 34명이나 체포된 일대 스캔들로 발전했다. 그러나 뇌물죄로 기소된 사람은 시장이나 현지사 같은 지방 자치 단체장이 대부분이었다. 중앙 정계에서 죄를 물은 사람은 한 명에 불과했다. 수많은 국회의원이 대형 건설사로부터 불법성이 높은 헌금을 받았으면서도 직무 권한이 모호하다는 이유로 입건조차 되지 않았다. 그리고 마쓰다가 정계 취재에서 심령 취재로 배치가 바뀌었던 일주일 동안에 노구치 스스무도 뇌물죄로 기소하지 않기로 결정됐다.

마쓰다가 규명해야만 하는 문제는 이 스캔들이 시모키타자와 3호 건널목 살인 사건과 관련이 있느냐였다.

오카지마 에미가 증언했던 정치인과 폭력단의 유착은 개연성이 높다고 판단해도 무방했다. 불과 몇 년 전에도 당 총재 선거에 나섰던 거물 정치인이 광역 폭력단의 도움을 받아 총리대신 자리를 따낸 바 있었다. 자유민중당의 실력자들은 안팎으로 폭력단, 극우의 흑막과 여전히 접촉하며 권력 유지와 부정 축재에 이용해 왔다. 그렇다면 이러한 정치적 풍토의 연장선상에 정치인의 정부가 살해된 사건을 올려 둔다면 어떤 가설이 떠오르는가.

그러자 여태껏 생각지도 못했던 단순한 줄거리가 마쓰다의 머릿속에서 번뜩였다. 에미의 증언은 복잡한 퍼즐을 완성시키기 위한 마지막 조각이었던 게 아닐까. 마쓰다는 여러 자료들을 살펴보다가 자신이 세운 가설의 정당성에 자신이 생겼다. 이제는 어떻게 증명하느냐가 문제였다. 현재 증인은 오카지마 에미 단한 명뿐이며 카바쿠라 호스티스가 정계 스캔들을 증언해 본들 세상 사람 중 아무도 믿지 않으리라.

해가 뜰 즈음에 자료실을 나온 마쓰다는 귀가하는 것도 귀찮아져서 사옥 지하에 있는 취침실에 들어갔다. 이불 속으로 파고들어가 눈을 감으니 신경이 곤두서서였는지 이른바 가위에 눌렸다. 자는 동안에 뇌의 이상으로 벌어지는 신체적 마비였다. 옴짝달싹도 할 수 없어서 초조해하는 와중에 마쓰다는 환각에 시달렸다. 전혀 모르는 여자가 머리맡에 서서 이쪽을 내려다보는 듯했다. 마쓰다는 팔다리를 움직이려고 발버둥을 치다가 어느새 선잠에 빠졌다.

정오 즈음에 눈을 떴지만 마비가 전혀 풀리지 않았다. 세수를 하고서 무거운 몸을 옷에 끼워 넣은 뒤 편집부에 올라가니 이자와 편집장과 연예기자 가와세가 각자 책상에서 벗어나 마쓰다 곁으로 왔다.

"긴자 클럽 건일세."

이자와가 만족스레 말했다.

"가와세가 바로 알아봐 줬지."

"뭔가 알아냈습니까?"

마쓰다가 연예기자에게 물었다.

"예. 도움이 될지는 모르겠습니다만. 저기서 얘기를 나누죠."

세 사람은 벽 쪽 응접 공간으로 이동하여 소파에 앉았다.

가와세가 고급스러운 정장 주머니에서 사진을 꺼내 이자와에게 돌려주면서 입을 열었다.

"이 여자 말입니다. 이름은 알아내지 못했지만, 작년 4월에 회원제 클럽에 체험 입점했다고 합니다."

마쓰다가 물었다.

"체험 입점이 뭡니까?"

"호스티스로서 정식으로 고용하기 전에 시험 삼아 써 보는 기간을 말합니다. 긴자 클럽에서 프로로서 일을 할 수 있는지 가늠해 보겠다는 거죠. 그 시기에 여러 여성이 교대하듯 가게에 드나들었는데, 하나같이 가슴이 작아서 손님과 종업원들이 의아해했다더군요. 호스티스의 선별 기준 중 제일 중요한 건 가슴의 크기거든요."

"즉, 마른 여자들만 모았다?"

"그런 셈입니다. 결국 한 명도 고용하지 않은 모양이고, 사진 속 여자도 모습을 감췄습니다."

"가게 이름은?"

"샤블랑."

가와세가 했던 모든 말이 에미의 증언을 뒷받침해 줬다. 마쓰다는 피로감이 가벼워지는 듯했다.

"이 가게는 회원제라서 내부는 볼 수가 없었습니다. 예전에 근무했던 검은 옷 종업원의 얘기에 따르면 다른 고급 클럽과 내부 인테리어는 별반 다를 게 없다더군요. 테이블 숫자는 열다섯 개. 그 외에 개인실 하나. 회원들은 하나같이 정계, 재계, 연예계의 이름난 거물들뿐. 알아낸 내용은 이 정도군요."

"요긴한 정보입니다. 정말로 고마워요."

"아뇨."

가와세가 전혀 거들먹거리지 않고 이렇게 덧붙이고서 떠났다.

"무슨 일이 또 있거든 언제든지 불러요."

"역시 대단하지?"

이자와가 에이스 연예기자를 칭찬했다.

마쓰다도 고개를 끄덕인 뒤 주변에 사람이 없는지 확인하고서 목소리를 낮춰 말했다.

"두 가지 부탁이 있는데."

"뭔가?"

"노구치 스스무와 직접 부딪치고 싶은데 편집장님께서 직속으로 취재 의뢰를 해 주실 수 없겠습니까?"

"노구치 스스무? 자네, 정계 취재에서는 빠진 걸로 아는데?"

이자와가 그렇게 말하고서 이내 무언가 깨달은 표정으로 목소리를 줄였다.

"건널목 건과 관계가 있나?"

마쓰다가 고개를 살짝 끄덕이자 이자와가 놀라움을 감추지 못하고 부하의 얼굴을 쳐다봤다.

"취재 목적은 뭐든지 좋습니다. 노구치가 취재를 수락할 만한 구실을 만들어 주십시오."

"좋아, 알겠네."

편집장이 수락했다.

"나머지 부탁은?"

"가부토초의 이시카와 씨를 만나고 싶습니다만, 만남을 주선해 줄 수 없겠습니까?"

'가부토초의 이시카와'라는 인물은 이 나라의 뒷정보를 손아귀에 쥐고 있는 블랙 저널리스트다. 마쓰다는 유군기자 시절에 몇 번 만난 적이 있었지만, 신문사를 그만두면서 관계가 끊어졌다.

"물어보도록 하지."

이자와가 일어섰다.

일본의 월스트리트라고도 불리는 가부토초는 정보를 그대로 돈으로 바꿀 수 있는 거리였다. 그 중심지인 도쿄증권거래소에 인접한 오피스 빌딩에 이시카와 다카시의 사무실이 있었다.

그가 발행하는《현대사회정보》라는 정보지는 일반인은 볼 수조차 없는 미니 커뮤니케이션 잡지다. 고액의 정기 구독료를 지불하는 기업이나 단체만이 입수할 수 있다. 기업의 추문이나 정계의 내막, 폭력단의 동향까지 온갖 잡다한 스캔들이 지면을 메우고 있다. 그러나 이 정기 간행지가 블랙 저널리즘이라 분류된 이유는 대부분의 기사가 증명되지 않았거나, 혹은 근거가 숨겨져 있기 때문이었다. 그가 고발당하지 않는 이유는 불상사가 까발려진 쪽에도 이익이 있어서였다. 본인들의 범죄 행위가 발각될 가능성을 사전에 감지하고서 대형 미디어가 백일하에 폭로하기 전에 대책을 강구할 수 있다. 그런 목적으로 정보를 제공하는 것 역시 이시카와의 업무였다. 그가 벌어들이는 1억 엔이 족히 넘는 연수입의 대부분을 차지하는 것도 정보지 구독료가 아니라 여러 대기업으로부터 받는 고문료였다.

마쓰다가 오피스 빌딩에 들어가니 엘리베이터 문이 열리고 검은 정장을 차려입은 40대 남성이 나왔다. 그가 누군지는 금세 알아봤다. 경시청 수사2과장이었다. 이 경찰 관료도 이시카와의 정보에 의지하고자 가부토초로 발걸음을 했겠지. 마쓰다는 못 알아본 척 엘리베이터에 타고서 위로 올라갔다.

약속 시간에 맞춰 인터폰을 누르자 "들어와요."라는 응답이 들렸다. 금속문 안으로 들어가니 현관에 들어서자마자 전방에 벽이 보였다. 오른쪽으로 이어지는 통로 끝에 이시카와의 집무실이 있었다. 그곳은 거물 정보상과는 어울리지 않는 비좁고 살풍경한 방이었다. 열 평밖에 되지 않는 공간은 사무 책상과 캐비닛, 소파 세트만으로도 가득 찼다. 벽에 걸린 일정표를 보니 방문객들이 보더라도 내용을 모르도록 러시아어로 적혀 있었다.

"아아, 마쓰다 씨. 오랜만입니다."

이시카와가 맞이해 줬다. 키는 작지만 체격은 단단했다. 입은 일자로 굳게 다물어져 있었다. 눈빛이 어둡고 예리했다. 마음을 터놓은 상대는 온화한 태도로 대한다던데, 마쓰다는 아직 그 웃음을 본 적이 없었다.

"오랜만에 불쑥 찾아 봬서 죄송합니다. 근무처가 바뀌기도 한지라."

마쓰다가 명함을 내밀고서 그가 권하는 소파에 앉았다.

"그래서."

이시카와가 맞은편에 앉더니 으레 주고받는 잡담을 일절 하지 않고 본론으로 들어갔다.

"정치인 얘기라던데."

"노구치 스스무입니다."

마쓰다도 단도직입으로 대답했다. 정보라는 이름의 상품이 거래되기 시작했다.

"정부 문제를 얼핏 들어서."

"정부 문제? 비리 사건 쪽이 아니라?"

"예. 긴자 고급 클럽의 호스티스를 정부로 삼았다고 하던데요."

"오호."

잠깐이지만 이시카와의 표정이 누그러졌다. 그의 주된 일터는 이 비좁은 사무실이 아니라 야밤의 긴자였다. 내각 조사실의 직원부터 폭력단의 간부에 이르기까지 온갖 정보원을 고급 클럽으로 초대하여 술과 음식을 함께 즐기면서 정보를 교환한다. 연간 접대비가 약 1억 엔에 달한다고 알려져 있었다. 이사카와만큼 긴자 클럽 거리를 사랑하고, 사정에 빠삭한 인물은 없으리라.

"샤블랑이라는 회원제 클럽입니다."

"호스티스의 이름은 모릅니까?"

이시카와가 되묻는 것으로 보아 그도 아직 그 정보를 쥐고 있지 않음을 간파했다.

"그게 아직 특정하지 못했습니다. 몸이 가냘프고 긴 머리 여자라는 것밖에."

"그런 얘기들은 대부분 내 귀에도 전해지는데 말이죠."

이시카와가 반신반의하며 말했다.

마쓰다는 노구치가 정부를 고르기 위해서 얼마나 교활하게 행동했는지 알아챘다. 다른 가게의 호스티스들을 잠시나마 체험 입점시킨 뒤 가게 측에서 바로 고용 관계를 해제해 버리면 노구치가 그중에 하나를 정부로 삼더라도 주변에서 알아차릴 수가 없다. 이 이야기가 이시카와의 귀에도 닿지 않았다면 진위를 확인하는 것은 불가능하지 않을까 싶었다.

"근데 샤블랑이라. 분명 노구치 선생은 그 가게의 마담과 각별한 관계이긴 해요. 개업 자금도 내줬다는 얘기도 있고요. 국회도 폐원했으니 오늘 밤쯤에는 얼굴을 비치지 않을까 싶은데."

노구치 의원이 그 클럽 주인과도 정부 관계임을 이시카와가 슬쩍 언급했다. 마쓰다가 가져온 진위를 알 수 없는 정보에 상응하는 대가를 지불한 것이었다.

"크게 활개를 치고 싶을 테죠."

마쓰다가 말장구를 치면서 조심스럽게 이야기 흐름을 다른 방향으로 끌고 갔다.

"건설사 유착 의혹 건도 완전히 털어 버린 것 같고요."

"술맛도 좋겠죠."

"결국 검찰한테 기소할 마음이 없었던 걸까요? 3개월 전에 수사에 착수했다고 들었는데요."

"아뇨, 아뇨, 특수부는 1년 전부터 내사했습니다."

이시카와가 이미 가치를 잃은 기밀을 흘렸다.

"작년 말입니까?"

"예."

마쓰다는 만족했다. 자신의 가설을 뒷받침할 수 있는 결정적인 정보를 얻었다.

잠복지인 찻집에는 요시무라가 먼저 와 있었다.

긴자의 나미키도오리에 위치한 빌딩 2층이었다. 카메라맨이 창가 자리를 차지하여 테이블과 의자 사이에 삼각대를 세운 뒤 언제든지 지상을 촬영할 수 있는 태세를 갖춰 놨다. 이 가게는 벽면 전체가 유리로 되어 있어서 외부를 촬영하기가 안성맞춤이었다. 망원렌즈 끝에 커다란 검은 후드를 장착한 이유는 유리에 비친 상이 찍히는 것을 방지함과 동시에 지상에서 카메라를 보기 어렵도록 가리기 위해서였다.

마쓰다가 테이블을 사이에 두고 맞은편에 앉으니 요시무라가 바로 "날씨는 괜찮던가요?" 하고 물었다.

"아직 비는 내리지 않더라."

만약에 비가 내린다면 요시무라가 노리는 피사체가 우산에 가려질 우려가 있었다. 현재 그의 카메라는 도로 맞은편에 있는 빌딩을 바라보고 있었다. 입구에 걸려 있는 입주 시설명이 쭉 적힌 간판 안에 프랑스어로 하얀 고양이를 의미하는 '샤블랑'이라는 글자가 보였다.

마쓰다는 여자 종업원에게 커피를 주문하고서 널찍한 가게 안을 둘러봤다. 이제부터 밤의 긴자로 나서려는 손님들이 누군가를 기다리는 얼굴로 시간을 때우거나, 마지막 협상을 타결시키고자 준비하는 등 제각기 시간을 보내고 있었다. 수수한 코트 옷자락 밖으로 새빨간 드레스가 엿보이는 여성은 곧 클럽에 출근하려는 호스티스겠지. 그런 사람들의 눈에 띄지 않도록 요시무라는 통로 쪽 자리에 앉아 제 몸으로 창가에 세워 둔 카메라를 감췄다.

"그래서 어떻게 된 겁니까?"

요시무라가 밤이 깔린 도로를 감시하면서 물었다.

"심령 소재를 취재하다가 왜 정치인을 감시하는 겁니까?"

마쓰다는 앞뒤 테이블이 비었음을 확인하고도 목소리를 낮춰 대답했다.

"그 여자, 노구치 스스무의 정부가 됐어."

요시무라가 놀라움을 애써 감추고는 철저히 평범한 손님 같은 태도를 유지한 채 말했다.

"그것참 기절초풍할 일이네요."

마쓰다는 오카지마 에미가 증언했던 내용을 간추려서 전한 뒤 말했다.

"살해 동기도 이제야 알았어. 그 뿌리에는 대형 건설사 비리가 있었어."

"그 의혹 때문에 사람이 죽었다는 겁니까?"

"바로 그 말이야. 시간순으로 정리해 봤더니 사건의 전모가 보이더라. 우선 노구치가 여자를 정부로 거뒀던 때가 작년 4월. 그 다음 달인 5월에 노구치는 어느 건설사의 담합 의혹을 불문에 부치도록 공정거래위원회에 압력을 행사했어. 하지만 이 건은 노구치와 건설사 사이에서 현금 흐름이 확인되지 않았기에 문제가 되지 않았지."

"에이코 건설 사건 말이죠?"

"그래. 그래서 어젯밤에 자료실에 틀어박혀 임원 인사록을 통해 에이코 건설의 경영진을 조사해 봤더니 여러 인물이 유카쿠 코퍼레이션의 임원과 일치하더라. 즉, 에이코 건설은 반도파의 위장 기업이야."

요시무라는 감시 대상인 빌딩에서 눈을 떼고는 허공을 째려보며 생각했다.

"전 아직도 사건의 전모를 모르겠습니다."

"힌트는 노구치가 수사 대상이 됐던 시기야. 지검 특수부가 노구치의 내사에 착수한 때는 여자가 살해됐던 때와 같은 시기인 작년 12월이고."

그럼에도 요시무라가 아직도 미간을 찡그리고 있자 마쓰다가 해답을 줬다.

"뇌물은 현금이 아니었어. 그 긴 머리 여자야말로 노구치가 받은 뇌물이었던 거야."

요시무라가 휘둥그레진 눈으로 이쪽을 쳐다봤다. 마쓰다는 창밖을 가리키며 감시를 소홀히 하지 말라고 주의하고서 말을 이었다.

"노구치 스스무는 반도파 관계자가 경영하는 건설사로부터 정부를 받은 뒤 그 대가로 편의를 봐줬던 거야. 여자의 주거비와 생활비, 정부로서 지급하는 보수까지 모두 포함하면 한 해에 1000만 엔 정도 돈이 들겠지. 하지만 만약에 검찰이 수사를 통해 그 관계를 밝혀낸다면 정부의 존재와 폭력단과의 유착 관계가 폭로되어 장차 약속된 총리 자리도 물거품이 되는 거지. 그래서 유일한 증인인 여자의 입을 영원히 틀어막았다."

요시무라는 드디어 고개를 크게 끄덕였다.

"그래서 여자가 살해된 뒤에 신원을 밝힐 수 있을 만한 단서들을 철저히 지워 버렸던 거군요."

"그래."

요시무라가 맞은편 빌딩을 쳐다보며 내뱉었다.

"빌어먹을 쓰레기."

"이 나라의 권력자들은 모두 쓰레기야."

"양반은 못 되나 보네요?"

요시무라가 고개를 쭉 내밀었다.

검은 세단 한 대가 택시들로 가득한 좁은 일방통행로를 따라 이리로 접근했다. 기자와 카메라맨이 지켜보는 앞에서 세단이 속도를 줄이며 샤블랑이 입점한 빌딩 앞에 정지했다. 요시무라가 앉은 채로 몸을 슬쩍 숙이며 가슴 높이에 설치한 니콘 파인더를 들여다봤다. 마쓰다도 눈에 띄지 않도록 곁눈으로 도로 위를 엿봤다. 운전사가 차에서 내려 뒷좌석 문을 공손히 열자 고급모피 코트를 입은 초로의 남자가 클럽 거리에 내려섰다. 노구치 스스무였다.

요시무라의 카메라가 모터 드라이브를 윙윙 울리며 표적을 포착했다. 찻집에 있던 손님 몇 명이 무슨 일인가 싶어 이쪽을 돌아봤다. 주변의 반응을 괘념치 않고 마쓰다는 권력으로 살을 피둥피둥 찌운 쓰레기의 모습을 계속 응시했다. 거물 정치인이 발산하는 위압감은 위엄이나 풍격 따위가 아니라 오만불손한 인격의 발로였다. 썩은 내가 풍길 정도로 꼴불견이었다. 노구치 스스무는 경계심이 강한 동물처럼 고개를 좌우로 돌리고서 호스티스들이 기다리는 빌딩 안으로 들어갔다.

요시무라가 카메라에서 얼굴을 떼고는 나직이 보고했다.

"가게 간판도 집어넣긴 했지만, 뒷모습이라서 옆얼굴밖에 찍히지 않았습니다. 녀석이 '입점'하는 걸 담아 뒀으니 '출점'하길 기다리죠."

빌딩에서 나오는 모습을 노린다면 노구치의 얼굴을 거의 정면에서 찍을 수 있다. 마쓰다는 '입점' 시각을 메모한 뒤 카메라맨에게 물었다.

"근데 이 찻집 관계자한테 촬영 허가는 받았나?"

"예, 받았습니다."

"촬영 목적은?"

"'긴자의 밤거리를 현장 탐사하겠다.'고 했습니다."

요시무라가 시원한 얼굴로 대답했다.

그 후로 기자와 카메라맨은 커피를 추가로 주문하고서 계속 대기했다. 맞은편 빌딩 6층 샤블랑이 입점한 플로어에서 노구치 스스무가 미녀들을 끼고서 그윽한 술에 취해 추태를 부리고 있겠지.

마쓰다는 시선을 아래로 내리고서 요시무라가 말했던 '현장 탐사'를 해 봤다. 긴자 거리의 풍경은 명백히 신주쿠 가부키초와는 달랐다. 길을 따라 쭉 세워진 수수하게 생긴 빌딩들을 고급 클럽들이 모두 점거하고 있었다. 길가에 세워진 택시와 콜택시에서는 졸부로 보이는 남자들이 잇달아 내렸다. 외투 단추를 채

우는 점잔을 떠는 손짓이나 어깨에 힘을 바짝 주고서 걸어가는 모습에서 숨길 수 없는 허영심이 엿보였다. 그들 사이에 보일 듯 말 듯 존재하는 호스티스들은 주인님을 마중하거나 배웅하거나 함께 따라가는 등 그들의 꽃으로서 살아가고자 분주했다.

그곳은 긴 머리 여자가 일찍이 걸었던 길이었다. 아직도 신원을 알지 못하는 그 여자는 오카지마 에미와 살던 메지로의 집을 나와 이 거리에 왔다. 본인이 인신 공양되는 줄도 모른 채 고급 클럽 안으로 사라졌다.

마쓰다는 가슴 주머니에 계속 넣어 뒀던 여자 사진을 꺼냈다. 불우한 운명에 저항하지도 못한 채 휩쓸리는 대로 살해됐던 여자. 비참한 최후를 맞이하기까지 어떤 인생을 살아왔는가. 보는 이의 마음마저 어둡게 가라앉히는 그 억지 미소 속에 어떤 과거를 숨겼는가. 마쓰다는 사진 속 여자에게 당신은 대체 누구냐고 물었다.

"마쓰다 씨."

시간을 주체하지 못하던 요시무라가 입을 열었다. 그의 눈은 여전히 밖을 쳐다보고 있었다.

"전부터 물어보고 싶었는데요. 마쓰다 씨는 왜 신문기자가 된 겁니까?"

마쓰다가 고개를 들자 요시무라가 말을 덧붙였다.

"마쓰다 씨한테서 다른 기자와는 다른 분위기가 풍겨서요."

"난 말이야. 어렸을 적부터 그림을 잘 그렸어."

마쓰다가 진솔하게 대답했다.

"그림? 작문이 아니라?"

"그래. 그래서 고등학교 미술 선생한테 미래에 화가가 될 수 있는지 상담해 봤지. 그랬더니 재능은 충분하지만, 애당초 화가는 밥을 벌어먹고 살 수 없는 직업이라며 반대했어."

그와 더불어서 고등학생이었던 마쓰다 소년은 그 당시에는 드물게도 대학교에 진학할 수 있는 혜택 받은 환경에 있었다. 노는 법도 모른 채 시계 장인으로서 고지식하게 계속 일만 해 온 아버지 덕분이었다.

"그리고 그 선생이 4년제 대학을 나와 신문사에 들어가 문화부라는 부서에 배속된다면 미술 세계를 접하면서 살아갈 수 있을 거라고 했어. 학교 성적이 나쁘더라도 신문사에 취직할 수 있고, 취미로 그림을 계속 그린다면 실력이 떨어질 일도 없을 거라고 말이야. 그래서 신문기자가 됐지."

"취직한 후에 문화부에는 갔습니까?"

마쓰다는 고개를 가로저었다.

"부서를 옮겨 달라는 뜻을 계속 내비쳤지만 이뤄지지 않았어. 옛날 문화부는 얼마 안 되는 여성 사원들이 전담하는 곳이었지. 결국 경제부와 편집부에 잠시 있던 때를 빼면 줄곧 사회부에 있었어."

마쓰다가 신문사의 유력 부서에 계속 머물 수 있었던 이유는 아버지로부터 물려받은 일에 열중하는 성격과 함께 조직 내에서 야심을 품지 않았으며 누군가를 방해하지도 않아서였다. 동료들은 그에게 '편리한 사람'이라는 존칭인지 멸칭인지 알 수 없는 칭호를 붙여 줬다.

"1년 내내 특종을 잡아내느냐 빼앗기느냐 소동을 벌이다 보니 그림을 그릴 여유 따윈 없었지."

"사회부 기자는 새해 첫날에만 쉰다는 얘기가 있던데 사실입니까?"

"응. 그조차도 못 쉬는 해도 있었지."

요시무라가 동정하며 신음을 흘렸다.

"취직하고 30년이 흐르고 보니 화가가 아니라 기사쟁이로서 인생을 다 보냈더라."

마쓰다는 오로지 생활비를 벌기 위해서만 소모해 왔던 자신의 과거를 돌이켜봤다.

"인생은 좀 더 재밌을 줄 알았어."

마쓰다는 창문을 통해 긴자 거리를 뒤덮은 밤의 장막을 들여다보며 저 도로를 따라가다 보면 나올 자그마한 화랑을 찾았다. 경시청에 맨날 틀어박히는 사건기자를 졸업하고 사회부 유군에 배속됐던 서른한 살 여름. 취재차 이 거리를 들렀던 마쓰다는 자투리 시간을 이용하여 무명 여성 화가의 개인전을 들여다봤다.

접수 담당자로부터 화가에 관한 리플릿을 받은 뒤 마쓰다는 전시된 유채화를 보며 돌아다녔다. 예상치 못한 아름다움에 감동하여 이튿날에도 억지로 시간을 짜내서 같은 화랑을 방문했다. 접수 담당자를 붙잡아다가 화가에 관해 질문하자 "선생님께서 곧 이리로 오실 텐데 소개해 드릴까요?" 하고 제안했다. 마쓰다는 조금 당황했다. 그의 진짜 목적은 화가도, 하물며 작품도 아닌 그 여성 직원이었기 때문이다.

그것이 아내와 친해진 계기였다. 당시 26세였던 그녀는 어깨에서 쭉 뻗은 목선이 예뻤다. 웃음을 지을 때면 눈가에 독특한 청량감이 넘쳐흘렀다. 색을 섬세하게 사용한 그림들로 장식된 화랑 안에서도 고상한 모습이 눈에 띄었다. 그날부터 마쓰다의 눈에 비치는 세계가 눈부시게 빛났다.

그때 무슨 변덕이 일어 화랑을 들여다보지 않았다면 둘은 만나지 않고 제각기 다른 인생을 걸어갔을 터였다. 그 만남은 행복의 입구였을까, 아니면 불행의 시작이었을까.

언젠가 아내의 초상화를 그려 보길 바라면서도 일에 치여서 단 한 장도 그리지 못했다. 그리고 세계가 모든 색을 잃어버리고 지금에 이르기까지 줄곧 마쓰다는 죽은 사람에게 미안하다고 계속 사과하며 살아왔다. 돌이킬 수 없음을 잘 알면서도.

그때 요시무라가 "슬슬 나옵니다." 하고 카메라를 들여다봤다.

추억의 끝자락에서 마쓰다는 깨달았다. 아내와 만났던 자그마한 화랑도, 마지막 작별을 고했던 병실도 모두 하얀 벽에 둘러싸여 있었다. 마쓰다는 화랑 쪽에서 고개를 홱 돌려 밤길을 다시 쳐다봤다.

아까 봤던 검은 세단이 서서히 다가왔다. 마쓰다와 요시무라가 숨을 죽이며 주시하는 중에 정지한 차량에서 운전사가 내려 뒷좌석 문을 열었다. 동시에 빌딩 안에서 노구치 스스무가 세 호스티스를 끼고 나타났다. 악취미를 느끼게 하는 모피코트가 시야에 들어온 순간부터 요시무라는 고속 연사를 시작했다. 그 후 의원이 차량 안으로 사라지기까지 불과 몇 초였다.

카메라의 모터드라이브가 멎은 뒤에도 요시무라는 파인더를 들여다보며 자세를 풀지 않았다. 그러다가 세단이 떠나자 비로소 고개를 들며 말했다.

"잡았습니다."

"잘했어."

"전 살아 있는 사람을 찍는 걸 잘합니다."

요시무라가 미소를 지었다.

"유령만은 못 찍겠더라고요."

마쓰다가 손목시계를 보고서 '출점' 시각을 메모장에 남겼다.

"그나저나 마쓰다 씨, 앞으로 어쩌죠?"

요시무라가 촬영을 마친 필름을 감으면서 말했다.

"노구치랑 여자의 관계를 밝혀낸다면 엄청난 특종이 되겠지만, 뇌물로 건네진 여자의 신원조차 모르는데 어떻게 증명하죠?"

"유력한 정보원과 한번 접촉해 봤지만 허사였어."

가부토초의 이시카와조차 파악하지 못한 권력자의 부정을 어떻게 파헤칠 수 있는가. 이대로는 마감일에 맞추지 못한다는 것을 마쓰다도 알고 있었다. 더욱이 골치 아프게도 매체도 문제였다. 정계를 뒤흔들 만한 특종의 실마리를 잡은 것은 확실하지만, 주부용 월간지에서 다루기에는 너무 딱딱한 소재였다. 처신을 자칫 잘못한다면 이 특종은 같은 출판사에서 운영하는 다른 종합 월간지에 빼앗기고 말 것이다. 마쓰다는 그 사태만은 피하고 싶다고 생각하다가 자신의 마음속에서 울렁이는 기묘한 흐름을 감지했다. 마쓰다의 안에서 자신의 이름으로 특종 기사를 내고 싶다는 공명심보다도 사진 속 여자가 누구인지 밝혀내고 싶다는 충동이 더 강하게 일었다. 오카지마 에미가 애원했듯 이대로 망자는 한을 풀지 못하리라.

"달리 정보를 캐낼 만한 곳이 없습니까?"

"절호의 취재처가 딱 하나 남긴 했지만, 얘기를 들을 수 있는 상황이 아냐."

"누굽니까?"

"시마지 이사무야. 여자를 죽였던 반도파의 전 조직원."

"아아, 맞아요. 그 인간은 담장 안에 있겠군요."

요시무라가 생각에 잠겼다.

"뭐 없을까요? 취재를 할 만한 꼼수가."

요시무라가 그렇게 말하자 마쓰다는 비로소 깨달았다. 자신은 이제 전국 일간지의 신문기자가 아니라 프리랜서 계약기자였다. 혼자서 책임을 짊어질 각오만 굳힌다면 심령 소재를 취재하면서 "보인다!" 하고 외쳤던 것처럼 뻔뻔한 수법을 동원해도 되지 않는가.

"꼼수라면, 있을지도 모르겠어."

마쓰다는 머릿속으로 방법을 짜내면서 말했다.

"가장 중요한 증인과 직접 부딪쳐 보는 거야."

8장

도쿄도 동쪽, 전철을 타다가 고스게역에서 내려 5분쯤 걸어가
니 주변에 황량한 분위기가 감돌기 시작했다. 노후화한 거대한
형사시설, 도쿄 구치소가 그 위용을 드러냈기 때문이었다. 높다
란 벽에 가로막혀 광대한 부지를 한눈에 둘러 볼 수가 없었다.
복잡하게 배치된 건물과 하늘 높이 치솟은 감시탑은 우중충한
겨울 하늘보다도 더 어두운 잿빛에 물들어 있었다.

이 감옥에는 형사사건 피의자와 피고인들이 수용되어 있지만,
마쓰다는 지금껏 부지 안에 발을 내디딘 적은 없었다. 오로지 담
장 밖에서 대기하다가 사회를 뒤흔들었던 흉악 범죄자가 호송되
는 모습이나 보석(保釋)된 비리 정치인의 추레한 모습을 취재해
왔을 뿐이었다.

당시 기억을 더듬으며 출옥자가 쓰는 통용문에 가 보니 목적
지인 면회 접수처를 발견했다. 개방된 철문 안쪽에는 강철 빗장

이 보였다. 눈에 띄는 모든 것들이 삼엄했다. 마쓰다는 사타구니 쪽으로 손을 뻗어 속옷과 바지 사이에 장착해 둔 마이크로 카세트리코더가 비뚤어지지 않았는지 확인하고서 안에 들어갔다.

좁은 접수처에 가니 쇠창살이 쳐진 맞은편에 직원이 대기하고 있었다. 마쓰다는 면회 신청서를 받아서 내용을 기입했다. 긴장한 기색을 숨기느라 고생했다. 형사 피고인, 시마지 이사무를 면회하기 위해 신청서를 작성하면서 성명란에는 사전에 생각해 둔 가명을, 그리고 직업란에는 '노구치 스스무 후원회 사무소'라고 적었다. 신분을 속이며 취재 활동을 하는 것은 기자 인생을 시작한 이후로 첫 경험이었다. 의원 사무소 직원을 사칭한 데에도 이유가 있었다. 노구치 스스무가 살인 사건과 얽혀 있다면 실행범인 시마지 이사무가 경계를 풀고서 어떤 정보를 흘릴지도 모른다고 생각해서였다.

용지를 제출하고서 '46'이라 적힌 번호표를 받은 마쓰다는 대합실로 이동하여 면회 허가가 떨어지기를 기다렸다. 실내에 비치된 장의자에는 마쓰다 말고도 면회 희망자가 열다섯 명쯤 있었다. 성별도 나이도 다양했지만, 옷차림이 유복해 보이는 사람만은 찾아볼 수 없었다. 마쓰다는 마음을 진정시키기 위해 담배에 불을 붙였다. 수용자에게 보낼 차입품을 취급하는 매점을 쳐다보며 시간을 때웠다.

한동안 기다리니 벽 스피커에서 "46번 분, 9호 면회실로." 하고 안내음이 흘러나왔다. 면회 허가가 떨어졌다. 이로써 첫 관문을 돌파했으나 긴장감은 더욱 거세졌다. 마쓰다는 정장 바지의 매무새를 고치는 척 카세트리코더의 녹음 버튼을 눌렀다.

다시 접수처로 돌아가 그곳에서 소지품 검사를 받았다. 잡지 기자임을 드러낼 만한 물건은 애초부터 휴대하지 않았다. 신체를 확인하면서 샅 사이까지는 만져 보지 않았기에 작은 녹음장치가 발각되지 않았다.

드디어 면회실 입장을 허가받고서 걸어가려고 했더니 입구 옆에 서 있던 직원이 말을 걸었다.

"노구치 스스무 선생님의 후원회에서 나오신 분이라고요?"

마쓰다는 동요한 속내를 내비치지 않도록 상대의 눈을 보고 대답했다.

"예."

"총무부 소속 야자키입니다."

나이 든 직원이 말했다.

"면회실까지 안내해 드리지요."

마쓰다는 애써 온화하게 미소를 지었다.

"친절을 베풀어 주셔서 감사합니다."

야자키라고 이름을 밝힌 형무관은 거물 정치인의 관계자가 나타나자 심기를 거스르지 않도록 응대하러 나온 듯했다. 그가 이내 물었다.

"시마지 이사무와는 무슨 관계로?"

"노구치 선생님의 후원자께서 안부를 확인해 달라고 요청하셔서."

마쓰다는 자못 의미심장한 구실을 내뱉었다. 정치인 사무실은 표를 모으기 위해 그 어떤 요청도 받아들인다.

"다만 선생님께서도 체면이 있으신지라, 오늘 제가 여길 들렀다는 건 비밀로 해 주십시오. 사무실 안에서도 아는 사람이 얼마 없습니다."

"잘 알겠습니다."

야자키가 안심시키려는 듯 고개를 두 번이나 크게 끄덕였다.

형무관의 안내를 받아 마쓰다는 기다란 통로에 들어갔다. 한쪽 벽에는 창, 다른 벽에는 면회실 문이 쭉 늘어서 있었다.

"그나저나 시마지 말입니다."

마쓰다와 나란히 걸으면서 야자키가 말했다.

"만나 본들 아무 말도 하지 않을지도 모릅니다. 체포된 때부터 철저히 입을 다물어 왔고, 일상 대화도 일체 응하려고 하질 않습니다."

"일상 대화도?"

"그렇습니다. 겁을 먹은 것 같은 태도를 일관하더군요."

마쓰다는 놀라워하면서 간과했던 문제를 깨달았다. 반도과 전조직원은 여자를 살해했을 때 받았던 정신적 충격으로부터 아직껏 회복되지 않았다.

"직원 중에 시마지의 목소리를 들었던 사람은 없지요."

"의사소통은 어떻게 합니까?"

"형무관이 물어보면 고개를 끄덕이든가 가로젓든가 둘 중 하나라고 하더군요."

사전에 상정해 뒀던 질의응답은 포기해야 할 것 같았다. 그러나 말을 도무지 하려고 하질 않는 증인에게 어떻게 정보를 캐내야 좋단 말인가. 잔뼈가 굵은 마쓰다도 좋은 방안이 떠오르지 않았다.

"이쪽입니다."

야자키가 발걸음을 멈추더니 9호 면회실 문을 열었다. 투명한 아크릴판으로 구획된 기이한 작은 방이 나타났다. 마쓰다가 있는 쪽이 자유가 보장된 속세이고, 칸막이 맞은편은 탈출할 수 없는 감옥이었다.

마쓰다가 감사를 표하고서 안에 들어가려고 하자 야자키가 만류했다.

"잠시만 기다려 주십시오."

그 얼굴에는 수상쩍은 기색이 번져 있었다. 이번에야말로 신분 사칭이 들통났나 싶어서 마쓰다는 내심 당황했다.

"왜 그럽니까?"

야자키가 통로를 돌아보며 물었다.

"동행분은 어떻게 할까요?"

"동행이라뇨?"

"여성분이 계시지 않습니까?"

"아뇨, 저 혼자 왔는데요?"

"아, 그렇습니까?"

형무관이 석연치 않다는 표정으로 고개를 숙였다.

"실례했습니다. 안으로 들어가시죠."

단순한 착각이었던 모양이다. 마쓰다는 안도하며 면회실에 들어갔다. 칸막이 맞은편에는 아직 아무도 없었다. 야자키가 밖에서 문을 닫자 자신도 감옥에 갇힌 것 같은 기분이 들었다.

마쓰다는 기사를 쓸 때 묘사할 수 있도록 실내를 잽싸게 관찰하고서 세 개가 놓인 파이프 의자 중에서 가운데에 앉았다. 이내 바지 속, 배꼽 부근에 손가락을 넣어서 소형 마이크 끝을 끄집어냈다. 눈앞에 보이는 아크릴판에는 음성이 통할 수 있도록 작은 구멍이 여러 개 뚫려 있어서 녹음은 가능할 듯했다. 문제는 면회 상대자가 말을 하느냐 마느냐였다.

바로 그때 메마른 금속음이 들려왔다. 칸막이 맞은편, 안쪽 문에 설치된 작은 창이 열리더니 두 눈이 드러났다. 제모(制帽)를 쓴 것으로 보아 형무관이 내부 상황을 확인한 듯했다.

우체통 구멍처럼 가느다란 구멍이 한번 닫혔다가 다시 열렸을 때 다른 남자가 내부를 들여다봤다. 어떠한 표정도 엿볼 수 없는, 흐리멍덩하고 탁한 눈이었다.

'저 사람이 취재 대상인가.' 하고 마쓰다가 생각하니 바로 문이 열렸다. 형무관이 비실비실한 남자를 옆에 끼고서 서 있었다. 시마지 이사무였다.

마쓰다는 긴 머리 여자를 죽인 범인의 얼굴을 처음으로 봤다. 낯빛이 허연 것이 병약해 보였다. 아직 20대일 텐데도 백발이 눈에 띄었다. 그러나 입술만은 기묘하리만치 붉으며 혈색을 유지하고 있었다. 오래된 스웨터와 바지가 말라빠진 체형에 맞지 않았다. 체포된 후에 체중이 크게 줄었음을 보여 줬다.

그렇게 시마지의 겉모습에서는 음울한 분위기가 풍겼다. 그가 입실하자 면회실 전체가 어두워진 듯 느껴졌다. 살인범이 어둠을 끌고 온 것인지, 아니면 어둠이 들러붙어 따라왔는지 모르겠다. 여자의 심장에 날붙이를 찔러 살해했던 범인이 어둠 속에서 만인으로부터 숨으려는 듯 파이프 의자를 끌어당겨 등을 동그랗게 말며 앉았다.

살인자와 가까이서 대면하니 마쓰다의 가슴속에서 독특한 불쾌감이 퍼져 나갔다. 여태껏 형사재판을 방청하고 연쇄 살인 용의자를 취재하는 등 살인자들과 수없이 마주해 왔다. 그러나 그때마다 자신의 마음속까지 오염되는 것 같은 꺼림칙한 감정에 휩싸였다.

입회자인 형무관이 제모를 벗고서 시마지의 옆에 착석했다. 마쓰다는 애써 온화한 표정을 지으며 형사 피고인에게 말을 걸었다.

"시마지 씨죠? 오늘 면회를 허락해 줘서 감사합니다."

아무런 반응도 없었다. 시마지는 그저 흐리멍덩한 시선으로 손을 내려다보고 있었다. 그 옆에서 형무관이 대화 내용을 기록하기 위해서 펜을 바삐 놀리기 시작했다.

"당신을 걱정하는 분이 계셔서 말이죠. 제가 대신하여 왔습니다."

마쓰다가 외투 안주머니에 담긴 두 장의 사진 중 한 장을 꺼내 시마지에게 내보였다.

"이분이 부탁하셨습니다. 아십니까?"

전날 밤에 긴자 클럽 앞에서 요시무라가 촬영한 사진이었다. '샤블랑'이라 표시된 간판을 배경으로 노구치 스스무의 모습이 또렷하게 담겨 있었다.

시마지의 눈동자가 움직였으니 사진을 본 것은 확실했다. 그러나 그는 말은 물론이고, 표정조차 바꾸지 않았다.

"노구치 스스무 씨입니다. 아시죠?"

하다못해 고개라도 끄덕여 주면 좋으련만, 취재 대상자는 미동조차 하지 않았다.

"시마지 씨는 이분의 의뢰를 받아 무슨 일을 한 적이 있었지요? 그 보답도 해야만 하는데 말이죠."

마쓰다는 미끼로 낚는 작전으로 전환했다.

"필요한 물건이 있다면 넣어 드리죠. 음식, 옷, 돈, 뭐든지 사양 말고 말씀해 주세요."

그러나 목소리가 들리는지 의심스러울 정도로 시마지는 철저히 무반응이었다.

마쓰다는 파이프 의자에 천천히 고쳐 앉으면서 고민했다. 폭력단의 명령 계통상 조직 말단에 해당하는 시마지는 사건의 흑막을 전혀 몰랐을 가능성도 있었다. 두목이 '저 여자를 죽이고 오라.'고 시키기만 해도 충분했을 터였다. 시마지가 이 면회장에 나온 이유는 본인이 의원의 이름을 듣고 짚이는 데가 있어서가 아니라 구치소 측에서 정치인의 심기를 거슬리지 않도록 데려왔을지도 모른다.

"그럼……."

마쓰다가 외투 안에 손을 넣어 다른 사진 한 장을 꺼내 상대에게 보였다.

"이쪽은 어떻습니까?"

긴 머리 여자의 사진이었다. 그러자 시마지의 표정이 극적으로 변화했다. 본인이 찔러 죽인 피해자의 얼굴을 보자마자 두 눈이 휘둥그레지더니 그의 목구멍에서 숨을 세차게 들이마시는 쉰 소리가 들려왔다.

"난 이분이 누군지 전혀 모릅니다만."

마쓰다는 필기를 하고 있는 형무관을 조심스럽게 힐끗 쳐다보고서 핵심에 파고들었다.

"성함이 뭔지 시마지 씨는 아십니까?"

시마지의 두 팔, 팔꿈치부터 앞부분이 덜덜 떨리기 시작했다. 두 뺨의 털이 곤두서더니 순식간에 얼굴 전체에 소름이 돋았다. 극한(極寒)의 공기에 노출된 것처럼 입술까지 보라색으로 변색됐다. 그러나 관자놀이 부근에는 끈적끈적한 땀이 흘러내렸다. 옆자리에서 이변을 감지한 형무관이 필기하던 손을 멈추고서 형사 피고인의 상태를 관찰하기 시작했다.

마쓰다 본인도 시마지가 갑작스럽게 변화하자 당혹스러웠다. 몸 상태가 급변했다고 판단한다면 면회를 중지할지도 모른다. 마쓰다는 초조해하면서 말을 이어 나갔다.

"이분을 모르신다는 겁니까? 성함은 뭐라고 합니까? 시모키타자와 건널목 인근에서 산다고 했던가? 지금 이 자리에서 뭐라도 털어놓는다면 시마지 씨의 마음도 한결 편해질지도 모르는데요."

그러자 시마지의 꽉 악문 잇새로 불명료한 음성이 새어 나왔다. 무언가를 말하려고 했다. 마쓰다는 칸막이에 얼굴을 가까이

대며 물었다.

"뭐라고요?"

살인을 저지른 뒤 오랫동안 침묵한 바람에 시마지는 말하는 법을 까먹은 듯했다. 처음에는 갈라진 목소리만 내다가 이윽고 그 소리가 음성이 되고 말로 변했다.

"이, 이 녀석을, 데리고 왔나?"

마쓰다는 그 말뜻을 이해할 수가 없었다.

시마지의 목소리는 경련과도 같은 온몸의 떨림 때문에 요동쳤다.

"나, 난 죽이지 않았어. 이 녀석은 살아 있잖아!"

"살아 있다니 무슨 소립니까?"

"이 녀석은 걸어 나갔어!"

마쓰다는 짚이는 데가 있었다. 범행 당시에 칼을 맞았던 여자가 걸어 나갔다고 했다. 그리고 그때 그 공포가 지금도 살인범의 정신을 좀먹고 있었다.

"이 여자를 데려왔냐고? 지금 어디 있어?"

"시마지, 진정하고 얘기해라!"

옆에서 필기 담당자가 질책했다.

그러나 시마지는 아랑곳 않고 목소리를 더욱 높였다.

"난 다 알아. 이 여자가 어슬렁거리고 있잖아! 근처에 있지?"

"조용히 하지 않으면 면회를 중지하겠다!"

마쓰다는 이대로 가면 면회가 중단될까 봐 우려했다. 가장 알고 싶은 사실만 알아내기 위해 질문 범위를 좁혔다.

"시마지 씨, 알려 주십시오. 이 사람의 이름을. 이 여성은 누굽니까?"

시마지가 입을 연 순간, 마쓰다는 또렷하게 들었다. 생목(生木)이 쪼개지는 것 같은 소리가 어디선가 들려왔다. 필기 담당자도 그 기괴한 소리를 느꼈는지 시선을 올려 좁은 면회실을 둘러봤다. 마쓰다는 이어지는 소리를 듣고자 귀를 기울였으나 이내 시마지의 괴성이 청각을 막아 버렸다. 살인범이 비명을 내지르며 일어섰다.

기록 담당자가 호통쳤다.

"시마지, 왜 이래!"

"저길 봐!"

시마지가 아크릴판 너머, 마쓰다의 등 뒤를 가리켰다.

"네 뒤에 말이야! 피투성이 여자가 여길 보고 있다고!"

마쓰다는 놀라서 돌아봤다. 그러자 뒤쪽 문이 벌컥 열리더니 야자키 형무관이 뛰어들었다. 실내에서 시끄러운 소리가 들리자 달려온 모양이었다. 마쓰다의 눈에는 그 외에 다른 것이 보이지 않았지만, 시마지는 여자의 망령을 본 것처럼 목을 쥐어짜며 절규했다.

야자키 형무관이 그 자리에 얼어붙어서는 아연실색한 얼굴로 물었다.

"대체, 뭔 일입니까?"

파이프 의자가 쓰러지는 소리가 들려서 시선을 돌리니 필기 담당자가 뛰쳐나가려는 시마지를 제지하는 중이었다. 시마지의 눈빛을 보니 완전히 제정신을 잃었다. 눈에 보이지 않는 무언가로부터 도망치듯 "오지 마!" 하고 외쳐 대며 몸을 비틀었다. 필기 담당자가 거치적거리는지 두 손으로 그의 머리를 쥐더니 아크릴판에 여러 번 내리찍었다. 투명한 판에 선혈이 튀자 야자키 형무관이 면회실에서 통로로 헐레벌떡 뛰쳐나갔다.

필기 담당자가 혼절한 뒤에도 시마지는 광기 어린 독백 연기를 계속했다. 마치 누군가가 칸막이를 뚫고서 접근하기라도 하는지 공포에 질린 눈으로 허공을 쳐다보며 "그만! 오지 마!" 하고 아우성쳤다. 안쪽 문으로 달아나려고 했다.

바로 그때 면회실 전체를 뒤흔들 만한 충격음이 울려 퍼졌다. 구치소 경보가 울린 것이었다. 시마지가 유일한 도주로인 문에 달라붙자 그를 냅다 밀쳐 내듯 밖에서 문이 열렸다. 진녹색 제복을 입은 경비대원들이 안으로 돌입했다.

순식간에 도주로가 막히고 온몸의 자유를 잃어버린 시마지는 목뼈가 부러질 것 같은 각도까지 목을 비틀며 엄습해 오는 누군가를 쳐다봤다. 그것이 소리도 없이 눈앞까지 닥쳐온 듯했다. 시마지의 입에서 절규가 쉴 새 없이 터져 나왔다. 차츰 인간의 음성과 동떨어지더니 학살당하는 짐승의 포효로 바뀌었다. 이윽고 그 소리가 끊어지고 시마지의 미간에 마치 균열 같은 세로 주름이 새겨졌다. 빛을 잃어버린 두 눈은 험악했으나 바깥 세계에 있는 그 무엇도 보고 있지 않은 듯했다.

마쓰다는 알았다. 살인범은 끝내 발광했다는 것을.

공포의 심연 속으로 가라앉은 남자는 두 손을 갈고리처럼 쭉 내밀었다. 온몸을 긴장시킨 기묘한 자세를 유지한 채로 경비대원들에게 질질 끌려 나갔다.

마쓰다는 파이프 의자에 앉은 채로 꼼짝도 하지 않았다. 면회실에 남은 사람은 자신 혼자뿐이었다. 그런데도 누군가가 옆을 지나 방에서 나가는 것 같은 기척이 느껴졌다.

배후에 있는 묵직한 문이 저절로 쾅 닫혔다.

"다시 한번 들려주게."

이자와가 말했다.

마쓰다는 회의실 테이블에 손을 뻗어 마이크로 카세트리코더를 조작했다. 배 오른쪽에서 예리한 통증이 일었다. 구치소 면회실에서 하도 몸을 긴장했더니 근육에 쥐가 나 버렸다.

기계 스피커에서 "이 여성은 누굽니까?" 하고 질문하는 마쓰다의 목소리가 들리더니 뒤이어 나무가 쪼개지는 것 같은 파열음이 울렸다.

"확실히 들리는군."

이자와가 말했다.

"수확은 이 소리가 전부입니다."

마쓰다가 테이프를 정지하고서 말했다.

"랩음이라는 일종의 심령 현상입니다."

"허나 녹음된 소리만으로는 건물 목재가 삐걱대는 소리와 구별이 되지 않는데."

"그렇습니다. 이것만으로는 아무런 증거도 되지 않습니다. 어쨌든 기사로는 쓸 수 없겠죠."

편집장이 고개를 끄덕였다.

"뒷내용도 들려주지 않겠나?"

마쓰다가 재생 버튼을 누르자 형사 피고인이 발광하는 과정이 음성으로 재현됐다. 인간의 목소리로는 들리지 않는 광란의 비명을 듣고서 이자와는 심령 소재에 관해 대화를 나눌 때 보이던 익살맞은 태도를 거두고는 목소리를 낮게 깔아 물었다.

"그래서, 자네 눈에도 보였나?"

"아뇨. 누군가의 기척은 느꼈습니다만 보지는 못했습니다. 착각일 뿐이라고 반박한다면 할 말이 없습니다."

마쓰다는 생각했다. 면회실 입구에서 "동행분은 어떻게 할까요?"하고 물었던 형무관은 대체 무엇을 봤던 것인가.

"현실 사건 쪽으로 화제를 돌리지. 결국 그 여자의 신원을 밝혀낼 수 있을 것 같나?"

"이제 남은 수단은 도산한 호텔 정보를 기다리는 것뿐입니다만, 희망이 희박하군요."

편집장이 팔짱을 끼고서 선후책을 고민하기 시작하자 마쓰다가 물었다.

"이 소재, 다음 호로 넘길 수 없겠습니까?"

"어제 한 영업회의 결과에 따르면 힘들 것 같은데. 어떻게 될는지는 나도 몰라."

마쓰다는 일단 고개를 끄덕이다가 이내 깨닫고서 확인했다.

"영업회의 결과?"

"그래."

이자와가 씁쓸하게 대답했다.

"편집회의가 아니라 영업회의 말일세."

편집장의 발언 속에는 《월간 여성의 친구》라는 매체 자체가 존속의 위기를 맞이했다는 뜻이 담겨 있었다.

"아직 아무한테도 말하지 말게."

이자와가 당부했다.

"이제 시대가 바뀌어서 이 잡지는 사명을 다했는지도 모르겠군. 슬슬 나도 물러날 때인지도."

그것은 이자와뿐만 아니라 마쓰다 본인에게도 적용되는 말이었다. 직업인으로서의 커리어뿐만 아니라 인생 그 자체의 끝에 관해서도 고민해야만 하는 시기에 접어들었다.

두 언론인이 담배에 불을 붙이고서 연기와 함께 한숨을 내뱉었다. 마쓰다는 무언가를 생각하는 것도 귀찮아져서 테이블에 놓인 전화가 울리기 시작했는데도 멍하니 바라보기만 할 뿐 방치했다.

"전화 왔다."

이자와가 채근하여 수화기를 들자 편집부원의 목소리가 들려왔다.

"마쓰다 씨, 2번에 전화요. 기타자와서의 아라이 씨입니다."

마쓰다는 전화기의 버튼을 눌러 형사가 건 전화를 받았다.

"마쓰 씨? 나 아라이인데, 그 사건이 묘하게 흘러가기 시작했어."

"무슨 말씀인지?"

"우선 시마지 이사무가 갑자기 병에 걸려 의료형무소로 이송됐어. 이대로는 재판이 정지될 것 같아."

마쓰다는 신분을 속이고 피고인을 면회했다는 사실을 감췄다.

"심신상실입니까?"

"거기까지는 모르겠군. 들어 본 적이 없는 병명이었어."

아라이가 손에 든 메모를 보느라 잠깐 뜸을 들였다.

"급성 치사성 긴장병이라는 병에 걸려서 다 죽어 간다는군."

죽으면 지옥으로 떨어지리라 생각하니 마쓰다는 으스스해져 몸이 떨렸다.

"하나 더, 교통과에서 기묘한 정보를 알려 왔는데 말이야. 건널목에서 동반 자살하려다가 살아났던 여자가 그 사건에 반도파가 관여했다고 증언했어. 마쓰 씨의 예측이 맞았는지도 모르겠군."

마쓰다의 조언에 따라 오카지마 에미가 교통과로부터 사정청취를 받으면서 모든 것을 말해 줬다. 이로써 형사과가 재수사에 나서 주지 않을까 마쓰다는 기대를 품었다.

아라이가 말을 이었다.

"하지만. 카바쿠라 호스티스의 증언만으로는 이쪽은 움직일 수 없어. 그쪽은 뭔가 새로운 정보가 없나?"

마쓰다는 무슨 말을 해야 할지 난감했다. 옛 지인인 형사에게도 살인 사건과 거물 정치인의 관계를 숨겨야만 했다. 아라이도 공무원이니 본인이 아무리 정의롭다고 해도 조직의 의향을 좇을 수밖에 없어서였다.

"안타깝지만……."

마쓰다는 말을 하려다가 문득 카세트리코더가 눈에 들어왔다. 녹음 테이프에 기록됐던 정체불명의 기이한 소리.

한동안 말을 끊고서 생각하다가 궁여지책이 하나 떠올랐다.

"아라이 씨가 절 도와주신다면 단서를 붙잡을 수 있을지도 모르겠습니다."

"어떤 단서인데?"

"피해자의 신원입니다."

"오호?"

아라이가 그렇게 말하자 편집장도 덩달아 흥미가 솟은 것처럼 기자의 얼굴을 쳐다봤다.

형사와 논의한 끝에 마쓰다는 그날 오후 중에 자택 지역을 관할하는 메구로 경찰서에 갔다. 사전에 아라이가 말을 해 준 덕분에 마쓰다가 제출한 피해신고서와 고소장이 수월하게 수리됐다. 신청을 받은 경찰관이 피해신고서 머리 부분에 '협박'이라고 적어 넣었다.

심야 11시가 넘었을 즈음에 마쓰다의 자택으로 세 형사가 도착했다. 한 사람은 아라이, 나머지 두 사람은 메구로서 형사들이었다.

"이 친구들한테도 사정을 설명해 주지 않겠나?"

아라이가 말하자 마쓰다는 메구로서에서 온 두 사람에게 피해신고서에 적히지 않은 사실을 말했다.

"어떤 살인 사건을 취재하기 시작한 후부터 사건 발생 시각인 오전 1시 3분에 수상한 전화가 여러 번 걸려왔습니다. 게다가 살해된 피해자처럼 젊은 여성의 신음이 들리더군요. 아마 사건과 관련된 누군가의 소행이 아닌가 싶어서."

"근데 그렇다고 가정했을 때 상대의 목적이 뭡니까?"

마흔을 넘긴 형사가 물었다.

"취재를 방해하려는 거겠죠. 조사에서 손을 떼라며 저한테 위협을 가한 겁니다."

"그렇군요. 그럼 피해신고서 앞부분에 '협박'이 아니라 '위력업무 방해'라고 적어도 괜찮았을 것 같군요."

"어쨌든 제게 전화를 걸었던 사람은 신원미상의 피해자가 누군지 정보를 갖고 있는 것 같습니다."

"전화가 이겁니까?"

젊은 형사가 다이닝룸 테이블에 놓인 전화기를 가리켰다.

"그렇습니다."

젊은 형사가 잘 훈련된 손놀림으로 지참해 온 오픈릴 테이프 리코더를 전화기에 달기 시작했다. 그 옆에서 아라이가 브리프케이스를 뒤적여 종이 한 장을 꺼내고서 말했다.

"여기에 서명해 주게."

마쓰다는 자택에 걸려 오는 전화를 역탐지해도 좋다는 승낙서에 서명과 날인을 했다.

"준비 다 됐습니다."

형사가 녹음기 설치를 끝내고서 말했다.

"한 가지 말씀을 드리자면……."

마쓰다가 세 형사들에게 이렇게 덧붙였다.

"전화가 꼭 매일 걸려 오는 건 아니라서 오늘 밤은 허탕을 칠지도 모릅니다."

일부러 이런 말을 하는 데는 다 이유가 있었다. 마쓰다는 밤마다 벌어지는 괴이한 현상에 숨겨진, 더욱 불가해한 성질을 알아챘다. 마쓰다가 의식하며 기다릴 때는 전화가 걸려 오지 않고, 꼭 다른 무언가에 정신이 팔렸을 때만 마치 기습하듯 벨이 울렸다. 심령 현상은 사람의 허를 찌르는 형태로밖에 벌어지지 않는지도 모르겠다. 어쨌든 오늘 밤은 이토록 많은 사람이 기다리고 있으니 오전 1시 3분에 전화가 울리지 않으리라 마쓰다는 예상했다. 매일 밤마다 이어지는 대기에 형사들이 넌더리를 내고, 협박 전화가 더는 걸려 오지 않으리라 생각할 때까지 기다릴 수밖에 없었다.

"앞으로 며칠 동안 부디 끈기 있게 함께해 주시면 감사하겠습니다."

"뭐, 느긋하게 기다리자고."

아라이가 말했다.

"커피라도 끓일까요?"

마쓰다가 일어섰다.

그때 비로소 아라이가 무언가를 눈치챘는지 안쪽 방으로 이어지는 문 쪽으로 눈길을 보냈다. 마쓰다의 아내가 보이지 않아서 의아했나 보다. 약 20년 전에 아라이에게도 결혼 소식을 전한 적이 있었음을 마쓰다는 슬프게 떠올렸다. 그러나 형사는 사적 질문은 하지 않았다. 대신에 괘종시계의 진자를 바라보고서 말했다.

"좋은 시계로군."

마쓰다가 부엌에서 대답했다.

"아버지의 유품이죠."

"이 소리 참 정겹네. 마음이 편안해져."

아라이가 벽까지 가서 시계판에 얼굴을 가까이 가져갔다.

"이 시대로 되돌아가고 싶구먼."

수많은 범죄자와 대치해 왔던 베테랑 형사가 잠시 부모님 슬하에 머물렀던 어린 시절로 돌아간 듯했다.

테이블로 돌아가 형사들에게 커피를 대접한 뒤 마쓰다도 진자 소리에 귀를 기울이며 괘종시계가 지켜봐 왔던 오랜 시간의 흐름을 떠올려 봤다. 그러다가 이 시계가 앞으로 새겨 나갈 미래는 과연 어떨지 의문이 솟았다. 지금은 1994년 연말이고 곧 세기말이 닥쳐온다. 그 후에 이어질 21세기의 세계가 어떻게 될는지 상상도 되지 않았다. 그러나 먼 미래를 그려 보다가 딱 하나 예상이 되는 바가 있었다. 평균 수명을 고려했을 때 2020년대에 들어갈 즈음에 자신은 사망하리라. 자신뿐만 아니라 아라이 형사도 이자와 편집장도, 혹은 정보상 이시카와도 저마다 인생을 끝마치고서 언젠가 저세상으로 사라지겠지.

그 후에는 모두 어디로 갈까? 어느 다른 세계에 가서 사별했던 가족이나 친구들과 한번 재회하게 될까? 아니면 다시 이 세상에 환생하여 기쁨과 고통으로 가득한 인생을 되풀이하게 될까? 마쓰다는 아무렇든 상관없었다. 오직 하나, 죽음이 절대적인 무(無)

가 아니길 바랐다.

마쓰다는 테이블에 놓인 전화기와 테이프리코더 쪽으로 시선을 돌렸다. 일 때문에 심령 현상을 쫓기 시작했을 때보다 한참 전, 부모님이 사망하고 아내도 사망하여 자신의 죽음을 의식하게 됐을 적부터 마쓰다는 사후에도 잔존하는 무언가를 찾아 왔다. 죽은 사람들이 흔적도 없이 소멸한 것이 아니라 어딘가에 존재하리라는 증거를 바라 왔다.

3호 건널목에서 주검으로 발견됐던 여성 신원미상자도 날붙이에 한 번 찔렸을 뿐인데 썩기 시작하는 무른 물체가 아니라 불멸의 혼을 갖춘 지고한 존재이길 바랐다. 이 세계에 살아가는 모든 존재들이 사고나 병, 전쟁이나 재해, 그 어떤 재앙에도 상처입지 않는 영원한 영혼을 저마다 숨기고 있길 마쓰다는 바랐다.

시계를 살펴보던 아라이가 테이블로 돌아와 오늘 처음 보는 형사들과 어색한 대화를 시작했다. 마쓰다도 그 대화에 끼었다. 커피를 재차 끓이며 시간이 흘러가길 기다렸다. 드디어 벽시계 시침이 1시에 가까워지자 취재를 하다가 얼핏 들었던 연예계 뒷이야기 등을 꺼내며 형사들의 관심을 전화로부터 떼어 놓으려고 했다.

이윽고 시각이 1시를 넘겼을 즈음에 젊은 형사가 손목시계를 힐끗 쳐다봤다.

"슬슬 다 됐는데."

"난 전화가 안 온다는 쪽에 건다."

아라이가 긴장이 완전히 풀린 모습으로 말했다.

나머지 한 형사도 고개를 끄덕였다.

마쓰다는 일어서서 텅 빈 컵들을 치우기 시작했다. 오늘 밤은 이제 끝이라는 의사 표시였다. 그런데 쟁반을 가지러 부엌에 가려고 했을 때 전화가 날카롭게 울리기 시작했다.

모두의 시선이 일제히 테이블에 놓인 전화기에 쏠렸다. 아라이가 손짓하자 마쓰다가 급히 자기 자리로 돌아갔다. 장년 형사가 엇갈리듯 일어서서는 휴대전화를 들고 복도로 나가 "전화 왔음." 하고 전화국에 알렸다.

젊은 형사가 리시버에 귀를 대고 녹음기 스위치를 켠 뒤 마쓰다에게 고개를 끄덕였다. 마쓰다는 수화기를 들고서 오전 1시 3분에 걸려 온 전화를 받았다.

"여보세요?"

늘 그랬듯이 처음에는 아무 소리도 나지 않았다. 그러다가 잠시 뒤 전화 회선 맞은편에서 다 죽어 가는 여성의 신음이 전해졌다. 가만히 듣고 있던 형사의 두 뺨에 소름이 싸악 돋았다.

마쓰다가 "누구십니까?" 하고 물어봤으나 역시나 대답이 없었다. 그사이에 젊은 형사가 묘한 행동을 보였다. 당황한 기색으로 전화기와 녹음기가 잘 접속됐는지 점검한 뒤에 아라이의 귀에 리시버를 대고는 음성입력 레벨 계기판을 가리켰다. 여자의 목소리가 들려오는데도 계기판 속 바늘이 꿈쩍도 하지 않았다. 마쓰다가 시험 삼아 "여보세요? 누구십니까?" 하고 목소리를 내보니 그 음성에만 계기판이 반응했다. 형사들이 서로 마주 봤다. 젊은 형사가 어쩔 도리가 없다는 듯 고개를 가로저었다.

이윽고 여자의 목소리가 멀어지더니 회선이 끊어졌다. 마쓰다가 수화기를 되돌리자 젊은 형사가 바로 녹음 테이프를 재생했다. 기록된 것은 마쓰다의 목소리뿐이었다. 듣는 이의 등줄기를 오싹하게 얼어붙게 했던 여자의 신음은 남아 있지 않았다.

"난 여태껏 상해 사건이 벌어지는 순간을 여러 번 목도했는데."

아라이가 입을 열었다.

"이 신음은 진짜야. 연기로 낼 수 있는 목소리가 아냐."

젊은 형사도 수긍했다.

아라이가 무언가 묻고 싶다는 표정으로 마쓰다를 쳐다봤지만 말이 나오지 않았다. 초자연 현상과 맞닥뜨린 것 같다고 짐작했지만 신분상 표명할 수가 없었으리라.

그때 복도에 나가 있던 형사가 돌아와 보고했다.

"역탐지, 성공했습니다."

"성공했다고?"

아라이가 돌아봤다.

"어디서 걸었나?"

둘 중 나이 많은 형사가 전화국과 여전히 연결되어 있는 휴대전화에 귀를 기울이며, 들은 정보를 수첩에 적어 나갔다.

"전화를 계약한 자는 이 남자입니다."

아라이가 노안경을 낀 눈으로 쳐다보며 마쓰다에게 물었다.

"'스즈키 다다오'라는 인물인데 짚이는 데가 있나?"

마쓰다가 머릿속을 뒤적이다가 신중히 대답했다.

"아뇨."

"주소는 시부야구인데."

"아는 사람은 아니군요."

"근데 앞으로 어떻게 움직입니까?"

젊은 형사가 당혹스러운 얼굴로 테이프리코더를 가리켰다.

"증거가 남아 있지 않은데요."

"임의로 할 수밖에 없겠지."

아라이가 짜증스러운 목소리로 대답하고서 메구로서 두 형사에게 말했다.

"오늘 밤은 여기까지야. 이젠 기타자와서에서 맡도록 하지."

아무 도움도 안 된 녹음 기자재를 운반용 가방에 다시 넣은 뒤 형사들이 코트를 입고서 철수했다. 마쓰다는 현관까지 배웅하고서 그들의 노고에 감사를 표했다.

밖으로 나갔을 때 아라이만이 발걸음을 멈추고서 잘 자라는 인사를 대신하여 나직이 말했다.

"9시 반, 사사즈카역."

기자는 고개를 끄덕였고, 형사들은 귀갓길에 올랐다.

9장

아침 9시 즈음에 마쓰다는 사사즈카역에 도착했다. 이미 러시아 워가 정점을 지나서 승강장에서 전철을 기다리는 줄도 짧아졌다.

마쓰다는 한 층 아래에 있는 개찰구로 내려가 지인이 나타나길 기다렸다. 이내 후속 전철에서 요시무라가 내려 "무슨 일입니까?" 하고 갑자기 출근을 명령받은 이유를 물었다.

"여자의 거처를 알아낼 수 있을지도 몰라."

마쓰다가 말하자 카메라맨의 얼굴에서 졸음이 싹 달아났다.

"진짜요?"

"어. 형사를 기다리자."

전화를 역탐지하여 얻어 낸 결과는 단서로서는 가능성이 희박했다. 그러나 마쓰다는 지리적 조건에 기대를 품었다. 사사즈카역과 시모키타자와역은 각각 노선이 달라서 거리가 멀다는 인상이 풍기지만, 지도를 보면 도로 하나로 이어져 있다. 그 길을 20분쯤 걸어가면 시모키타자와 3호 건널목에 도착한다. 즉 이 일대는 여자가 살해된 현장에서 걸어갈 수 있는 권역에 속한다.

아라이 형사가 전날 밤에 일러 준 대로 9시 30분에 모습을 드러냈다. 부하인 젊은 형사를 대동했다. 언젠가 이자카야에서 마쓰다와 재회했던 때에 함께 술잔을 기울였던 신참이었다.

"어라, 마쓰 씨. 이런 데서 다 만나다니 우연이군."

아라이가 조금 지어낸 투로 말하고서 부하에게 당부했다.

"이봐, 가토. 마쓰 씨와는 여기서 우연히 만난 거야. 내 말 알지?"

"예."

아직 20대인 가토 형사가 기특하게도 수긍했다. 경찰의 수사 정보는 사전에 유출되지 않은 것으로 넘어갔다.

기타자와서 두 형사가 역 남쪽으로 걸어 나갔다. 방향은 마쓰다가 기대했던 대로 시모키타자와 방면이었다.

아라이가 속도를 늦춰 나란히 서서는 "마쓰 씨." 하고 말을 걸었다.

"어젯밤 그 전화는 대체 뭐였지?"

"저도 모르겠군요."

마쓰다가 대답했다.

아라이가 발치를 내려다보면서 화제를 바꿨다.

"그나저나 유치장 담당 경찰이 지녀야 할 소양이 뭔지 아나?"

"아뇨."

"살인 사건 피의자가 들어오거든 자는 모습을 잘 지켜보는 거야. 그 녀석이 한밤중에 뒤척인다면 피해자의 망령이 베갯머리에 서 있다고 봐도 무방해. 그걸 취조관한테 보고하면 이튿날에 금방 자백을 이끌어낼 수 있지."

"정말로 망령이 나타났다는 겁니까?"

"글쎄. 양심의 가책이 그런 환영을 보이게 한 건 아닐까?"

아라이가 상식을 갖춘 경찰관의 입장을 견지했다.

"아라이 씨도 유치장 담당자를 경험했던 적이 있습니까?"

"있지. 악몽에 시달렸던 놈들은 죄다 자백했어. 그 후에는 마치 귀신이 떨어져 나가기라도 한 것처럼 폭 자더라."

마쓰다는 구치소에서 겪었던 이상한 사건을 떠올렸다. 시마지 이사무가 발광했던 이유도 양심의 가책을 견디지 못하고 망령을 봐서가 아닐까.

"여깁니다."

가토 형사가 발걸음을 멈추자 모두가 돌아봤다. 주택가 사이에 3층짜리 고급 맨션이 세워져 있었다. 역탐지한 결과에 따르면 저 안의 어딘가에서 마쓰다의 집으로 전화를 걸었다. 하얀 외벽이 특징인 그 건물은 현관문과 각 집의 베란다 난간이 세련된 서양풍으로 꾸며져 있었다. 거물 정치인이 첩살림을 차리기에 어울리는 곳이었다.

"여기서 기다려 주게."

아라이가 그 말을 남기고서 가토와 함께 건물 안으로 들어갔다.

요시무라가 카메라를 꺼내 재빨리 맨션 외관을 촬영했다.

마쓰다는 무슨 단서를 얻을 수 있을까 기대하며 기다렸지만, 입에 문 담배를 다 피우기도 전에 두 형사가 현관으로 돌아왔다.

"스즈키 다다오의 집을 확인해 봤지만 아무도 없었어. 일하러 갔나 보군."

아라이가 말했다.

"이제 관리자를 좀 봐야겠어. 따라와도 상관없지만 자네들은 이름을 대지 마."

그 말은 형사인 척 굴라는 고마운 조언이었다. 마쓰다는 고개를 끄덕였고, 요시무라는 눈에 띄지 않도록 카메라 가방을 등 뒤로 돌렸다.

네 남자가 세련된 로비를 지나 계단을 따라 지하주차장으로 내려갔다. 안쪽 한편에 관리인이 상주하는 부스가 설치되어 있었다. 유리창 안에서 책상에 앉아 있는 노인의 모습을 확인했다. 아라이가 바깥에서 말을 걸었다.

"죄송합니다. 기타자와서에서 왔습니다. 여기 관리인입니까?"

경찰수첩을 보자 노인이 이내 문을 열고 나왔다.

"그런데요."

"301호실에 사는 스즈키 다다오에 관해 좀 여쭐 게 있는데."

"스즈키 씨한테 무슨 일이 있습니까?"

"그냥 형식적인 조사입니다."

"좋지요. 자, 안으로."

야윈 관리인이 아라이를 부스 안으로 들였다.

책상과 캐비닛으로 채워진 관리인실은 앉은 자리에서 모든 비품에 손이 닿는 기능적인 공간이었다. 그러나 너무 비좁아서 안에 들어간 사람은 두 형사뿐이었다. 마쓰다와 요시무라는 문 밖에 머물렀다.

"지금 스즈키 씨 집에 아무도 없는 것 같은데……."

아라이가 말을 꺼내자 관리인이 고개를 끄덕이고는 바로 이어서 말했다.

"그 집에는 지금 아무도 안 사니까요."

"아무도 안 산다?"

아라이가 수첩을 꺼내 기록된 내용을 확인했다.

"제가 여쭙고 싶은 집은 301호실인데요."

"예. 그러니까 스즈키 씨가 나고야로 출장을 떠난다며 2주쯤 집을 비웠습니다. 지금은 아무도 없습니다."

"어젯밤에도 말입니까?"

"예."

관리인이 고개를 끄덕이고서 바닥 구석에 놓인 신문지 다발을 가리켰다.

"이번 달 20일까지 배달되는 신문은 관리실에서 대신 받아 두기로 했지요."

"근데 어젯밤 늦게 301호실에서 어디론가 전화를 걸었습니다만."

"그럴 리가 없지요. 집에 아무도 없었을 테니까."

"아무도 없는 집에서 전화를 걸었다는 말입니까?"

관리인이 성가시다는 표정으로 대답했다.

"제게 물어보신들 모르지요. 무슨 착오 아닌지?"

아라이가 당혹스러운 눈빛으로 마쓰다를 쳐다봤다. 마쓰다도 할 말이 떠오르지 않았다. 형사가 관리인을 다시 쳐다보며 물었다.

"스즈키 씨의 가족이나 지인이 빈집에 드나들었던 적은 없습니까?"

"전 모르겠군요. 누가 드나드는지 일일이 감시하는 것도 아니고. 참고로 스즈키 씨는 30대 독신이에요."

관리인이 뒤쪽 선반에서 장부를 꺼내 임대계약자 기록을 펼쳐서 보여 줬다. 아라이가 들여다보며 내용을 읽어 줬다. 마쓰다에게도 들리도록 배려해 준 거겠지.

"스즈키 다다오, 33세. 동거인 없음. 본적은 이와테현. 직업은 회사 경영."

"컴퓨터 관련 회사를 혼자 창업했다고 들었는데요."

가토 형사가 책상 쪽으로 웅크려 장부 내용을 수첩에 옮겨 적었다. 그동안에 아라이가 마쓰다 옆으로 와서는 귓속말을 했다.

"스즈키 다다오의 알리바이는 금방 확인할 수 있을 거야. 지금 이 자리에서 묻고 싶은 게 있거든 물어보도록 해."

마쓰다는 눈빛으로 감사를 표한 뒤 부스 밖에서 관리인에게 물었다.

"스즈키 씨는 언제 이 건물에 입주했습니까?"

관리인이 장부를 보면서 대답했다.

"작년 12월 26일입니다."

그 말을 듣고서 마쓰다의 기대감이 갑자기 부풀었다.

"1년 전이군요. 그럼 301호실에 살았던 전 주민은 언제 퇴거했죠?"

"잠시만요."

관리인이 가토 형사 옆에서 손을 뻗어 장부 용지를 한 장 앞으로 넘겨 기록을 살펴봤다.

"같은 해 12월 6일."

아라이도 그 날짜가 무엇을 의미하는지 눈치채고서 나직이 말했다.

"여자가 살해됐던 날이잖아."

"그렇다면……."

마쓰다는 여자의 본명이 드디어 밝혀지리라는 기대감에 뛰는 가슴을 안고서 관리인에게 물었다.

"1년 전에 퇴거했던 주민의 이름은?"

"다카다 신고라는 남성입니다."

불의의 기습을 당한 꼴이었다. 마쓰다는 다카다 신고가 누구였는지도 바로 떠올리지 못했다.

"어디서 들어 본 적이 있는 이름이야."

아라이가 그렇게 말하면서 장부를 앞에서부터 다시 확인하는 동안에 마쓰다는 모든 전말이 눈에 보였다. 다카다 신고는 오카지마 에미의 연인이었던 반도파 야쿠자다. 노구치 의원의 첩 집을 계약할 때 명의를 빌려줬을 터였다.

"1년 전에 퇴거할 때 다카다 신고 씨가 그 자리에 있었습니까?"

"아뇨, 얘기를 하다가 방금 떠올랐는데 다카다 씨의 지인인지 뭔지 하는 사람들이 와서는 가구 같은 걸 꺼내 가 버렸어요."

여자가 살해됐던 당일에 다카다 신고는 에미를 외국으로 데리고 나갔다. 이사 작업 현장에 나타났던 남자들은 반도파 젊은 조직원들이 틀림없었다. 여자를 살해한 것도, 집을 정리하는 일정도 모두 주도면밀하게 준비했으리라.

"그럼……."

마쓰다는 이번에야말로 결정적인 증언을 얻어 내기 위해 긴 머리 여자의 사진을 꺼내 관리인에게 보였다.

"이 사람을 본 적은?"

관리인이 사진을 들고서 꼼꼼히 훑어보고는 말했다.

"있습니다."

그 말을 듣고서 아라이가 놀라워했다.

"한때, 자주 봤습니다."

"언제였습니까?"

"그러고 보니 1년쯤 전이군요. 계약자가 아니라서 여기 사는 사람의 애인인가 싶었습니다."

"드나들었던 집 호수를 압니까?"

그러자 관리인이 뜻밖에도 날카로운 눈빛으로 마쓰다를 응시했다.

"어쩌면 301호실일지도 몰라요. 잠깐만 기다려 주세요."

노인이 일어서서 두 형사 사이를 비집고서 로커 위에서 '잔류품'이라고 적힌 골판지 상자를 내렸다. 상자 안에는 '301'이라는 라벨이 붙은 종이봉투가 담겨 있었다.

모두가 지켜보는 앞에서 관리인이 봉투 안에서 작은 비닐 포치를 꺼냈다. 표면에 귀여운 동물 일러스트가 인쇄되어 있었다. 초등학생 여자애가 즐겨 사용할 것 같은 싸구려 가방이었다.

"301호실 이사 작업이 끝난 뒤에 빈방을 확인했더니 옷장 선반 안에 이게 남겨져 있었습니다. 바로 다카다 신고 씨의 직장에 연락을 했지만, 본인이 대답을 하지 않아서 여태껏 보관해 뒀습니다."

관리인이 설명하며 포치 지퍼를 열고서 사진 한 장을 꺼냈다. 남자들이 모두 몸을 내밀어 명함만 한 사진을 들여다봤다. 그 안에는 소녀가 찍혀 있었다. 연령은 12세 정도였다. 도시 주택가로 보이는 길에 혼자 서 있었다. 소녀가 입은 분홍색 스웨터는 색깔이 바래고 해지고 옷깃이 늘어져 있었다.

"아까 그 사진 속 사람이랑 닮았지요?"

관리인이 말했다.

마쓰다뿐만 아니라 틀림없이 아라이와 요시무라도 소름이 돋는 기분을 맛보고 있으리라. 그 긴 머리 소녀의 얼굴에는 보는 이를 의혹에 빠뜨리는 그 억지 미소가 번져 있었다.

여기까지 오고 나니 마쓰다는 한 가지만은 완전히 확신할 수 있었다. 그 긴 머리 여자는 인생 최후의 나날을 이 맨션 301호실에서 보냈다. 정치인의 비밀 정부로서 아무에게도 정체를 드러내지 않은 채로. 그리고 어렸을 적 사진만을 집 안에 남긴 채로 이 세상을 떠났다.

마쓰다는 소녀의 부자연스러운 웃음을 쳐다봤다. 이 아이는 대체 어떤 환경에서 자랐을까. 사진을 촬영한 장소는 어디일까. 배경에 단서가 없을지 주시해 봤지만 어디에나 있을 법한 도로가 뿌옇게 찍혀 있을 뿐 표지판조차 보이지 않았다.

　이번에도 수수께끼만 키운 채로 막다른 골목으로 들어가는 게 아닌지 마쓰다는 우려했다. 여자가 이곳에 입주하고 살해되기까지 무슨 일들이 벌어졌는지 아는 유일한 증인, 다카다 신고는 이미 전철에 뛰어들어 사망했다.

　아라이가 관리인에게 질문했다.

　"이 사진의 소유권은 현재 어떻게 되어 있습니까?"

　"잔류품 보관 기한이 지났으니 이쪽에서 처분할 수 있습니다."

　"그럼 경찰에 임의로 제출해 주실 수 있겠습니까?"

　"그러시죠."

　아라이가 세컨드백에서 임의제출서를 꺼내 관리인에게 적어 달라고 요청했다. 절차를 밟는 사이에 요시무라가 뜻밖의 행동을 했다. 관리인실에 섬광이 일어서 모두가 돌아보니 요시무라가 니콘을 들고서 소녀 사진을 찍는 중이었다.

　두 형사가 책망하는 듯 쳐다보자 마쓰다가 황급히 타일렀다.

　"요시무라, 허가를 받고 찍어야지."

　그러나 평소에는 마음씨 착한 청년 카메라맨이 이때만은 어째선지 아무런 죄책감도 내비치지 않고 입으로만 "미안합니다." 하고 사과했다.

　지금 아라이의 심기를 거스른다면 앞으로 협력을 구할 수가 없게 된다. 마쓰다가 요시무라의 팔을 쥐고서 관리인실을 나와 나직이 지시했다.

　"아라이 씨한테 제대로 사과하고서 필름을 넘기도록 해."

"하지만 마쓰다 씨."

요시무라가 진지한 표정으로 말했다.

"마감일까지 앞으로 닷새밖에 안 남았어요. 그 사진 복사본을
입수하지 못하면 어쩌려고요?"

"그렇다고 해서 뭐든 다 허락되는 게 아냐."

마쓰다는 이토록 편의를 봐준 아라이에게 미안하다는 감정도
갖고 있었다.

"상식은 지키면서 해야지."

그러나 요시무라는 고집스런 태도를 거두지 않고 물었다.

"오늘은 이다음에 편집부에 있을 겁니까?"

이제야 마쓰다도 요시무라가 무슨 꿍꿍이가 있음을 알아챘다.

"있을 건데, 왜?"

요시무라가 감긴 필름을 카메라에서 슬쩍 꺼내고는 점퍼 주머
니에 집어넣고서 말했다.

"밖에 나가지 말고 기다려 주세요. 후속 단서가 있을지도 몰라
요."

관리인실 밖에서 요시무라는 새침한 표정으로 사죄하고서 가
토 형사에게 필름통을 건넸다. 그러나 그것은 사전에 바꿔 둔 가
짜였다.

"필름 한 장만 과도하게 빛에 노출해 뒀습니다."

훗날 요시무라가 어떻게 경찰을 속였는지 밝혔다.

"경찰이 현상해 본들 복사본을 찍는 데 실패했다고 여기겠죠."

이 청년은 보도 카메라맨으로서 길을 착실히 걸어 나가고 있다고 마쓰다는 생각했다.

형사들은 맨션 주민들에게도 탐문 조사를 벌이기 위해 한 층에 다섯 세대가 사는 맨션 전체를 돌아다니며 인터폰을 눌렀다. 평일 오전이라서 집에 있는 사람은 둘뿐이었다. 둘 다 사진 속 여자는 모른다고 대답했다.

"밤에 다시 올 수밖에 없긴 한데……."

역에서 헤어질 즈음에 아라이 형사가 한숨을 내쉬며 말했다.

"기대는 별로 안 되네."

"앞으로 어떻게 되는 겁니까?"

"탐문을 벌였는데도 수확이 없으면 정식으로 재수사에 들어갈 수가 없어."

설령 여자를 본 적이 있는 주민을 발견하더라도 본명까지는 모르리라 마쓰다는 생각했다.

아라이가 "꽤 깊이 파고들긴 했는데."라는 말을 남기고서 전철에 탔다.

낙담한 형사와는 반대로 마쓰다는 외줄타기를 하는 것 같은 긴장감을 맛보며 직장으로 향했다. 현재 요시무라가 복사한 사진만이 유일한 단서였다.

회사로 돌아온 요시무라가 매우 안달 난 얼굴로 지하 1층 암실로 뛰어 내려갔다. 마쓰다는 편집부의 자기 자리에 앉아 형사들 앞에서는 물어볼 수 없었던 질문을 하기 위해 사사즈카 맨션에 전화를 걸었다.

"아까 뵈었던 그 사람입니다."

마쓰다가 이름을 대자 형사 중 하나로 착각했던 관리인이 흔쾌히 추가 질문에 응해 줬다.

"그 맨션에 정치인이 드나드는 모습을 본 적이 있습니까?"

"정치인? 누구 말입니까?"

"노구치 스스무라는 여당 중진 말입니다만."

"아뇨, 본 적은 없군요."

관리인은 근무 시간이 저녁까지이니 야간에 정부의 집을 드나드는 정치인의 모습을 목격하지 못했더라도 전혀 이상하지 않았다. 더욱이 노구치도 남의 시선을 꺼리니 변장 정도는 했으리라.

마쓰다는 여성이 어떻게 살았는지 다시금 이미지를 구축하기 위해 301호실의 구조도 물어봤다. 침실은 두 군데, 넓은 거실과 다이닝룸, 그리고 부엌과 욕실이 있는 총면적 70제곱미터짜리 맨션이었다. 작은 부자들이 좋아할 만한 집이었다.

"참고로 놔두고 간 사진은 침실 안쪽 옷장에 있었습니다."

관리인이 마지막으로 말했다.

통화를 마친 뒤 마쓰다는 수화기를 돌려놓지 않고 다른 취재처 번호를 눌렀다. 가부토초의 이시카와였다.

전화를 받은 정보상은 마쓰다가 아직 아무 말도 안 했는데도 "지난번 샤블랑 건 말인데요." 하고 먼저 말을 꺼냈다.

"그 후에 좀 알아봤는데 아무것도 없었어요."

"그렇습니까?"

마쓰다는 별 기대를 하지 않았으나 낙담했다.

"그쪽은 어떻습니까?"

"이쪽도 마찬가집니다."

"마쓰다 씨가 쥔 소재는 가짜가 아닐까요."

"그럴지도 모르겠군요."

마쓰다가 말장구를 치고서 전화를 끊었다.

편집장석에 이자와가 있어서 마쓰다는 경과 보고를 하기 위해 일어섰다. 긴 머리 여자의 거처를 밝혀냈다고 알리자 이자와가 흥분을 감추지 못하고 기자의 보고에 귀를 기울였다.

"그래서 요시무라는 어쩌고 있나?"

"여전히 암실에 틀어박혀 있습니다. 조금만 더 기다려보죠."

잠시 뒤 요시무라가 득의양양한 얼굴로 편집부에 달려왔다. 그 표정은 마쓰다에게 희망을 안겨 주기에 충분했다. 카메라맨이 편집장석에 와서는 아직 마르지도 않은 두 장의 인화지를 내려놨다.

"이걸 봐 주세요."

한 장은 카비네판*으로 확대된 소녀의 컬러 사진이었다. 그리고 나머지 한 장은 무엇이 찍혔는지 알 수 없는 뿌연 흑백사진이었다.

"컬러 사진은 아까 그 맨션에서 찾아냈던 사진입니다. 배경이 흐리긴 하지만 오래된 목조건물이 보이죠?"

듣고 보니 피사체인 소녀의 배경에 2층짜리 목조건물의 일부

---

* 인화지 기준으로 세로 164mm · 가로 119mm에 해당한다.

가 오른쪽으로 불거져 있었다. 옛날 학교 건물처럼 보이는 듯도 했다.

"그래서 이 건물의 문 부분만 확대하여 명암차를 극단으로 강조한 게 바로 이 흑백사진입니다. 자세히 보면 문에 걸린 팻말에 글자가 적혀 있습니다."

마쓰다와 이자와가 동시에 노안경을 끼고서 콘트라스트를 강조한 대형 흑백사진을 쳐다봤다. 팻말에 적힌 모든 글자를 다 읽을 수는 없었지만, 몇몇 한자는 판독할 수 있었다.

"처음 글자는 모르겠군."

이자와가 말했다.

"다음은 한(阪)이라 읽어야 하나? 아니면 사카(阪)?"

마쓰다가 이어서 말했다.

"유(友), 아이(愛), 가쿠(學)."

"한, 유아이가쿠?"

"아니면 사카유아이가쿠?"

편집장과 기자가 얼굴을 마주 보며 말했다.

"오사카 유아이 학원(大阪友愛學園) 아닌가?"

그렇게 생각하고서 다시금 사진을 응시하니 읽을 수 없었던 한자도 추측한 내용을 뒷받침하는 듯 보이기 시작했다. 사진 속 소녀는 자신이 다니는 학교 앞에 서 있는 게 아닐까.

마쓰다는 편집장석 전화기를 붙잡고서 전화국의 번호 안내 서비스에 걸었다.

"오사카에 있는 학교, 오사카 유아이 학원 연락처."

잠시 뒤 답변이 돌아왔다.

"오사카 유아이 학원은 없습니다."

"없어요? 유아이 학원이든, 유아이 학교든 상관없는데요."

"비슷한 이름도 찾아봤지만 보이지 않습니다."

마쓰다는 전화를 끊고서 자료실로 달려가려고 했다. 그런데 그때 다른 편집부원이 불러 세웠다.

"마쓰다 씨, 3번에 전화요."

"누구지?"

"《호텔 여관 저널》편집장님이요."

마쓰다는 방금 내려 뒀던 수화기를 부랴부랴 다시 들었다.

이자와가 근처에 있는 데스크를 불렀다.

"나카니시! 자료실에 가서 오사카 유아이 학원이라는 학교가 있는지 조사하고 와!"

"예? 유아이 학원 말입니까?"

"저도 갑니다!"

요시무라가 나카니시 데스크를 데리고서 편집부에서 뛰어나 갔다.

마쓰다는 호텔 업계지 편집장이 건 전화를 받았다. 인사를 대 강 마친 뒤 "지난번에 부탁드렸던 건 때문에 연락을 주신 거죠?" 하고 물었다.

화제를 유도하자 상대가 바로 대답했다.

"그렇습니다. 도산한 호텔 경영자가 자살했거나 일가족이 뿔 뿔이 흩어진 사연을 아는지 기자들한테도 물어봤지만, 안타깝게도 확실한 이야기를 들은 사람은 없었습니다."

"한 건도 없단 말입니까?"

"예. 그런 사실이 아예 없었다는 게 아니라 정보로서 전해지지 않았다는 의미인데. 규모가 작은 여관이라면 3년쯤 전에 그런 사건이 있었다더군요."

"그 여관에 풀장이 있었을까요?"

"없죠. 민박보다 그나마 양호한, 뜨내기손님을 상대하는 여관이었다고 합니다."

"알겠습니다. 감사합니다."

마쓰다가 전화를 끊자 이자와가 지시했다.

"유아이 학원일세. 교육 위원회와도 접촉해 보게."

마쓰다는 자신의 책상으로 돌아가 오사카시 교육 위원회 번호를 알아내 전화를 걸었다. 통화에 응해 준 총무부 직원에게 학교이름을 전하고서 조회해 봤더니 "잠시 기다려 주십시오."라는 말과 함께 보류음으로 전환됐다. 그 후로 오래 기다렸다. 이번에도 허탕을 치지 않을까 불길한 예감이 들었다.

"오래 기다리셨습니다."

통화가 다시 연결됐다. 이번에는 아까와 다른 직원이었다.

"문의하신 오사카 유아이 학원 말입니다만, 들어 본 기억이 있습니다."

"있다고요?"

마쓰다가 무심코 몸을 쭉 내밀었다. 그러나 공식적인 답변치고는 상대방의 어조가 미묘하다는 것을 알아챘다.

"있다고 단정해도 될까요?"

"그게 말이죠. 오사카 유아이 학원은 교육 위원회와 직접적으로 관계가 없거든요."

"관계가 없다면 학교가 아니라는 말입니까?"

"그렇습니다. 시청 복지국에 문의해 주십시오."

상대가 뜻밖의 취재처를 알려 주자 마쓰다는 자신이 간과했음을 깨달았다. 여태껏 쌓아 온 취재 성과를 종합하자면 오사카 유아이 학원이 학교가 아닐 가능성을 당연히 염두에 뒀어야만 했다.

상대가 복지국 번호를 알려 줬기에 마쓰다는 바로 전화를 다시 걸었다. 이번 통화도 담당 부서와 연결된 뒤로 꽤 오랫동안 기다려야 했다.

그동안에 자료실에 갔던 요시무라와 나카니시가 돌아왔다. 요시무라가 편집장석에 곧장 와서 보고했다.

"오사카 유아이 학원이라는 학교는 없습니다."

"없다?"

이자와가 불만스러운 목소리로 내뱉었다.

"공립도 사립도, 초등학교도 중학교도 없다?"

"전화번호부에도, 학교법인 목록에도 실려 있지 않습니다."

"말도 안 돼."

"잠깐만!"

마쓰다가 자신의 자리에서 외쳤다.

"지금 시청에 알아보고 있는 중입니다!"

그 말을 듣고서 편집장을 비롯한 모두가 마쓰다의 주변으로 모여들었다.

"오래 기다리게 해서 죄송합니다."

담당자가 다시 수화기를 들고 말했다.

"총무과 소속 무토입니다. 오사카 유아이 학원에 관해 문의를 주셨죠?"

"그렇습니다."

"무엇을 대답해 드리면 될까요?"

무토의 말투로 보아 이름이 같은 시설이 틀림없이 존재하는 듯했다. 마쓰다는 조급한 마음을 억누르며 물었다.

"거긴 학교법인이 아닌가요?"

"아니죠. 사회복지법인입니다."

"그렇다면 즉 초등학교나 중학교도 아니다?"

"아동양호시설입니다."

"양호시설."

마쓰다는 이자와 및 다른 사람에게도 들리도록 반복하여 말했다. 책상 위에 놓인 사진 안에서 허름한 옷을 입은 소녀가 음울하게 웃으며 양호시설 앞에서 이쪽을 쳐다보고 있었다. 당신은 대체 누구인가? 단서를 알려다오. 마쓰다는 여자의 영혼에게 빌었다.

"하지만 유아이 학원은 이제 없어요."

무토가 말했다.

"한 승려가 독실한 뜻으로 문을 연 소규모 시설이었습니다만, 이사장이 세상을 떠나면서 문을 닫았습니다."

"학원이 없어진 게 언제입니까?"

"으음."

무토가 기억을 더듬으며 뜸을 들였다.

"10년도 더 된 과거겠죠. 1981년경이었을 겁니다."

마쓰다는 재빨리 계산했다. 그 무렵에 사진을 찍었고 소녀의 나이를 열두 살로 가정한다면, 살해됐을 당시에는 스물네 살이었다는 결과가 나온다. 그 숫자는 부검하여 밝혀낸 추정 연령과도 일치했다.

"사망했던 이사장 말고도 다른 임원은 없었던 겁니까?"

"이사장이 겸임하고 있었습니다."

"그럼 당시에 근무했던 직원 분들 중에 연락이 닿는 분이 계실까요?"

"없죠. 이미 기록이 남아 있지 않거든요."

그 말은 완곡하게 취재를 거부하겠다는 뜻으로도 받아들일 수 있었다. 설령 기록이 있더라도 특정 직원의 이름이나 연락처를 밝히지는 않겠지.

"시설이 없어진 뒤 아동들은 어떻게 됐을까요?"

"다른 시설에서 맡았을 겁니다."

"어디로 갔는지는 알 수 없을까요?"

"이런 경우에는 딱히 특정 시설이 정해져 있지 않아서 그 역시 대답해 드리기가 어렵습니다."

마쓰다는 필사적으로 머리를 굴려서 다음에 뭘 물어봐야 할지 궁리했다. 그러나 사진 속 소녀의 신원을 특정할 만한 기발한 질문은 떠오르지 않았다. 결국 "유아이 학원은 어디에 있었습니까?"라는 진부한 물음밖에 나오지 않았다. 그러나 그조차도 만족스러운 대답을 듣지 못했다.

"정확한 주소는 이제 알 수 없군요. 이쿠노 구청 근처에 있었던 것으로 기억합니다만, 건물도 헐려서 남아 있지 않을 겁니다."

"그렇습니까."

마쓰다는 실망을 감추지 못하고 침울한 목소리로 대답했다.

"죄송합니다. 번거롭게 해 드렸습니다."

"아뇨. 저야말로 도움이 되질 못해 죄송합니다."

무토가 판에 박힌 인사를 하고서 전화를 끊었다.

마쓰다는 수화기를 내려 두고서 뒤에 서 있던 얼굴들을 올려다봤다. 방금 마쓰다가 한 대답을 듣고서 무엇을 질의했는지 짐작하고 있었다.

"양호시설이라고 했으니 피붙이가 없었던 게 아닌가?"

이자와가 말했다.

"그럼 그 여자의 본명을 아는 사람이 어디에도 없다는 말입니까?"

요시무라가 애가 타는 얼굴로 입술을 삐죽 내밀었다.

"노구치 스스무라면 알지도."

마쓰다도 울적한 기분을 토해 내듯 말했다.

"앞으로, 어쩔 텐가?"

이자와가 묻더니 말을 이었다.

"유아이 학원이 학교였다면 학생 명부를 뒤져 봤을 텐데 말이야. 양호시설이라면 그조차도 어려워. 이젠 10여 년 전 관계자를 찾아낼 수밖에 없나."

요시무라가 말했다.

"현지에 가서 짚이는 대로 물어보고 다니는 건 어떨까요? 유아이 학원 관계자뿐만 아니라 이 아이를 수용했던 다른 시설을 찾아낼 수 있을지도요."

"아니, 설령 관계자를 찾아내더라도 프라이버시 문제가 있어. 양호시설에 재적했던 아동의 신상 정보를 발설할 리가 없어."

"게다가 마감일도 코앞이고 말이죠."

나카니시 데스크도 한몫 거들었다.

"이렇게 된 이상……."

마쓰다가 전화기 쪽으로 손을 뻗었다. 최후의 수단이었다. 경찰을 움직여서 수사 정보를 입수하는 수밖에 없었다. 기타자와서 번호를 누르자 한 직원을 거친 뒤 아라이가 전화를 받았다.

"마쓰 씨? 뭐야?"

"피해자의 신원에 관해 새로운 단서를 찾았습니다. 오사카에 소재한 양호시설에 있었다고 합니다."

"오호."

"1981년까지 운영됐던 오사키 유아이 학원이라는 시설입니다. 장소는 이쿠노 구청 근방."

"잠깐만, 마쓰 씨. 이쪽은 이제 움직일 수가 없어."

그의 목소리에서 기운이 느껴지지 않자 마쓰다는 불길한 예감이 들었다.

"재수사는 물 건너간 겁니까?"

"그래. 시마지 이사무가 죽었어."

조금 뒤늦게 사태의 중대성을 알아챈 마쓰다는 말문이 막혔다.

"구치소에서 이상해진 뒤 사경을 헤매다가 용태가 악화됐다더군."

마쓰다는 '범인, 사망'이라고 메모지에 적어 편집장에게 전했다. 높은 상공에서 먹구름을 향해 떨어져 가는 남자의 모습이 눈에 선했다. 여자의 심장에 칼을 꽂아 죽였던 남자는 살인의 업보를 짊어지고서 지옥으로 떨어졌으리라.

"피고인이 사망하면서 공소는 기각됐어. 시모키타자와 3호 건널목에서 벌어졌던 살인 사건은, 이로써 모든 심리(審理)가 종료됐네."

아라이가 말을 떠듬떠듬 잇다가 마지막에 아쉽다는 투로 말했다.

"이젠, 우리가 할 일이 없어졌어."

"어쩔 수 없죠."

마쓰다도 그렇게 말할 수밖에 없었다.

"아라이 씨, 그동안 협력해 줘서 고마워요. 감사합니다."

"아니, 됐어. 잠시 옛날로 돌아간 기분이더라고."

아라이가 그렇게 전화를 끊었다.

마쓰다는 의자 등받이에 몸을 푹 기댔다. 뒤에 있던 이자와가 "자, 어쩔 셈인가?" 하고 아무에게나 물었지만 대답하는 이는 없었다.

마쓰다는 소녀의 사진을 바라보면서 기자로서의 사명감을 북

돈으려고 했다. 1년 전까지 확실히 살아 있었던 여자. 그러나 아무도 그 여자의 이름을 모른다. 어디서 어떻게 살아왔는지도 모른다. 그것도 모자라서 살아 숨 쉬었던 약간의 흔적마저도 지워지고 있었다. 그러나 마쓰다의 의욕은 헛돌기만 했다. 더는 방도가 없다는 절망감을 지울 길이 없었다. 도저히 다음 수가 떠오르지 않았다.

"저기, 지금, 괜찮은가요?"

조심스럽게 묻는 소리가 들려 고개를 드니 편집부원 구도가 모두의 옆에 와 있었다.

"마쓰다 씨한테 전화가 왔는데."

"누구한테서?"

마쓰다가 퉁명스럽게 물었다. 이제 전화 취재는 신물이 날 지경이었다.

"마미야 씨한테서요."

누군지 얼른 떠오르지 않았다. 우선순위가 낮은 상대임이 틀림없었다.

"이따가 다시 걸겠다고 전해 줘."

"근데 우리가 의뢰한 건인데요."

심령 소재 담당 편집자가 물고 늘어졌다.

"심령사진 감정이요."

"아아."

비로소 누구인지 떠올랐다. 이런 때에 영능력자에게서 연락이 오니 마쓰다는 힘이 쭉 빠지는 듯했다. 그러나 이쪽에서 먼저 감정 기한을 앞당겨 달라고 부탁했기에 자리를 비웠다며 물리치는 것도 내키지 않았다. 수화기를 들어 외선용 버튼을 누르자 노년에 접어든 남자의 목소리가 들렸다. 여성 영매사의 매니저를 맡고 있는 남편이었다.

"의뢰를 받은 마미야입니다. 보내 주셨던 사진 감정 결과가 나왔습니다."

"어떻게 나왔습니까?"

"건널목 사진은 진짜라고 안사람이 말했습니다."

감정료 3000엔은 이미 저쪽이 제시한 계좌에 보내 뒀다. 마쓰다는 수중에 있는 메모지에 '진짜'라고 적으면서 물었다.

"이 여성이 어떤 인물인지는 알 수 없겠습니까?"

"건널목에서 사망한 분인 것 같습니다만, 사고나 자살은 아닌 듯합니다."

"오호?"

"살해당한 게 아닌가 싶은데."

어떻게 그 사실을 알아냈는지 마쓰다는 신기했다. 3호 건널목 살인 사건은 거의 보도되지 않았다.

"그 밖에는요? 신원 같은 건 특정할 수 없겠습니까?"

"거기까지는."

마미야가 말을 흐리다가 "다만." 하고 덧붙였다.

"사진 속 여성은 깊은 상처를 입고서 계속 걸었던 분 같습니다. 큰 고통에 시달리다가 건널목에 이르러 목숨을 잃은 것 같군요."

영능력자가 내놓은 감정 결과는 여자의 임종 상황과 일치했다.

"사진으로 알아낸 건 그뿐입니다. 이만하면 됐는지요?"

"잠깐만 기다려 주세요."

마쓰다가 보류 버튼을 누르고서 구도에게 물었다.

"이 영능력자, 혹시 종교법인 소속인가?"

"아뇨, 개인이 운용하는 곳입니다."

"초자연 상술이나 사기에 연루됐다는 소문은 없고?"

"괜찮은 것 같습니다. 요금이 저렴하고 수상쩍은 상품도 강매하지 않습니다. 마미야 씨는 대기업 경영자나 연예인한테 자주 부탁을 받는다고 들었습니다."

옆에서 이자와가 물었다.

"뭐라고 하던가?"

"상당히 용하더군요."

마쓰다는 그 말만을 하고서 보류를 해제하여 마미야에게 물었다.

"만약에 부인께서 이 건널목에 와 주신다면 더 자세히 알아낼 수 있을까요?"

"아마도. 영혼을 불러들여서 직접 물어보니까요."

"최대한 빨리 해 주십사 부탁드리고 싶은데 언제쯤 가능할까요?"

"올해에 일정이 비어 있는 때는 내일 밤뿐입니다. 초령(招靈)을 행하려면 심야가 더 좋겠군요."

"그 의식은 사례금을 얼마나 지불하면 됩니까?"

"5만 엔입니다."

마쓰다는 일러 준 액수를 메모지에 적은 뒤 옆으로 넘겼다. 이자와가 들여다보고서 고개를 끄덕였다.

영매의 힘을 빌릴 때가 온 듯했다. 달리 방법이 없었다.

"부탁합니다."

마쓰다가 말했다.

10장

    초령 실험은 시모키타자와 3호 건널목 부근에서 행해지기에 편집부원 구도가 이 지역을 관할하는 기타자와 경찰서에 가서 도로 사용 허가를 받았다. 이로써 도로의 일정 구간을 점거하고서 취재 활동을 할 수 있게 됐다. 철도회사의 영업 운전이 마감되는 오전 1시경에 초령을 개시하기로 결정했다.

    마쓰다는 해가 지기까지 언론인들을 위한 명부 전문 도서관에 가서 오사카 유아이 학원 관계자를 찾아내고자 직원 명부를 찾았다. 그러나 도서관에는 사회복지법인 협의회가 20년 전에 발행했던 회원 명부만을 소장하고 있었다. 법인 주소와 전화번호, 그리고 이사장의 이름밖에 알 수가 없었다. 그래도 마쓰다는 사망한 이사장의 유족과 연락을 할 수 있을지도 모른다는 생각에 전화를 걸어 봤지만, 그 번호는 현재 사용되지 않는다는 메시지만이 흘러나왔다.

어느덧 밤이 깊어지자 초령 실험 참가자들이 편집부에 모여들었다. 이자와 편집장을 비롯하여 나카니시 데스크, 구도, 그리고 마쓰다와 요시무라까지 총 다섯 명이었다. 초능력을 실험할 때면 으레 따라붙는 기망 행위를 방지하기 위해, 초령을 실시하는 마미야 부부에게는 어떠한 사전 지식도 주지 않기로 모두가 합의했다. 그러지 않으면 주어진 단편적인 정보를 바탕으로 영매 자신이 그럴듯한 이야기를 창작하여 떠들어 댈 가능성이 있었다.

"고작 심령 소재 때문에 이렇게까지 합니까?"

구도가 놀란 표정으로 말했다. 담당 편집자로서는 설령 거짓말일지라도 영능력자가 뭐라도 말해 주길 바라는 마음일 것이다.

"우린 진심이야."

편집장이 말 한마디로 젊은 부하의 입을 다물게 했다.

요시무라의 왜건을 타고서 3호 건널목으로 이동하기로 했다. 다섯 남자가 탑승하자 차량이 달리기 시작했다. 나카니시가 "사고 나지 않도록 주의해요." 하고 귀에 딱지 내려앉을 정도로 신신당부를 했다. 편집부가 가입한 보험은 개인이 소유한 차량까지는 보장해 주지 않는다는 사정도 있지만, 데스크는 지벌이나 앙화 같은 초자연적인 재앙을 더 경계하는 눈치였다. 일본인 대부분이 입으로는 오컬트 현상 등을 믿지 않는다고 말하면서도 새해에 첫 참배를 하러 가고, 길일을 잡아서 결혼식을 올리고, 살인이나 자살 사건이 벌어졌던 장소를 불길하다며 기피한다.

오전 0시 20분, 모두가 취재 현장에 도착했다. 요시무라는 도로 사용 허가가 적용되는 범위를 준수하기 위해 우묵땅 바닥에서 오르막길을 올라 건널목을 건너 반대쪽 도로에 주차했다.

마쓰다가 차량에서 내리자 차갑고 건조한 공기가 에워쌌다. 가로등이 비추는 3호 건널목은 예전에 보러 왔을 때와 마찬가지로 심야에 은밀히 벌어지는 공연을 기다리는 야외극 무대를 연상케 했다.

마쓰다와 요시무라를 제외한 나머지 세 사람은 심령 현상이 벌어졌던 장소를 처음 보는지라 흥미진진해하며 돌아다녔다.

"평범한 건널목이로구먼."

이자와 편집장이 감상을 밝혔다.

초령 개시 시각이 30분 앞으로 다가오자 하얀 세단 한 대가 남쪽 도로를 타고 달려왔다. 앞유리를 들여다보니 조수석에 앉아 있는 중년 여성의 실루엣이 보였다. 승용차가 속도를 줄여 일행들 앞에 정지했다.

구도가 다가가자 운전석 창문이 열리더니 예순을 넘긴 남성이 이름을 밝혔다.

"마미야입니다."

야윈 얼굴에 안경을 낀 모습이 강직해 보여서 수상쩍은 낌새가 터럭만큼도 느껴지지 않았다.

"차는 어디에 세우면 됩니까?"

"그쪽에 세워 주세요."

구도가 사전에 정해 뒀던 주차 위치인 도롯가를 가리켰다.

차량이 후진하여 요시무라의 왜건 앞에 정지했다. 전조등이 꺼지고 좌우 양쪽 문이 열리더니 마미야 부부가 내렸다.

여성 영매사인 마미야 기요에의 모습을 보고서 마쓰다는 신선한 충격을 받았다. 무녀처럼 신비로운 모습을 상상했는데 기요에의 모습은 정반대였다. 어디에나 있을 법한 평범한 아주머니였다. 수수한 코트로 살집이 두둑한 몸을 감싼 모습은 자식을 다 키우고서 한숨 돌리는 주부를 떠올리게 했다.

"어서 오세요. 귀한 발걸음을 해 주셨군요."

편집부의 두 고위직이 맞이했다.

"편집장인 이자와입니다."

"데스크를 맡고 있는 나카니시입니다."

마미야 씨가 두 사람과 명함을 교환하고서 자기 소개를 했다.

"마미야 야스아키입니다. 이쪽은 안사람인 기요에. 오늘 밤 초령 의식은 기요에가 행합니다."

"잘 부탁드립니다."

기요에가 미소를 지으며 고개를 숙였다. 그녀의 목소리에는 왠지 즐거워하는 어린 소녀와 같은 천진함이 배어 있었다.

"이 셋은 이번에 취재를 맡은 팀입니다."

이자와가 뒤에 서 있는 사람들을 가리켰다.

마쓰다와 일행들이 알은체를 하자 마미야 부부가 인사했다.

"갑작스럽지만, 두 분께 의뢰를 한 취지를 설명해 드리겠습니다. 저희가 알고 싶은 건 이 건널목에서 사망한 여성의 신원입니다. 이름이나 주소, 신원을 특정할 수 있는 단서를 얻고 싶습니다."

"알겠습니다."

기요에가 대답했다.

"본인한테 직접 여쭤 보겠습니다."

그것은 망자에게 질문해 보겠다는 의미였다. 마쓰다는 비판도 부정도 하지 않고 그 대답을 받아들였다.

"초령은 어떤 형태로 실시됩니까? 장소를 지정해 주신다면 준비를 하겠습니다만."

그러자 기요에가 오후 산책이라도 나온 것 같은 가벼운 발걸음으로 건널목으로 걷기 시작했다. 마쓰다는 영매사의 움직임을 흥미롭게 지켜봤다. 기요에는 일절 망설이지 않고 건널목 안에 들어가 선로를 건넜다. 그러다가 북쪽 도로로 나가더니 갑자기 발걸음을 멈춰 발치를 내려다봤다. 그곳은 옛날에 신원미상의 시체가 쓰러져 있던 장소였다. 기요에는 옆으로 비키며 발을 집어넣고는 얼굴에 그늘을 드리우며 우묵땅 바닥으로 뻗어 나가는 비탈길을 눈으로 쫓았다. 그러고는 곧장 이리로 되돌아왔다.

영매사가 마치 여성의 마지막 상황을 꿰뚫어 본 듯했다. 마쓰다는 신기했다. 감정을 의뢰했던 심령사진 속에서 긴 머리 여자는 건널목 안에 떠 있었다. 기요에는 시체가 발견됐던 정확한 장소나 여자가 죽기 전에 어떻게 움직였는지 알 턱이 없었다.

"사진 속 그분은 건널목 맞은편에 계십니다."

기요에가 이자와에게 말했다.

"우린, 이쪽에서 부르도록 하지요."

이자와는 마치 여우에 홀린 것 같은 표정이었다. 그러나 이내 본인이 서 있는 남쪽 도로를 가리키며 "이쪽이야." 하고 부하에게 말했다.

그 지시에 따라 요시무라와 구도는 촬영 기자재를 설치하기 시작했다. 동영상 촬영을 담당한 구도가 가방에서 소형 비디오 카메라를 꺼낸 뒤 라이트를 장착했다. 요시무라는 플래시가 장착된 일안 반사식 카메라 두 대를 목에 걸고는 길가에 세워 둔 삼각대에 세 번째 카메라를 달았다. 카메라맨이 파인더를 들여다보며 앵글을 신중하게 정한 뒤 "마쓰다 씨, 핀트를 맞추고 싶으니 건널목 안에 서 있어 주실래요?" 하고 부탁했다.

마쓰다는 걸어서 건널목으로 이동하여 선로 가운데까지 나아갔다. 요시무라가 카메라의 핀트를 조정하기를 기다렸다. 하행선 방면으로 시선을 돌리니 앞을 콱 막는 급커브가 보였고, 상행선 방면에는 저 멀리 시모키타자와역의 승강장이 작게 보였다. 선로를 따라 서 있는 여러 신호기가 빨간색과 초록색 불빛을 소리 없이 발하고 있었다. 마쓰다는 영매사처럼 어떤 기척을 감지할 수 있을까 싶어서 눈을 감아 봤다. 그러나 선로에서 불어 대는 차가운 바람만이 뺨에 느껴졌다.

요시무라가 카메라 세팅을 끝마치고서 영매사의 남편에게 물었다.

"초령을 하는 도중에 플래시를 터뜨려도 될까요?"

"상관없습니다."

야스아키가 대답했다.

"폭죽처럼 요란하게 터뜨리지만 않으면 괜찮습니다."

요시무라가 감사를 표하고서 모터 드라이브를 연사 모드로 전환했다.

"막차가 지나가기까지 아직 시간이 있습니다."

이자와가 마미야 부부에게 말했다.

"바람이 쌀쌀하니 괜찮으시다면 차 안에서 기다려 주십시오."

"감사합니다."

부부가 차량으로 돌아가다가 기요에만이 불현듯 뒤를 돌아봤다. 그러고는 남편과 떨어져 홀로 마쓰다가 있는 건널목 쪽으로 걸어왔다.

영매사가 새로운 무언가를 감지했나 싶어서 마쓰다는 기대하며 기다렸다. 그러나 그녀가 주목한 것은 건널목이 아니라 바로 마쓰다였다. 그 시선에서 순진한 관심이 엿보여서 가만히 쳐다보는데도 불쾌하지는 않았다.

기요에가 경보기 앞까지 다가와 말을 걸었다.

"당신이, 이 건널목 사건을 조사하시는 분이지요?"

마쓰다가 미소를 지었다.

"어떻게 알아보셨습니까?"

"얼굴이 참으로 상냥하시군요. 당신은."

무슨 말이 이어질지 기다렸으나 기요에는 마쓰다의 얼굴만 물끄러미 들여다볼 뿐 더는 아무 대답도 하지 않았다. 얼핏 평범한 사람처럼 보이지만, 막상 마주하여 대화를 나눠 보니 기요에에게서 청정한 기품 같은 것이 느껴졌다.

마쓰다는 애써 차분하게 물었다.

"하나, 알려 주셨으면 하는 게 있는데."

기요에도 미소를 지으며 어서 말해 보라고 채근했다.

"어떻게 해야 죽은 사람과 대화를 할 수 있을까요?"

"글쎄요. 예를 들자면……."

기요에가 시선을 돌려 마쓰다의 배후 공간을 쳐다봤다.

"당신 뒤에 머리카락이 어깨까지 내려오고, 목이 아주 아름다운 중년 여성의 모습이 보입니다. 그분은 왼쪽 가슴 부근이 안 좋은 것 같군요. 어떤 분인지 짐작이 가십니까?"

"그 사람은……."

마쓰다는 쭈뼛쭈뼛 대답했다.

"제 아내입니다."

"지금 전 그분의 행복을 느꼈습니다. 살아생전에 아주 행복해하며 사셨을 겁니다."

"행복?"

"예. 한평생의 행복을 품고서 세상을 떠나셨습니다."

하지만, 마쓰다는 입을 열려다가 그만뒀다.

"부인께서는 지금도 당신 곁에 계세요. 근사하게 웃으면서."

마쓰다는 만약에 그 말이 사실이라면 얼마나 좋을까 싶었다. 그러나 영매사의 말을 곧이곧대로 받아들일 마음이 들지 않았다. 마쓰다는 밀려드는 후회에 절절매며 말했다.

"아내한테, 아무것도 해 주질 못했는데."

"아뇨, 그렇지 않습니다."

기요에가 고개를 젓고서 마치 본인의 행복을 들려주듯 말을 이어 나갔다.

"열심히 일하는 남편. 의심도 다툼도 없는 평안한 가정. 창문에서 불어오는 산들바람에도 기분이 따뜻해지는 나날. 그분의 얼굴에는 그런 웃음이 깃들어 있습니다. 비록 부인분의 인생은 길지 않았지만, 더할 나위 없는 행복으로 가득합니다."

마쓰다는 입을 오므리며 숨을 크게 내뱉었다. 그렇게라도 하지 않으면 눈물이 불현듯 치밀어 올라 흘러나올 것 같았다.

"마음을 느껴 주면 되는 겁니다. 그게 돌아가신 분과 대화를 나누는 거지요. 그들의 기쁨이나 슬픔을 마음으로 나눌 수 있다면 반드시 모습을 보여 줍니다."

"반드시?"

"예."

기요에가 고개를 끄덕이고는 시체가 쓰러져 있던 지점 쪽으로 고개를 돌리며 말했다.

"이 건널목에서 생명이 다한 아가씨는 당신이라면 할 수 있다고 믿고 계십니다."

마쓰다는 손으로 두 눈을 훔치고서 건널목을 돌아봤다. 경보기에 빨간 등이 들어오더니 경보음과 함께 깜빡이기 시작했다. 마쓰다는 선로 맞은편을 바라보며 긴 머리 여자의 모습을 찾았지만, 아직 볼 수는 없었다.

차단 막대가 내려가려고 하자 이자와가 두 사람 곁으로 다가와 말했다.

"막차가 옵니다. 이게 지나가면 초령을 부탁합니다."

기요에가 고개를 끄덕이고서 "가시죠." 하고 마쓰다에게 권했다. 어째선지 마쓰다는 발길이 떨어지질 않아서 건널목을 몇 번이고 돌아보며 취재진이 기다리는 지점으로 돌아갔다.

차 안에서 대기하던 야스아키도 일행과 합류하여 하코네 방면으로 향하는 열차를 지켜봤다. 경보음이 멎고 차단 막대가 올라가자 주변이 정적에 휩싸였다. 마쓰다는 무심코 손목시계를 보고서 지금이 1시 3분임을 깨달았다. 긴 머리 여자는 마지막 전철을 쫓듯 건널목까지 걸어와 그곳에서 숨이 끊어졌으리라.

"그럼."

이자와가 기요에에게 초령 실험을 개시해 달라고 부탁하고서 도롯가에서 대기하던 부하들에게 신호를 보냈다.

구도가 비디오카메라 조명을 켜자 어둠 속에서 3호 건널목의 경보기가 또렷하게 부각됐다. 무리 속에서 기요에가 앞으로 나아가 건널목 5미터 앞 부근에 섰다. 그녀는 전방을 응시한 채로 코트 주머니에서 염주를 꺼냈다. 그것은 천주교의 로사리오처럼 보이기도 했지만, 어쩌면 손수 제작한 법구(法具)일지도 모르겠다.

요시무라가 산발적으로 카메라 플래시를 터뜨리는 중에 기요에가 양손 손가락 사이에 염주를 끼고서 고개를 숙인 채 절실히 기도하기 시작했다.

취재진의 시선이 여성 영매사의 작은 등에 집중됐다. 고요해진 밤공기를 타고서 나직이 중얼거리는 소리가 전해졌다. 기요에는 종교 의식 때 쓰일 법한 경문이나 기도문은 사용하지 않고 평이한 단어로 망자에게 말을 거는 듯했다.

"삼가 바람을 청하옵니다. 마음을 전해 주십시오. 모습을 보여 주십시오. 당신의 고통을 제게 나눠 주십시오."

마쓰다는 주변의 공기가 서서히 팽팽해지는 것을 느꼈다. 머리 위 어둑한 공간에서 보이지 않는 주박의 실이 뻗어 나와 건널목 일대를 옥죄는 듯했다. 옆에 서 있는 이자와와 나카니시도 이상한 분위기에 압도됐는지 꼼짝도 않고 상황을 지켜봤다. 밤안개가 드리워지기 시작했는지 허연 막이 바람을 타고서 선로 위를 여러 번 스쳐 갔다.

이윽고 기요에의 말이 불명료해지기 시작했다. 평온했던 목소리가 조금씩 고통에 신음하는 소리로 변화했다. 그 절박한 목소리를 듣고서 마쓰다는 등골이 오싹해졌다. 영매사가 쥐어 짜내는 목소리는 심야에 걸려 온 전화 속 음성과 흡사했다. 형사들이 '연기로 낼 수 있는 목소리가 아냐.' 하고 단언했던 그 목소리였다.

기요에는 단말마의 고통을 견뎌 내듯 어깨 위에서 고개를 서서히 돌렸다. 그 모습은 다 죽어 가는 사람으로밖에 보이지 않았다. '살해됐던 여자의 혼이 정말로 빙의하고 있는 게 아닐까.'라는 생각이 들기 시작했다. 바로 그때 갑자기 어둠이 건널목을 뒤덮었다.

무슨 일이 벌어졌는지 모른 채 모두가 꺼진 조명 쪽으로 시선을 돌렸다. 비디오를 촬영하던 구도가 당혹해하며 말했다.

"전원이 나갔어요."

나란히 사진을 찍던 요시무라도 당황한 기색으로 자신의 카메라를 조작하며 말했다.

"카메라 셔터도 눌러지질 않습니다."

편집장과 데스크가 부하에게 무언가 말하려다가 이내 어리둥절해하며 하늘을 올려다봤다. 나무줄기가 찢어지는 것 같은 소리가 건널목 위에서 울렸다.

영매사를 제외하고 그 현장에 있던 모두가 음원을 쫓아 위를 올려다봤다. 그 랩음은 마쓰다가 구치소 면회실에서 들었던 것보다 훨씬 컸다. 그러나 마쓰다는 생각했다. 이 소리는 더욱 괴이한 현상의 전조에 불과할 것이라고.

"이봐."

바로 옆에서 편집장이 날카로운 목소리로 말했다.

"뭔가 있어."

마쓰다는 고개를 전방으로 돌리고서 건널목 맞은편에서 벌어지고 있는 이변을 알아챘다. 주검이 쓰러져 있던 지점에 하얗고 길쭉한 아지랑이 같은 것이 떠 있었다. 얼핏 연기처럼 보이기도 하는 그 뿌연 실루엣은 바람에 휘날리지 않고 한곳에 머문 채 허공에서 흐느적흐느적 흔들렸다. 취재진 모두가 할 말을 잃고서 괴기한 현상을 물끄러미 쳐다봤다. 하얀 실루엣에는 음영이 미묘하게 져 있었다. 검은 긴 머리와 온몸을 물들인 혈흔을 연상케 했다.

이윽고 그것이 서서히 여자의 형상을 띠더니 이쪽으로 움직이기 시작했다. 취재진 모두 뒷걸음질 치고 싶다는 충동에 휩싸였을 텐데도 몸이 경직돼서 꼼짝도 할 수가 없었다.

하얀 실루엣이 건널목 맞은편에서 점점 접근해 오자 초령을 계속하던 기요에의 신음에 이질적인 소리가 섞였다. 갈라지는 목소리로 자음과 모음을 계속 꾸역꾸역 토해 냈다. 마쓰다는 앞에서 펼쳐지는 초자연 현상을 응시하면서도 한편으로 기요에의 중얼거리는 목소리를 열심히 해석하려고 했다. 고통스럽게 호흡을 이어 나가는 틈틈이 날숨에 섞여 "엇"이나 "좋아" 같은 소리가 반복하여 나왔다. 그 목소리는 실루엣이 가까워질수록 명료해졌다.

현재는 망령처럼 보이는 실루엣이 허공에 뜬 채로 3호 건널목 안으로 들어섰다. 어슴푸레한 여자의 실루엣이 차단기 옆을 빠져나와 드디어 선로를 넘으려는 순간, 기요에가 비명을 지르듯 망자의 말을 뱉어 냈다. 마쓰다는 '쓰구미노'라는 단어가 두 번 반복된 것을 똑똑히 들었다.

영매사의 카랑카랑한 목소리가 꼬리를 남기며 사라지자 이 일대를 지배했던 긴장의 끈이 뚝 끊어졌다. 건널목에 빛이 되돌아왔다. 비디오 조명이 켜지자마자 요시무라가 소지한 세 대의 카메라가 저절로 연사를 시작하며 주위에 플래시 섬광을 뿌려 댔다. 그때는 이미 건널목에 서 있던 실루엣이 흔적도 없이 사라졌다. 마쓰다의 팔다리에도 자유가 되돌아왔다.

다른 남자들도 이미 눈에 보이지 않는 포박에서 풀려났을 텐데도 아무 말 없이 제자리에 우두커니 서 있었다. 방금 체험했던 현상이 저마다 갖고 있는 상식을 초월한지라 혼란의 도가니에서 아직 헤어 나오지 못했으리라. 이윽고 사람들 사이에서 낮은 탄식이 퍼져 나갔다. 모두가 서로의 반응을 살피기 시작했을 즈음에 이자와가 "앗." 하고 짧게 외쳤다. 앞에 서 있던 기요에의 몸이 힘을 잃고서 뒤로 기울어지기 시작했다. 야스아키가 황급히 달려가 도로에 쓰러지려는 아내의 몸을 받아 냈다.

마쓰다와 취재진들도 부부 곁으로 달려가 기요에를 차 안으로 옮기도록 거들었다. 뒷좌석에 몸을 기댄 영매사의 얼굴은 창백해서 생기가 느껴지지 않았다.

"괜찮을까요?"

이자와가 물었다.

"한동안 쉬면 회복할 겁니다."

야스아키가 대답하고는 본인도 기진맥진하다는 듯 머리를 흔들고서 말을 덧붙였다.

"이토록 힘들었던 적은 거의 없지요."

넋을 놓은 것 같은 표정을 짓던 기요에의 눈이 움직였다. 자신을 에워싼 남자 중에서 마쓰다를 발견하고는 희미하게 미소를 보였다. 마쓰다가 고개를 끄덕이자 영매사가 잠에 들듯 눈을 감았다.

"한동안 이대로 놔두도록 하죠."

야스아키가 말했다.

마쓰다는 이곳을 편집장과 일행들에게 맡기고 건널목으로 돌아갔다. 모두를 전율케 했던 초자연 현상의 현장은 고요함을 되찾았다. 공기가 맑아서 도심과 밤하늘의 경계가 또렷하게 보일 정도였다.

그때 요시무라도 다가왔다. 3호 건널목 유령을 취재해 왔던 기자와 카메라맨은 하얀 실루엣이 출현했던 부근을 둘러보면서 아무런 이상이 없음을 확인했다.

"봤습니까?"

요시무라가 물었다.

"봤지."

마쓰다가 짧게 대답했다.

"영매사의 말이 들렸나?"

"아뇨."

요시무라가 놀란 표정으로 고개를 가로저었다.

"뭐라고 했던가요?"

아마 카메라맨은 하얀 실루엣에 정신이 팔려서 기요에가 내뱉은 말을 알아채지 못한 듯했다. 마쓰다는 대답하려다가 시야 구석에서 이해할 수 없는 현상을 포착하고서 우묵땅 바닥으로 고개를 돌렸다. 망가진 자동판매기 건너편에 살인의 무대가 됐던 빈 창고가 보였다. 방금 저 뿌연 유리창 안에서 전구가 순간 깜빡인 것 같았다. 착각이었을까?

"쓰구미노."

마쓰다는 영매사가 전했던 망자의 말을 중얼거렸다. 그러고는 요시무라에게 말했다.

"마지막 단서는 '쓰구미노'야. 믿든지 말든지 그거밖에 없어."

11장

이튿날에 '쓰구미노'라는 단어가 무엇을 의미하는지 알아보기 위해 자료실에 틀어박혔다. 나카니시와 구도뿐만 아니라 카메라맨 요시무라까지 자원하여 도왔다.

당초에 모두가 생각했던 것은 쓰구미노(鶫野), 즉 개똥지빠귀[鶫]가 날아다니는 들판[野]이었다. 자못 지명처럼 들리는 명칭이었다. 그러나 여러 지명사전을 살펴봤지만, 그런 지명이나 철도 역명을 찾아내지 못했다. 그래서 사람의 성명이 아닐까 추측했다. '쓰구미노'가 일본어 표준어로서 존재하지 않는 이상, 고유명사임이 틀림없었다.

그러나 인명사전, 인명록, 전국 주요 도시의 전화번호부까지 모두 뒤적여 봤지만, '쓰구미노'라는 성을 가진 사람은 보이지 않았다. 예명이나 필명도 마찬가지였다. 문화인 중에 이 별난 명칭을 쓰는 사람은 없었다. 소리가 주는 울림으로 보아 이름은 아닌 것 같았다. 결국 성명일지도 모른다는 가설은 버려졌다.

남은 가능성은 법인이나 점포명이었다. 그러나 무수히 많은지라 '쓰구미노'라는 명칭이 있더라도 찾아내는 것은 불가능했다. 마쓰다가 유일하게 희망을 건 쪽은 숙박 시설이었다. 만약에 동명의 호텔 중에 도산한 곳이 있다면 그곳이야말로 그녀의 생가라고 볼 수 있지 않을까.

마쓰다는 기대감으로 뛰는 가슴을 안고서 25년 전까지 거슬러 올라가 호텔 연감을 찾아봤다. 그러나 이 목록에도 '쓰구미노'라는 상호는 존재하지 않았다.

초령에 입회했던 취재진 중에 영매사의 말을 들었던 사람은 마쓰다뿐이었기에 다른 단어를 잘못 들은 게 아니냐는 의혹이 나왔다. 어쩌면 마미야 기요에가 입에 담았던 문장의 일부에 불과하며, 어쩌면 '쓰구미노(개똥지빠귀의)……'로 이어지는 말을 했던 게 아니냐고 말하는 사람도 있었다. 그러나 가령 '쓰구미노무레(개똥지빠귀의 무리)'가 들어간 구절이었다고 추정해 본들 새롭게 밝혀지는 사실은 아무것도 없지만.

오후가 되자 편집장이 자료실에 얼굴을 비치고서 예상치 못한 성과를 마쓰다에게 들려줬다.

"노구치 스스무와 약속을 잡았네."

"정말입니까?"

"그래. 대형 건설사 비리 의혹에서 벗어난 감상을 듣고 싶다고 요청했더니 수락하더군. 취재는 내일 밤, 장소는 분쿄구에 있는 놈의 자택."

좋은 소식임에 틀림없었지만 마쓰다는 애가 탔다. 내일 밤이 되면 이제 마감일까지 이틀뿐이다. 그런데도 살해됐던 여자가 누구인지 아직 알아내지 못했다. 이래서야 노구치를 추궁할 칼날이 무뎌질 수밖에 없음을 부정할 수가 없었다.

자료실에서 조사를 벌였던 사람들은 아무 수확도 거두지 못하고 해산했다. 모두의 마음속에서 일말의 의혹이 생겨났다. 영매사의 그 말은 비몽사몽간에 내뱉은 무의미한 말이 아니었을까.

마쓰다는 자신의 책상으로 돌아와 탐조 애호가가 모인 전국 조직의 소재지를 알아낸 뒤 택시를 타고서 인접한 동네에 소재한 그 사무실로 향했다. 마음이 다급해서 사전에 약속도 잡지 않고 갑작스레 취재를 요청했으나 사무실에 있던 나이 든 회원이 흔쾌히 응했다.

책상이 여섯 개 배치된 사무실에는 회원들이 촬영한 들새 사진이 걸려 있었다. 그리고 망원경과 쌍안경이 빼곡히 놓여 있었다. 응대해 준 그 회원은 들새를 관찰하는 것을 취미로 삼은 사람답게 겨울임에도 살이 건강하게 탔다.

"개똥지빠귀에 관해 여쭐 게 있는데."

마쓰다가 운을 떼자 회원이 몸을 내밀고서 뭐든지 물어보라며 미소를 지었다.

"개똥지빠귀는 겨울 철새죠?"

"그렇습니다. 가을에 일본으로 넘어와 겨울을 보낸 뒤 봄에 시베리아로 돌아갑니다. 크기는 찌르레기만 합니다."

취재원이 책상에 도감을 펼치고서 개똥지빠귀 사진을 보여 줬다. 그 들새는 참새와 체형이 비슷했다. 눈 위에 하얀 줄무늬가 들어간 외양에서 야무진 느낌이 풍겼다.

"일본에 개똥지빠귀가 모이는 대표지 같은 곳이 있습니까?"

"특정한 장소나 지역은 없군요."

"개똥지빠귀를 관찰하려는 사람이 자주 가는 곳은?"

"그것도 없군요. 희귀한 새가 아닌지라 찾는 데 별로 고생스럽지 않습니다. 평지나 낮은 산에 가면 어디서든지 볼 수 있어요."

'이곳에서도 또 허탕을 치는구나.' 하고 생각하면서 마쓰다는 질문을 거듭했다.

"그럼 쓰구미(鶫)라는 단어와 관련한 명칭을 들어 보신 적이 있습니까? 지명, 인명, 회사명, 뭐든지 상관없습니다만. 혹은 쓰구미노라는 단어를 듣고서 뭔가 떠오르는 게 없습니까?"

"그러고 보니 쓰구미노(鶫野)라는 장소가 있어요."

상대가 선뜻 말하자 마쓰다는 놀랐다.

"쓰구미노라는 지명이 있습니까?"

"정식 지명이나 주소는 아닙니다. 토박이들이 그렇게 부르는 지역이 있어요."

"혹시 오사카 근처일까요?"

"아뇨, 그리 멀지는 않습니다. 인접한 가나가와현 산속입니다. 거기에 자리한 작은 촌락 일대를 쓰구미노라고 부릅니다."

마쓰다는 택시를 다시 붙잡아 직장으로 돌아갔다. 시각은 이미 오후 3시가 지났다. 당장이라도 쓰구미노에 가고 싶었지만 도착할 즈음에는 밤이 저물고 말겠지.

일단 편집장석에 가서 취재 성과를 보고하자 이자와가 의외라는 표정으로 말했다.

"쓰구미노라는 땅이 정말로 있던가?"

"그렇습니다. 여자의 신원과 이어질지는 가 봐야 알 수 있겠지만."

"적어도 그 영매사가 무의미한 소리를 내뱉은 건 아닌 모양이로군."

"예."

편집장이 놀라움과 두려움, 당혹감이 섞인 표정을 지었다. 비합리적인 세계를 잠시 엿본 사람이 공통적으로 보이는 반응이라고 마쓰다는 생각했다.

"어젯밤에 우리가 건널목에서 봤던 건 뭐였을까?"

"아무한테도 설명할 수 없는 존재죠."

"그걸 그대로 기사로 내는 건 무리야."

"압니다."

매스컴 업계의 한쪽 구석에, 어둠에서 비롯되어 어둠으로 묻히는 사실이 또 하나 늘었다.

"지금은 심령 소재를 떠나 여자의 신원을 밝혀내는 데 집중하도록 하죠. 내일 새벽에 쓰구미노에 다녀오겠습니다."

이자와가 수긍했다.

"다만 밤에 노구치 스스무를 직접 취재하는 일정이 잡혔음을 잊지 말게. 수확이 있든 없든 날이 저물거든 돌아와."

"예."

쓰구미노까지는 편도로 두 시간 반쯤 걸리므로 당일치기 취재가 충분히 가능했다.

편집장과 대화를 마치고서 마쓰다는 저녁에 회사를 나왔다. 이튿날 새벽에 탈 특급열차 표를 끊은 뒤 집으로 돌아갔다. 요즘에 통 자지를 못한지라 수면을 보충하고자 일찍 침대에 누웠다. 그러나 심야에 한번 눈이 떠졌다. 시계를 보니 오전 1시 3분이었다. 이 시간에 눈을 뜨는 게 습관이 되어 버렸다. 어두운 침실 안에서 귀를 기울였지만 전화는 울리지 않았다.

이제 전화 주인에게 호소해야 할 것이 없어졌나, 하고 마쓰다는 생각했다. 그렇다면 취재가 막바지에 들어섰다는 뜻이었다.

옆방에서 희미하게 울리는 괘종시계 소리를 들으면서 마쓰다는 다시 잠에 빠져들었다.

12장

이튿날 새벽, 마쓰다는 자택을 나와 신주쿠역까지 가서 하코네유모토행 특급열차로 갈아탔다. 오렌지색으로 칠해진 관광용 차량이 출근객으로 북적이는 승강장 안에서 이채로움을 뽐냈다.

온천 관광지로 향하는 열차는 앞으로 열흘 뒤면 연말연시 행락객으로 붐비겠지. 그러나 오늘은 크리스마스를 앞두고 분주한 시기라서 빈자리가 눈에 띄었다. 마쓰다는 좌석에 앉아서 오늘 취재에 관해 이런저런 생각을 하면서 발차하기를 기다렸다.

정각대로 7시 30분에 신주쿠를 출발한 특급열차가 불과 5분 만에 시모키타자와의 우묵땅에 접어들었다. 창밖을 스쳐 가는 3호 건널목을 보니 등교하거나 출근하는 사람들이 차단기가 올라가기를 기다리고 있었다. 너무나도 일상적인 광경이라서 마쓰다는 오히려 놀랐다. 저 건널목에서 괴기한 현상이 자주 벌어진다는 것은 지역 주민 사이에도 거의 알려지지 않았으리라. 심야에 사람들이 생활하는 터전에서 매스컴 관계자 다섯 명이 망령 같은 실루엣을 목격했다는 사실은 공표하지 않는 편이 타당하리라 마쓰다도 생각했다.

특급열차는 도심에서 교외, 그리고 전원지대로 차창 밖 풍경을 어지러울 정도로 바꿔 가며 계속 달렸다. 마쓰다는 차내 서비스로 샌드위치와 커피를 시켜서 아침을 먹었다. 해변 고장인 오다와라에 정차한 열차가 그곳에서 진로를 내륙 쪽으로 변경하더니 산동네인 하코네를 향해 달려갔다.

신주쿠역을 떠난 지 90분이 지난 오전 9시에 종점인 하코네유모토역에 도착했다. 승강장에 내리니 도쿄와는 다른 맑은 공기가 온몸을 감쌌다. 이 역은 관광 구역의 현관문에 해당한다. 행락객들은 이곳을 기점으로 산이나 호수, 미술관이나 온천 여관 등 제각기 목적지로 흩어진다.

마쓰다는 개찰구를 나와 문을 막 연 관광 안내소에 가서 취재지에 닿는 교통 수단을 확인했다. 쓰구미노는 하코네초와 간나미초 경계 부근에 위치하여 관광지에서는 벗어나 있었다. 택시를 타거나 혹은 한 시간에 한 대만 통행하는 버스를 이용할 수밖에 없었다. 보통 취재를 할 때는 택시를 이용하지만, 15분 뒤에 역 앞으로 버스가 온다고 해서 마쓰다는 그쪽을 택했다. 승객들을 살펴보면 그 동네 사람들의 분위기를 파악할 수 있으리라 생각했다.

그러나 마쓰다의 의도에 반하여 쓰구미노 방면으로 향하는 차량에 다른 승객은 없었다. 맨 뒷좌석에 홀로 앉아 산림에 둘러싸인 좁은 도로를 나아가니 관광지가 아닌 벽촌을 여행하는 것 같은 기분이 들었다. 버스는 서쪽으로 계속 달리다가 결국 아무도 태우지 않은 채 목적지에 도착했다.

도로에 내려선 마쓰다는 달려가는 버스를 떠나보낸 뒤 정류장에 붙어 있는 녹슨 표지판을 바라봤다. 확실히 '쓰구미노'라고 적혀 있었다. 그러나 앞뒤에 보이는 것은 산림 속을 지나는 한줄기 도로뿐이었다. 민가 같은 건물은 하나도 보이지 않았다.

구름이 약간 낀 하늘 아래에서 가드레일도 설치되지 않은 길을 따라 서쪽으로 더 걸어가 봤다. 조금 나아가니 왼쪽으로 쭉 이어지던 나무들이 끊기더니 얕은 경사면 위에 오래된 가옥들이 점점이 흩어져 있는 광경이 눈에 들어왔다.

마쓰다는 발걸음을 멈추고서 쓰구미노 촌락을 감개무량하게 바라봤다. 오랜 세월 주민들이 밟아 다져 놓은 흙길이 산 위로 뻗어 나갔다. 드문드문 배치된 집들이 수목들 사이에 보일 듯 말 듯했다. 지금은 나뭇잎이 다 떨어져서 경관이 썰렁했다. 그러나 여름이 찾아오면 틀림없이 또 다른 정취를 느낄 수 있으리라.

마쓰다는 좁은 길을 걸어 취재지에 들어갔다. 눈에 띄는 주민은 없었다. 이 산골 마을은 아마도 고도 성장기까지는 활기가 있었겠지. 그러나 현재는 주민 감소와 고령화의 파도가 동시에 밀어닥친 듯했다. 모든 집을 돌아다니며 취재하는 데 시간이 그리 걸리지 않으리라 짐작했다. 그때 저 멀리서 좁은 길을 따라 하얀 소형차가 다가왔다. 운전대를 잡은 노인이 마쓰다를 알아채고서 차를 세웠다.

"웬일인가? 이런 델 다 오고."

노인이 운전석 창문을 열고서 말을 걸었다.

"길을 잃었나?"

상대가 반은 친절을 베풀고자, 반은 경계하며 말을 걸었음을 알았다. 마쓰다는 정중히 허리를 굽혀 노인에게 얼굴을 가까이 대고서 대답했다.

"도쿄에서 잡지 취재차 왔습니다. 이름은 마쓰다입니다."

명함을 내밀자 노인이 "오호, 도쿄에서 왔다고?" 하고 호들갑스럽게 감탄했다.

"뭘 취재하러 왔나?"

"여기서 살았던 여성에 관해 뭔가 알아낼 수 있을까 해서요."

마쓰다가 외투 주머니에서 두 장의 사진을 꺼냈다. 한 장에는 긴 머리 여자가, 나머지 한 장에는 양호시설 앞에 선 소녀가 찍혀 있었다.

"이 둘은 동일 인물인 것 같은데, 혹시 누군지 아십니까?"

노인이 들여다보다가 이내 눈을 들고서 무표정으로 대답했다.

"모르겠는걸, 이런 사람은."

마쓰다가 황급히 추가 질문을 하려고 하자 차창이 닫혔다. 소형차는 그대로 발진하여 포장도로로 나가 하코네유모토 방면으로 달려갔다.

방금 그 노인은 이 여자를 알고 있었다. 기자 생활을 오래한 마쓰다는 그것이 눈에 보였다. 문제는 왜 모르는 척했느냐는 것이었다. 어쨌든 감촉을 감지한 마쓰다는 집집마다 물어보며 돌아다니기로 했다.

이 촌락에서 처음 방문한 집은 나무 막대를 얽어 놓기만 한 형식뿐인 울타리에 둘러싸여 있었다. 문이 없어서 그대로 부지 안으로 들어가 미닫이 현관문을 두드리며 외쳤다.

"죄송합니다!"

"예!"

바로 대답이 들리더니 70대쯤 된 나이 든 여자가 얼굴을 내밀었다.

마쓰다는 아까처럼 자기 소개를 하여 궁벽한 지역에서 지루한 생활을 꾸려 나가는 노인의 호기심을 자극한 뒤 사진 두 장을 내보이며 질문했다.

"이분을 아십니까?"

나이 든 여자의 반응은 소형차를 몰았던 노인과 거의 똑같았다. 냉담하게 부인했다. 마쓰다의 코앞에서 문을 닫은 것까지 동일했다.

아마 이 촌락에서 사진 속 여자를 언급하는 것은 금기인 듯했다. 작은 공동체에서 흉악범이 나오면 마을의 수치인 것처럼 주민들이 일제히 취재를 거부했던 경험을 여러 번 겪었다. 그러나 이 여자가 대체 무엇을 했다는 말인가. 긴 머리 여자는 살인 사건의 피해자다. 지인들 사이에서 매춘까지 손을 댔다는 소문이 나돌긴 했지만, 전과가 없다는 것은 지문으로 확인했다.

이웃집으로 걸어가면서 마쓰다는 양호시설 앞에서 찍었던 사진을 다시 쳐다봤다. 청순하다고는 하기 어려운 소녀의 억지웃음. 품행에 문제가 있던 아이였을까.

두 번째 집에서는 온화해 보이는 노부부가 나왔다. 두 사람의 태도가 나긋나긋해서 마쓰다는 기대를 품었으나 마찬가지로 "모릅니다." 하고 대답했다.

그리고 세 번째 집 출입구에 도착하여 안에 있는 주민에게 말을 걸려다가 집 안에서 새어 나오는 목소리를 들었다.

"도쿄에서 기자가? 뭐 하러? 아아, 그래. 알겠어. 그리 할게."

수상쩍은 잡지기자가 이 부근을 어슬렁거린다는 사실이 벌써 마을의 정보망을 타고 퍼지기 시작했다. 마쓰다는 그곳을 벗어나 촌락 안쪽으로 걸어 나갔다. 이런 경우에 집단의 금기를 깨고서 입을 열어 줄 만한 사람은 젊은이나 삐뚤어진 사람 둘 중 하나다. 후자라면 돈을 건네고서 입을 열 수도 있겠지만, 이 좁은 땅에서는 젊은이도 비뚤어진 사람도 찾기가 어려울 듯했다.

왔던 길을 되짚자 창문에서 이쪽을 엿보는 마을 사람과 눈을 마주쳤다. 마쓰다는 속도를 높여 눈에 띄지 않는 곳을 찾았다.

촌락 외곽, 민가가 끊어진 곳에 오니 수호신을 모시는 숲이 있었다. 마쓰다는 신사(神社)로 이어지는 돌계단에 앉아 다시금 두 장의 사진을 바라봤다. 새삼스럽지만 이곳에 와서 근본적인 의문에 봉착했다. 오사카의 양호시설에 있었던 소녀의 신원을 어째서 300킬로미터나 떨어진 하코네의 산속에서 조사하고 있는가. 사실 마을 사람들이 무언가를 숨겼다고 착각했을 뿐 사진 속 여자가 이 촌락과는 아무런 연고도 없을 가능성은 없는가.

그렇게 생각하면서도 한편으로는 하코네라는 고장의 특징이 마음에 걸렸다. 관광만이 유일한 산업인 이 땅에는 숙박 시설이 무수히 많다. 과거에 도산했던 호텔도 얼마든지 있을 것이다.

이곳에서 취재를 계속 거부당할 바에야 범위를 하코네로 좁혀서 경영난에 빠졌던 호텔을 다시 조사해 보는 게 어떨지 고민하고 있으니 들새가 지저귀는 소리에 아이들의 목소리가 섞여서 들렸다. 두 어린 여자애가 서로 장난을 치면서 신사 앞길을 걸어오고 있었다. 초등학교에 들어갈 듯 말 듯한 나이대였다. 인구 감소가 진행된 촌락에도 이렇게 어린 아이들이 있구나 싶어서 마쓰다는 마음이 흐뭇해졌다.

수상쩍은 사람이라 오해라도 살까 봐 마쓰다는 무심한 척 보내려고 했다. 그런데 속내와는 달리 시선이 아이들의 손에 꽂혔다. 여자애들이 자그마한 손으로 종이새를 들고서 울음을 흉내 내며 놀고 있었다.

마쓰다는 무심코 두 아이에게 말을 걸었다.

"얘들아."

멈춰 선 아이들의 얼굴에서 웃음이 사라졌다. 낯선 아저씨가 말을 걸어서 겁을 먹은 듯했다. 마쓰다는 상냥한 표정이 무너지지 않도록 유의하며 물었다.

"그 종이접기 말이야. 좀 보여 줄래?"

한 여자애가 붉은 종이로 접은 작은 새를 내밀었다. 마쓰다는 그것을 받아 자세히 확인했다. 스포츠 클럽 옥상에서 오카지마 에미가 보여 줬던 것과 똑같았다. 긴 머리 여자가 어린 시절의 추억을 들려주면서 접었던 작은 새였다.

"잘 접었구나. 어린 친구가 접은 거니?"

마쓰다가 물었다.

"이거 작은 새 맞지?"

"응. 개똥지빠귀."

키가 작은 여자애가 대답했다.

"이거 접는 법을 누구한테서 배운 거니?"

"응."

"엄마가 알려 줬을까? 아니면 선생님?"

여자애가 우물쭈물 거리며 대답했다.

"아줌마."

"아줌마? 어떤 아줌마?"

"저기."

작은 손이 움직였다. 신사가 있는 위치보다 더 안쪽, 촌락 가장자리에 외따로 서 있는 집을 가리켰다. 낡은 단층집으로 뜰에 세워진 빨래 장대에서 세탁물이 바람에 살랑거리고 있었다.

"아줌마가 모두한테 종이접기를 알려 줬어?"

"응."

"어린 친구의 친척이니?"

여자애가 고개를 가로저었다.

"뭘 하는 사람일까?"

"몰라."

대화를 나누다가 키가 큰 여자애가 걱정하는 표정을 짓더니 "그만 가자." 하고 친구에게 채근했다.

마쓰다는 종이새를 돌려줬다.

"알려 줘서 고마워."

아이들이 쏜살같이 달려갔다. 넘어지지 않을까 걱정할 만큼 빨랐다.

여자애가 가리킨 집을 보니 뿌연 유리창 안에서 사람의 실루엣이 움직였다. 마쓰다는 돌계단에서 일어나 동네 아이들에게 종이접기를 가르쳤다는 아줌마의 이야기를 듣기 위해 완만한 비탈길을 올라갔다.

그 작은 집은 쓰구미노에 있는 다른 집과 마찬가지로 간소한 울타리를 둘러친 부지 안에 있었다. 조악한 현관에는 명패도 인터폰도 보이지 않았다. 마쓰다는 문을 두드리며 말을 걸었다.

"죄송합니다."

잠시 뒤 안에서 인기척이 느껴지더니 문이 열렸다.

"예."

얼굴을 드러낸 사람은 노년에 접어드는 여성이었다. 주름진 눈가, 아무렇게나 묶은 머리. 생활에 찌든 것 같은 모습이었지만 표정은 부드러웠다. 주민들이 돌리는 경고 전화가 아직 여기까지는 미치지 못한 듯했다.

"갑자기 방문해서 죄송합니다. 도쿄에서 잡지 취재차 왔습니다. 제 이름은 마쓰다입니다."

명함을 건네자 여성이 미심쩍어하며 "아, 예." 하고 짧게 대답했다.

"잠시라도 좋으니 말씀을 여쭙고 싶습니다만……."

마쓰다는 최대한 온건하게 말하면서 두 장의 사진을 내밀었다.

"이분을 아시나요?"

여성이 입을 반쯤 벌린 채로 사진을 쳐다봤다. 그러고는 다시 마쓰다를 쳐다봤다. 분명 대답을 망설이는 표정이었다. 적어도 부정은 하지 않았다. 촌락의 금기를 깰 인물이 있다면 바로 이 사람뿐이라고 마쓰다는 확신했다.

"혹시 아시거든 이분의 성함만이라도 알려 주시면 대단히 도움이 될 텐데요."

여성이 눈알을 이리저리 굴리며 당장에라도 무언가를 말할 것 같았다. 그러나 이내 시선을 멀리 돌려 버렸다. 마쓰다가 돌아보니 신사 돌계단 앞에서 두 마을 사람이 담소를 나누는 척 이쪽을 엿보고 있었다.

"서서 얘기하기는 뭐하니 안으로 들어오세요."

여성이 말했다.

"집이 누추해서 부끄럽지만."

"정말 죄송합니다. 실례하겠습니다."

마쓰다는 원하던 전개가 펼쳐지자 기뻐하며 작은 외딴집에 발을 내디뎠다.

현관 바닥에는 허름한 신발이 한 켤레 놓여 있을 뿐 남성용 신발은 보이지 않았다. 아마 여성은 혼자 사는 듯했다. 안으로 이어지는 통로는 부엌도 겸하고 있었다. 창문에서 새어드는 빛이 손때 묻은 개수대를 부드럽게 비추고 있었다.

마쓰다는 옷장과 텔레비전이 놓인 3평짜리 거실로 안내를 받았다. 여성이 방석에 앉으라고 권하자 마쓰다는 코트를 벗고서 착석했다. 그동안에 여성이 반상 위를 재빨리 치웠다. 과자와 주스, 그리고 색종이는 아까 그 아이들에게 내줬던 것이리라. 반상 가장자리에는 우편물 다발도 놓여 있었다. 연금 및 여러 통지서에 기재된 받는 이의 이름을 보니 '文子'라고 적혀 있었다. 성까지는 모르겠다. 취재에 응해 준다면 성명을 물어봐야겠지만, 기사에는 익명으로 해 두는 편이 낫겠다고 마쓰다는 생각했다. 이 마을의 풍토를 고려한 배려였다. 여성이 잡지기자를 자택으로 들였다는 이야기가 이미 마을 사람들 사이에 퍼지기 시작했을 테지만.

일단 여성은 부엌에 들어가 차를 끓여서 돌아왔다.

"변변히 대접할 게 없습니다만."

여성이 그렇게 말하면서 찻잔을 내미는 동작은 놀라울 정도로 유려했다. 마쓰다는 직업인의 움직임이라는 걸 꿰뚫어 보고서 이 사람은 여관이나 요릿집에서 일하며 생계를 꾸려 나가리라 예측했다.

여성이 맞은편에 정좌하고서 "그래서……."라며 입을 열었다. 기자의 취재를 받는 것이 처음이라 당혹스러워하는 듯했다.

"뭘 대답해 드리면 될까요?"

"예."

마쓰다가 말을 이어받았다.

"다시 한번 소개하겠습니다. 전《월간 여성의 친구》에서 나온 마쓰다입니다."

재차 자기 소개를 하면 상대도 성과 이름을 밝히지 않을까 기대했지만, 아직 경계하는 듯 보였다. 여성은 불안해하며 고개만 끄덕였다.

"아까 여쭤 본 내용 말입니다만······."

마쓰다는 두 사진을 밥상에 내려 두고서 여성 앞에 내밀었다.

"이 사진 속 여성이 이 마을과 관계가 있는 것 같아서 취재하러 왔습니다. 혹시 성함을 아시는지요? 어쩌면 여기 쓰구미노 출신이 아닐까 추측하고 있는데."

여성이 아무 말 없이 사진을 물끄러미 쳐다봤다.

상대의 입을 열기 위해서는 마중물이 될 만한 단서를 하나씩 제시하는 수밖에 없었다. 부디 대답해 주길 빌면서 마쓰다는 기본적인 사실부터 확인하기로 했다.

"두 사진에 찍혀 있는 사람은 동일인으로 보입니다. 어렸을 적 사진은 10여 년 전 오사카의 양호시설에서 촬영됐습니다."

"예에."

여성이 힘없이 말을 이었다.

"나머지 한 장은?"

"3년 전 도쿄에서 촬영됐습니다. 카바쿠라 광고 사진입니다."

"카바쿠라라면, 호스티스라도 됐다는 말인가요?"

"예."

마쓰다가 조금 망설이다가 굳이 자극적인 정보도 덧붙였다.

"그 밖에도 개인적으로 손님을 받은 적도 있었던 듯합니다."

착각인지 모르겠지만, 여성이 어깨를 축 늘어뜨린 것처럼 보였다.

"이 여자의 내력에 관해 또 하나 아는 내용은 부친께서 큰 호텔을 경영했다는 겁니다. 어렸을 적에 궁전 같은 집에서 살면서 호텔 부지에 있던 풀장이나 화단에서 놀았다고 합니다."

"그거 누가 한 얘기죠?"

"본인이 친구한테 말했다고 합니다."

그 말을 듣고서 여성의 표정이 침울해졌다. 얼굴에서 깊은 동정심이 엿보였다.

"그 아이가, 그런 소릴 했단 말인가요?"

마쓰다는 몸을 앞으로 내밀고 싶은 마음을 억누르고서 차분한 투로 말했다.

"아시는군요, 이분을?"

"예."

여성이 고개를 크게 끄덕이고는 단어를 하나씩 무릎 위로 떨어뜨리듯 떠듬떠듬 말하기 시작했다.

"사진 속 아이는, 짐작하신 대로 이 마을에서 태어났습니다. 하지만, 아버지가 커다란 호텔을 경영했다는 말은 거짓말입니다."

"거짓말?"

"예. 그 아이의 아버지는 떠돌이 요리사였습니다. 싸구려 여관에서 일했을 적에 그 아이가 생겼죠. 그래서 아이가 어렸을 적에 놀았던 곳은 조리장 뒤편에 있는 종업원 대기실이었습니다. 좁고 어두운, 전구만이 켜져 있던 방이었습니다. 거기서 홀로, 종이접기를 하면서 시간을 보내곤 했습니다."

드디어 여자의 신원을 아는 증인과 만났다. 마쓰다는 달성감을 느끼는 한편, 느닷없이 시작된 이야기에 정신이 얼떨떨하기도 했다. 살아생전에 여자가 단 하나뿐인 친구에게 말했던 어린 시절 추억담은 거짓말이었다. 부모의 관심도 받지 못한 채 어둡고 작은 방에서 홀로 놀았던 여자애는 궁전 같은 집에서 산다는 거짓말 속에서 살았던 것이었다. 그때만은 굉장히 행복하다는 듯 미소를 짓고서.

"하지만 그런 생활조차도 오래가지 못했습니다. 다섯 살 때 부모가 이혼했고, 애아빠는 병약했던 애엄마로부터 아이를 떼어 놓듯 데리고서 마을을 나갔습니다. 그로부터 줄곧 소식이 없었습니다만, 열두 살이 됐던 해에 애아빠가 과음을 하다가 사망하여 오사카의 양호시설에서 보호를 받게 됐습니다."

여태껏 모아 왔던 단서들이 하나의 줄거리로 연결되기 시작했다. 마쓰다는 한마디라도 놓칠세라 여성의 말을 기억에 새겨 나갔다.

"그리고 비로소 이 마을에 돌아왔습니다만, 가엾게도 웃을 수 없는 아이가 되어 있었습니다."

"웃을 수 없다?"

"예. 그런 아이가 있다는 걸 세상 사람들은 모르겠지요."

피취재자가 말한 것을 마쓰다는 이해할 수 없었다. 음울한 거짓웃음을 지은 소녀의 사진을 보면서 되물었다.

"그게 무슨 뜻이죠?"

"철이 든 이후로 즐거웠던 적이 단 한 번도 없었는지 웃는 법을 알지 못했습니다."

그 설명을 듣고도 마쓰다는 아직 알 수가 없었다. 사람이 웃는 법을 모른다는 게 가당키나 한가.

"오사카에서 보냈던 생활이 가혹했다는 뜻입니까?"

여성이 고개를 떨군 채로 무언가를 견뎌 내듯 입을 다물었다. 자신의 취재가 상대의 괴로운 기억을 들춘다는 것을 헤아리면서도 마쓰다는 질문을 계속했다.

"혹시 아버지한테서 학대라도 받았을까요?"

"예."

여성이 고개를 끄덕이고는 주름진 작은 손으로 입을 틀어막았다.

"애아빠가, 초등학생 딸의 몸을 팔았습니다."

마쓰다는 머리가 띵해지는 느낌이었다. 그만큼 여성의 증언이 통렬하게 울렸다.

"자긴 일하지도 않고, 어린 티도 벗지 못한 딸한테 매일매일 손님을 받게 해서⋯⋯."

여성은 무릎을 덮고 있는 앞치마를 끌어당겨 눈시울을 훔쳤다.

"그렇게 자라 왔으니, 그 아이가 도쿄에서 발칙한 직업에 종사했다고 해서 나무랄 수는 없겠지요? 홀로 살아가려면 그럴 수밖에 없었을 거예요. 알아주시겠지요?"

여성이 동의를 구하자 마쓰다는 "예." 하고 고개를 끄덕여 보였다. 자신이 중대한 과오를 범했음을 알아채기 시작했다. 당장에라도 이야기를 끊고서 다른 질문을 해야만 했다. 그러나 여성은 묻지 않았는데도 이야기를 계속했다. 그녀에게는 취재하러 온 기자에게 사진 속 여자를 옹호해야만 하는 이유가 있었던 것이다.

"오사카에서 겪었던 일들은 한동안 비밀로 감췄습니다만, 어디선가 전해졌는지 이 마을에 알려지고야 말았지요. 이런 작은 마을에서 걸레라고 낙인찍힌 딸한테는 머물 곳이 없었습니다. 엄마까지 직장에서 쫓겨날 지경임을 알고서 딸은 집을 나갔습니다. 그 후로는 영영 돌아오지 않았습니다. 그래서 오늘 취재를 하러 와 주셔서 정말로 감사합니다."

마쓰다의 의혹은 서글픈 확신으로 바뀌었다.

"혹시, 당신은……."

"예, 그 아이의 엄마입니다."

고개를 든 여성의 눈에는 이제 눈물이 맺혀 있지 않았다. 응어리를 전부 토해 내서 후련해하는 표정이었다. 그리고 그 모습은 마쓰다의 눈에 애처롭게 비쳤다.

여성은 이제 울적한 목소리가 아닌 자애로움이 깃든 어머니의 목소리로 물었다.

"그래서 딸은, 지금, 어디에 있습니까?"

마쓰다는 돌연 상대방에게서 시선을 돌렸다. 괴로운 역할에서 벗어날 만한 구실을 찾았다. 여성에게 가출인 수색요청서를 내도록 조언하면 된다. 그리한다면 경찰이 시모키타자와 건널목에서 발견됐던 신원미상의 시신을 알아봐 줄 것이다. 그러나 그런 비겁한 짓을 벌인다면 자신의 인생에 오점을 남기리라 생각했다. 자신은 눈에 보이지 않는 누군가의 선택을 받아 사명을 부여받고 이 어머니의 앞에 다다른 것은 아닐까.

"이런 말씀을 드리려니, 대단히, 안타깝습니다만……."

마쓰다는 끊어질 것 같은 목소리를 필사적으로 이어 나갔다.

"따님께서는 1년 전에, 도쿄에서 사망하셨습니다."

잠시 기다렸지만 대답이 없었다. 마쓰다가 눈을 드니 여성은 딸의 소식을 물었을 때와 같은 표정으로 앉아 있었다. 이윽고 손만 뻗어서 반상 위에 놓인 주전자를 만지더니 "차를 다시 끓어야겠어요." 하고 일어섰다. 그러나 이내 움직임이 멎었다.

불투명 유리에서 번져드는 흐릿한 빛 속에서 여성이 작은 몸을 덜덜 떨었다. 마쓰다는 이제 일그러지기 시작한 노모의 얼굴에서 눈을 돌리지 않았다. 벌을 받을 각오를 굳혔다.

"그 아이는, 대체 무얼 위해 태어났던 거죠?"

여성이 목소리를 쥐어 짜내 말했다.

"사과할 게, 아주 많았는데. 그 아이는 잘못한 게 없는데. 열심히, 살았는데."

여성이 두 손으로 얼굴을 가린 채 비명을 지르듯 울면서 다다미 바닥에 풀썩 엎어졌다. 그 광경에서 2년 전 자신의 모습을 찾아낸 마쓰다는 그녀와 함께 상실의 눈물을 흘렸다.

마쓰다가 피취재인의 집을 나섰을 때 산들의 능선을 비추는 해가 기울고 있었다. 들새의 울음소리가 들려왔지만, 개똥지빠귀인지는 모르겠다. 낡은 신발이 점점 무거워졌다. 상당히 오랫동안 정처도 없이 계속 유랑을 해 온 것처럼 피곤했다.

여성을 위해서 할 수 있는 일은 전부 했다. 우선 기타자와서 아라이 형사에게 연락하여 살인 사건 피해자의 신원이 밝혀졌음을 알려 주고서 지금부터 유족이 해야 할 일을 알려 달라고 했다. 우선 경시청 신원불명 상담실에 와서 시신 자료를 확인해야 한다고 했다. 그 후에는 아라이가 이어받겠다고 했다. 아라이는 구청에 연락을 넣어 주는 것부터 시작하여 유족이 유골을 인도받기까지 모든 절차를 다 챙겨 주겠다고 약속했다.

"잘했어, 마쓰 씨."

아라이가 마지막에 말했다. 그러나 마쓰다의 기분은 여전히 가라앉아 있었다. 앞으로 절차를 밟아 나가면서 여성은 자신의 딸이 어떻게 최후를 맞이했는지 자세한 내막을 알게 되리라.

마쓰다는 최소한의 배려로 도쿄에 동행하겠다고 제안했지만, 대화를 할 수 있을 정도로 마음을 추스른 여성이 오다와라에 있는 지인과 함께 갈 테니 괜찮다고 대답했다. 마쓰다는 그녀가 전화를 걸 때까지 기다렸다가 그 여성 지인이 정말로 와 줄지 확인하고서 두 여성을 위해 도쿄에 묵을 숙소를 알아봐 줬다. 여성에게 자택 전화번호를 포함하여 자신의 연락처를 알려 준 뒤 어려운 일이 생기거든 언제든지 전화해 달라고 당부했다. 그리고 피취재인 집을 떠날 때에는 과거에도 여러 번 번민한 적이 있었던 유혹과 싸웠다. 비참한 상황에 처한 사람들을 접할 때마다 기자로서의 규범을 어기고서 위로금을 건네주고 싶어진다. 결국 마쓰다는 유혹에 굴복하여 취재 사례금이라는 명목으로 현금 10만 엔을 일방적으로 놔두고 왔다. 이런 짓을 해 본들 여성의 마음이 조금도 위로받지 못할 것을 알면서도.

밖을 걸으니 쓰구미노의 맑은 공기도, 한적한 풍경도, 어디선 가 들려오는 아이들의 웃음도, 그리고 이방인을 배제하려는 마을 사람들의 시선까지 이 땅의 모든 것들이 마쓰다의 마음을 아프게 짓눌렀다. 그것은 여자가 이곳을 떠났을 때 봤던 마지막 광경이자 두 번 다시 돌아올 수 없었던 고향의 풍경이었다.

마쓰다는 자신의 일을 완수했다. 도쿄 건널목에서 주검으로 발견됐던 여성의 신원을 밝혀냈다. 기사에 '가나가와현 출신의 A씨'라고 표현될 인물의 본명과 생년월일, 인생의 자취를 마쓰다는 알고 있었다. 그러나 그깟 정보가 대체 뭐란 말인가. 그녀에 관해 대체 뭘 안다고. 취재하여 얻어 낸 정보는 이 세상이 한 생명에 붙여 놓은 상표에 불과했다. 그녀가 살아왔던 세월, 24년밖에 되지 않았던 인생에서 벌어졌던 일들은 그녀 자신밖에 모른다. 그녀의 상처 입은 영혼에 관해 말해 줄 사람은 이제 이 세상에 존재하지 않는다.

버스 정류장이 있는 포장도로로 나오면서 마쓰다는 어떤 기척을 느끼고서 촌락을 돌아봤다. 집과 집 사이에 있는 풀숲에서 새가 막 날아올랐다. 눈 위에 하얀 줄무늬가 들어가서 개똥지빠귀임을 알아봤다. 왠지 씩씩함이 느껴지는 작은 새가 먹구름이 드리워지기 시작하는 하늘 아래에서 열심히 날갯짓을 하며 숲 저편으로 사라져 갔다.

마쓰다는 한동안 그곳에 우두커니 서서 마을 안쪽으로 이어지는 오르막길을 쳐다봤다. 저 비탈길을 매일 오가며 계속 일했을 그 어머니는 아이들에게 종이접기를 가르쳐 주면서 어렸을 적 딸과 함께했던 추억 속에 잠겨 있었으리라. 그 사람은 앞으로 어떻게 살아갈까. 홀로 시름하는 현재와 그리운 과거 사이에서 늙어 가는 것 말고 무얼 더 할 수 있을까.

이 세상에서 단 하나뿐인 사랑하는 사람을 잃어버린 뒤 인간은 무얼 의지하여 남은 인생을 살아가야 할지 지금도 마쓰다는 알지 못했다.

도쿄에는 가랑비가 흩날리고 있었다.

신주쿠에서 탄 택시가 가부키초 1번가 아치 앞을 지나려고 했다.

창밖을 보니 해가 진즉에 저물었다. 색색깔의 네온사인 빛이 오가는 사람들의 뺨을 물들였다. 왁자지껄해지기 시작한 환락가 안에는 한눈에 알아볼 수 있는 밤의 여자들도 있었다. 그녀들이 웃는 이유는 그곳이 웃을 수밖에 없는 거리이기 때문이리라. 웃음을 지워 버리면 더는 살아갈 곳이 없어지고 만다. 마쓰다는 와글와글 들썩거리는 그 거리에서 눈길을 돌려 버렸다. 웃을 줄 몰랐던 아이는 저 거리 안에서도 머물 곳이 없었었겠지.

피해자가 누구인지는 검사나 판사 모두 거들떠보지도 않는다고 아라이 형사가 말했다. 누가 죽었는지도 상관하지 않는다고도.

굉장히 어두웠어요. 그렇게 말했던 호스티스에게도 그녀밖에 모르는 이야기가 틀림없이 있었을 것이다.

웃음이 전혀 어울리지 않는다고 해야 할까, 요상한 웃음밖에

지어내질 못했죠. 마지못해 웃는다는 느낌.

　주변에는 험담만 늘어놓는 사람들뿐. 그 여자, 돈을 위해서라면 베개 영업이든 뭐든 다 한대요.

　그러한 목소리를 밀어내고서 도망치려야 칠 수도 없는, 본인이 내뱉었던 말이 마쓰다를 좇아왔다.

　사망한 성매매 여성의 신원을 조사하라는 말입니까? 유별난 일을 다 시키는군요.

　견디기 어려운 자괴감이 죄상을 새기는 낙인이 되어 마음을 태웠다.

　신주쿠를 벗어난 택시가 간선도로에서 빠져와 북쪽으로 틀어 도심의 고급주택가에 들어갔다. 마지막 취재 활동은 허무한 질의가 될 듯했다. 세상을 속이는 데 도가 튼 정치인의 뻔히 보이는 발뺌을 듣기만 하고서 끝나겠지.

　차가 멈췄다. 마쓰다는 창밖에 서 있는 저택을 힐끗 보고서 요금을 지불한 뒤 택시에서 내렸다. 빗줄기가 굵어졌다. 금속으로 된 대문으로 달려가니 옆에 '노구치 스스무'라고 새겨진 대리석 명패가 박혀 있었다. 마쓰다는 인터폰을 누르고서 비에 젖으며 응답을 기다렸다.

　"예, 누구십니까?"

　남자가 살가운 목소리로 대답했다.

　"《월간 여성의 친구》에서 나온 마쓰다입니다. 노구치 선생님을 인터뷰하러 왔습니다."

　"어서 들어오세요."

대문 우측에 있는 좁은 통용문에서 잠금을 푸는 소리가 났다. 마쓰다는 쇠창살을 밀고서 정치인의 사택으로 걸어 들어갔다. 돌이 깔린 통로 끝에 서양식 현관이 있었다. 거물 정치인 대부분이 국회의원의 세비만으로는 마련할 수 없을 만한 호화로운 저택에서 사는데 어째서 국세청은 세무조사에 들어가지 않는지 마쓰다는 불만스러웠다. 감시 카메라 아래에 서니 이내 문이 열렸다.

"기다리고 있었습니다."

마쓰다를 맞이한 사람은 아까 그 목소리의 주인공, 정장을 차려입은 40대 남성이었다. 노구치의 개인 비서이겠지. 넓은 저택 안에서는 아무 소리도 들리지 않았다. 달리 인기척이 느껴지지 않았다. 남자는 마쓰다를 바로 안내하여 현관 홀 중간쯤에 있는 응접실에 들어갔다.

샹들리에 불빛이 가죽 소파가 놓인 실내를 비추고 있었다. 벽쪽 수납장에는 양주병이 쫙 늘어서 있었다. 아마 장식일 테지만 난로까지 설치되어 있었다. 사치를 있는 대로 부렸지만, 품위는 결여된 방이었다.

"잠시만 기다려 주십시오."

남자가 퇴실하고 얼마 지나지 않아 가정부로 보이는 여자가 커피 컵 두 잔을 가지고 와서 테이블에 올려뒀다. 의원 저택의 응접 세트는 친밀함을 연출하기 위해서인지 센터 테이블의 폭이 좁고, 마주 보도록 배치된 소파의 위치가 가까웠다. 마쓰다는 불쾌한 취재가 될 것 같다고 생각했다.

가정부가 나가고 나서 더 기다렸다. 이윽고 방 안에 있는 다른 문이 열리더니 살갗이 거뭇한 노인이 드디어 모습을 드러냈다. 노구치 스스무였다. 마쓰다는 일어나서 궁전 같은 집의 주인을 맞이했다. 이 나라를 좌지우지하는 위정자는 정치 활동을 할 때 입는 고급 정장이 아닌 실내복 위에 가운만 걸치고 있었다. 그러나 오만한 위압감은 여전했다.

"바쁘신 와중에 이렇게 시간을 내주셔서 감사드립니다."

마쓰다가 형식적인 인사를 하고서 자기 소개를 하면서 명함을 내밀었다.

"마쓰다 씨로군. 어서 앉도록 하게."

노구치 스스무가 편하게 말했다. 그가 착석하라며 손을 뻗으니 실크로 된 가운 소매가 우아하게 흔들렸다.

마쓰다는 의자에 앉아 태세를 전환하기 위해 메모장과 볼펜을 들었다. 어디서부터 이야기를 시작해야 할지 고민하고 있으니 노구치가 먼저 입을 열었다.

"오늘 밤은 종합 건설사 의혹 수사가 종결된 소회만 말하면 되겠지? 그 정도쯤은 얼마든지 말해 주지."

"예."

마쓰다가 고개를 끄덕였지만, 의욕이 왕성한 노구치와는 반대로 목소리에 힘이 들어가지 않았다.

"개인적으로도 고맙군. 근래에 악의로 가득 찬 취재가 많아서 넌더리가 났거든. 하여튼 매스컴이란 것들은……."

노구치가 말을 하면서 안광이 그득한 눈으로 웃음을 지었다.

"기분 나빠하지 말게. 매스컴이란 것들은 걸핏하면 의심하기

일쑤고, 내가 만족스레 말할 수 있는 기회를 주지 않아. 냉정하게 이야기를 듣겠다는 태도가 아니란 말이지. 그래서 오늘 밤은 마음껏 떠들겠네. 자네, 여성잡지에서 나왔다지?"

"예."

"그래? 난 이래 봬도 페미니스트거든."

"페미니스트? 의원님이요?"

"그래. 겉으로는 강경파처럼 보이겠지만, 실은 온건파야."

"그렇겠죠."

마쓰다가 동의했다.

그 태도가 마음에 들지 않았는지 노구치가 머쓱한 표정을 지었다가 이내 원래대로 되돌아갔다.

"자, 뭐부터 시작할까. 그 곤도 건설로부터 받은 기부금 말이야. 하늘에 맹세코 난 모르는 일이야. 평소부터 헌금을 조심해서 다뤄야 한다고 비서한테 입이 아프게 잔소리를 해 댔는데도 깜빡했지 뭔가. 물론 벌금 5만 엔은 납부했으니 법률상 책임은 깨끗하게 졌네. 결국 뇌물죄로 기소되지 않았으니 검찰도 내가 결백하다고 판단한 거야……."

노구치가 담배에 불을 붙여 조급하게 피우면서 장광설을 계속 펼쳤다. 마쓰다는 적당히 말장구를 치면서 멍하니 생각했다. 기사를 어떻게 써야 하나. 이틀 뒤가 마감일이다. 그런데도 이번에 맡았던 일련의 취재들을 어떻게 끝맺어야 할지 전혀 감이 잡히지 않았다. 노구치와 여자의 관계를 기사로 쓸 만큼 증거도 잡아내지 못했다. 지금 이 자리에서 뭐라고 추궁하든 노구치가 자신의 죄를 인정할 리가 없었다. 결국 원래 취지였던 심령으로 되돌아와 건널목에서 벌어졌던 괴이한 현상과 살인 사건을 연관 지어 다룰 수밖에 없는가. 그때 마쓰다는 씁쓸한 기억이 떠올랐다. 취재를 시작하고 얼마 지나지 않아 매춘부 살인 사건에 이르렀을 때 '마성의 여자의 가련한 최후'라고 기사에 쓰려고 했음을.

노구치가 독연회를 계속하다가 기자가 아무 말도 없이 가만히 있자 미심쩍다는 표정으로 쳐다봤다. 이윽고 "이봐." 하고 가시 돋친 목소리를 내며 손가락으로 테이블을 두드렸다.

"내 얘길 듣고 있나? 메모든 뭐든 기록을 하는 게 어떤가."

마쓰다는 고개를 들었다. 그러나 그는 추악한 정치인의 얼굴이 아니라 쓰구미노의 허름한 집에서 서럽게 울며 무너져 내렸던 한 노모의 모습을 바라봤다.

그 아이는, 대체 무얼 위해 태어났던 거죠?

고생만 하고 보답은 받지 못한 인생을 살아왔던 그 어머니를, 그리고 웃는 법도 모른 채 살해됐던 그 여자를 기사로 적어서 대중에게 노출시키고 싶지는 않았다. 지금은 대중의 저속한 엿보기 욕망에 영합하기보다 달리 해야만 하는 일이 있을 터였다.

"실은……."

마쓰다가 말문을 열었다.

"여쭙고 싶은 건 그 건이 아닙니다."

"그 건이 아니다? 그럼 무슨 건이야?"

"그 건 말고, 에이코 건설 쪽입니다."

"에이코 건설이라니. 대체 뜬금없이 뭔 소릴 하는 게야."

노구치가 코웃음 쳤다.

"그딴 건 사건도 뭣도 아냐. 난 한 푼도 받질 않았으니까."

"그건 저도 압니다. 하지만 현금이 아니라 여성을 받았죠?"

순간 정적이 흘렀다. 허를 찔린 노구치가 마쓰다를 물끄러미 쳐다봤다.

"가냘프고 머리가 긴 여자 말입니다. 기억하실 텐데요."

"자네 대체 무슨 소리를 하는 게야?"

정치인이 시치미를 떼면서 무언가를 찾듯 눈알을 이리저리 굴렸다. 기자가 어디까지 파악했는지 속내를 엿보고 있었다.

"샤블랑이라는 긴자 고급 클럽을 애용하시더군요."

"아아."

노구치가 오만하게 말했다.

"그건 누구나 다 알아."

"당신은 그곳에 가냘픈 여성을 모으도록 시켰죠."

"뭐 때문에?"

"뇌물로 받을 만한 여자를 고르기 위해서. 폭력단 위장 기업한 테 편의를 봐주는 대가로 여자를 받았던 겁니다."

노구치의 관자놀이에 혈관이 불거졌다.

"헛소리도 정도껏 해라! 명예훼손으로 고소당하고 싶나!"

그러나 위정자가 호통을 쳤음에도 마쓰다는 물러서지 않았다.

"그럼 사사즈카에 있는 맨션도 모른다고 잡아뗄 겁니까? 거기 301호실에 한 번도 간 적이 없다고 말할 셈입니까?"

"폭력단이니 뭐니 영문도 모르는 소리만 늘어놓다니! 인터뷰는 끝이야! 당장 돌아가!"

노구치가 험악하게 내지르고서 소파에서 일어서려고 했다.

마쓰다는 아랑곳 않고 다그쳤다.

"당신, 정부를 살해했잖습니까!"

노구치가 뚝 멈췄다.

"당신처럼 잘난 인간이면 사람을 죽여도 되는 겁니까? 무슨 짓을 벌이든 검찰이 눈감아 줍니까?"

마쓰다의 심장이 격렬하게 뛰었다. 여태껏 경험한 적이 없는 불쾌한 두통이 일었다.

"벌써 잊었습니까? 자신이 죽이도록 시킨 여자를!"

"헛소리 마라! 여자라니, 누구?"

마쓰다는 외투 주머니에서 사진을 꺼내 취재 대상에게 들이댔다.

"이 사람 말입니다! 모른다고 말하지 마요!"

희미하게나마 노구치의 얼굴에 동요가 일었다. 그러나 이내 태도를 싹 바꿔 실웃음을 짓더니 툭 내뱉었다.

"그래, 알고말고! 그 여자는 샤블랑에 있던 호스티스야! 그게 뭐 어쨌다고!"

"당신, 왜 이 사람을 죽였습니까? 이 사람은 괴로운데도 살았어. 열심히, 살았는데."

"생트집 좀 작작 잡아라! 뭘 노리고 왔냐? 돈? 헌데 말이야. 이 여자는 나랑 관계도 없는 일개 매춘부야!"

마쓰다는 격심한 두통에 얼굴을 일그러뜨렸다. 이러다가 분에 못 이겨 죽는 게 아닌가 싶었다.

"매춘부라고? 그게 뭐 대수라고? 당신은 얼마나 잘났다고?"

"그 여자는 음란해! 맨날 억지웃음만 지어 댔다고. 죽으면 죽었다고 좋아했을 년이야!"

그 말이 머릿속에 울려 퍼진 순간, 마쓰다의 시야가 새하얗게 물들더니 사고(思考)가 사라졌다. 마쓰다는 테이블 너머로 팔을 뻗어 노구치의 멱살을 붙잡아 끌어당기며 면상에 주먹을 날렸다. 배설물 더미를 때리는 것 같은 불쾌한 감촉이 팔 전체에 퍼져나갔다. 그럼에도 괘념치 않고 두 대, 세 대, 주먹을 휘두르며 노성을 퍼부었다.

"넌 인간 말종이야! 죽어야 할 인간은 대체 누구냐? 매춘부는, 음란한 여자는 살면 안 되는 거냐? 대답해, 이 쓰레기!"

그러나 노구치는 겁먹은 기색을 전혀 내비치지 않았다. 수많은 정적들을 보내 버렸던 흉악성을 드러내며 마쓰다에게 덤벼들었다.

"쓰레기는 바로 너다! 야! 누구 없나!"

노구치가 마쓰다의 양쪽 뺨에 손톱을 박더니 피부를 찢었다. 마쓰다는 노구치를 잡아당겨 넘어뜨린 뒤 그 위에 올라탔다. 분노의 눈물을 흘리면서 저항하는 상대의 두 팔을 치워 내며 계속 타격했다. 그런데 갑자기 뒤에서 다른 팔들이 마쓰다의 몸을 칭칭 얽더니 노구치에게서 떼어 냈다.

"저거 미친놈이다!"

노구치가 손으로 코피를 훔치면서 외쳤다.

"경찰한테 갖다 넘겨!"

어느새 방 안으로 달려온 남자 셋이 마쓰다를 그곳에서 끌고 나갔다. 마쓰다는 그들의 팔을 뿌리치고자 몸부림을 쳤지만, 다수의 힘에는 저항하지 못하고 출입구 쪽으로 끌려갔다.

"왜 죽였냐고, 개자식! 곧 지옥에 떨어질 거다, 썩어 빠진 정치인 새끼야!"

호통을 바락바락 질러 대는 마쓰다의 눈앞에서 응접실 문이 닫혔다. 시야에서 사라지기 직전에 역겨운 권력자가 부아가 치민다는 듯 얼굴을 찡그리며 코피에 가슴 부분이 얼룩진 가운을 신경 썼다.

마쓰다는 순식간에 체포됐다. 현관 홀로 끌려 나가자 벌써 경찰대 제1진이 도착했다. 그 후에는 뭐가 뭔지 알 수 없는 혼란 속에서 마쓰다는 바닥에 엎어졌고 양 손목에 수갑이 채워졌다. 또한 포승줄로 몸까지 구속당했다.

"현행범 체포!"

그 목소리가 저택 안에서 빗발쳤다.

밖으로 연행된 마쓰다는 수많은 경찰차들이 주변을 메우고 있어서 놀랐다. 밤이 깔린 도로에 무수히 많은 적색등이 깜빡이고 있었다. 범죄자의 의지를 꺾어 버리기 위해 쭉 배치된 듯했다. 경찰관이 마쓰다를 그중 한 차량에 밀어 넣은 뒤 관할 경찰서로 데려갔다.

금속 수갑은 보기보다 무거웠다. 그 투박하고 차가운 감촉은 피해자의 신체적 자유를 빼앗을 뿐만 아니라 심리를 진정시키는 효과도 있었다. 마쓰다를 폭발케 했던 비분(悲憤)은 이내 가라앉았다. 대신에 범죄자로 전락해 버렸다는 암담한 기분이 밀려들었다. 감정이 잘 정리되지 않아서 하마터면 눈물이 나올 뻔했다. 그러나 후회만은 해서는 안 된다며 가까스로 참아 냈다. 스스로에게 허세를 부리고 싶다는 마음도 조금은 섞여 있었다.

관할 경찰서에 도착했다. 건물 뒤편에 있는 통용구를 통해 안으로 들어가 형사과에 있는 작은 공간으로 끌려갔다. 야간인데도 수많은 경찰관이 안에 돌아다녔다. 무슨 일인가 의아해하다가 이내 자신 때문임을 눈치챘다.

그 후에 조사를 받으면서 수사하는 측뿐만 아니라 마쓰다도 몇 가지 발견한 것이 있었다.

처음에 경찰관이 마쓰다의 뺨에 난 긁힌 상처와 붉게 부어오른 오른손을 가리키며 얼마나 다쳤는지 물었다. 마쓰다는 내출혈을 일으킨 손을 쥐었다 펴 보며 통증을 확인했다. 뼈는 부러지지 않은 듯했다. 그 말인즉슨 노구치에게도 그만한 타격밖에 가하지 못했다는 뜻이었다. 타인을 때리는 게 처음인지라 마음먹은 대로 잘 되지 않은 것은 어쩔 수 없었다. 그러나 불완전 연소된 수치심이 남았다.

그러나 다음 절차로 넘어가 소지품을 압수당하는 단계에 이르자 마쓰다는 약간의 희망을 품기 시작했다. 외투 안쪽 주머니에 숨겨뒀던 마이크로 카세트리코더를 경찰이 압수해 갔다. 마쓰다는 범행 당시에 노구치와 주고받았던 대화를 은밀히 녹음했다.

만약에 이대로 재판이 열려 범행의 전말을 녹음한 음성이 증거로서 제시된다면 시모키타자와 3호 건널목 살인 사건도 세간의 입에 오르내리게 된다. 피고인인 마쓰다가 상해사건의 동기와 얽혀서 여태껏 취재했던 내용을 낱낱이 터뜨리는 것도 가능하다. 그렇게 하면 분명 다른 미디어에서도 사건을 후속 취재해 주겠지. 노구치 스스무를 구타한 것은 앞뒤 따지지도 않고 충동적으로 저지른 행동이었지만, 그 결과로 재판이 열리게 된다면 기사회생의 역전타를 날릴 수 있을지도 모르겠다.

소지품을 모조리 압수당한 뒤에 다른 방으로 가니 얼굴 사진을 촬영하고 지문을 채취하는 과정이 기다리고 있었다. 마쓰다는 순순히 지시를 따를 작정이었지만, 조금이라도 갈팡대면 경찰관들이 가차 없이 욕을 퍼부었다. 기타자와서 아라이를 비롯해 여태껏 친하게 지냈던 형사들도 피의자에게 똑같은 행동을 했다고 생각하니 마쓰다는 조금 환멸을 느꼈다.

유치장에 들어갈 때까지 아직도 절차가 남아 있었다. 피의자의 진술을 듣는 최초 취조를 실시하기 위해 마쓰다는 취조실로 연행됐다. 그러나 그곳에서 수갑을 찬 채로 상당히 오랫동안 기다렸다.

"뭘 기다리는 겁니까?"

마쓰다가 물어봤지만, 책상을 두고 맞은편에 앉아 있는 형사는 "잠자코 앉아 있어." 하고 명령할 뿐이었다.

마쓰다는 불길한 예감이 들었다. 이 사건을 어떻게 처리할지를 두고서 물밑에서 무언가 움직이는 낌새가 느껴졌다. 우익 정당의 실력자를 때렸으니 극좌 세력이라고 의심하는 것인지, 아니면 노구치가 사적인 원한을 풀고자 이번 사건을 엄정하게 다루라고 압력을 가하고 있는 것인지.

오랫동안 기다린 끝에 드디어 다른 형사가 나타나 마쓰다를 내려다보며 말했다.

"지금부터 당신을 석방하겠습니다."

마쓰다가 놀라자 형사가 석방지시서를 제시하며 말을 이었다.

"검사의 지시입니다. 소지품은 곧 돌려주겠습니다."

마쓰다는 상황이 이해되지 않아서 수갑을 풀어 주는 형사를 어리둥절하게 쳐다봤다. 죄목으로 보아 재택 기소는 바라지도 않았지만, 무죄 방면은 더더욱 있을 수 없는 일이었다.

"어떻게 된 겁니까?"

"어쨌든 석방이 결정됐으니 순순히 따라 주시지?"

형사가 짜증난다는 말투로 말했다.

별실로 돌아가 소지품을 반환받을 때 마이크로 카세트리코더도 그대로 돌려받았다. 그러나 마쓰다는 비로소 중요한 소지품이 보이지 않는다는 것을 눈치챘다.

"사진과 메모장이 없습니다만."

"무슨 소리야?"

담당 형사가 방금 작성했던 소지품 목록을 훑어봤다.

마쓰다는 기억을 더듬어 귀중품을 어디에 뒀는지 떠올렸다.

"현장에 남겨 놓고 왔습니다. 취재용 수첩과 긴 머리 여자의 사진이 방 안에 떨어져 있을 겁니다."

"만약에 그렇다면 증거품이로군. 현장에서 영치된 물품을 돌려줄지 말지는 알 수가 없어."

"그 두 물품을 경찰이 보관하고 있는 게 확실합니까?"

"지금 그런 질문을 해 본들 대답해 줄 수 없어. 냉큼 소지품이나 챙겨서 돌아가."

마쓰다는 비로소 썩어 빠진 권력자의 의도를 읽어 냈다. 방에 남겨 두고 와 버린 취재 메모와 사진은 경찰이 현장에 들어오기 전에 노구치 스스무가 숨겨 둔 게 아닐까? 그리고 자신이 살해한 정부의 존재를 숨기기 위해서 오늘 밤 사건도 어둠 속에 묻어 버리려고 한다. 노구치가 고소장도 피해신고서도 제출하지 않고 자신의 지위를 이용하여 경찰에 압력을 가한다면 사택에서 벌어졌던 사건을 무마하는 것쯤은 손쉬운 일이다. 노구치에게 가해진 폭력이 사건화되지 않는다면 재판도 물론 열리지 않는다. 마쓰다에게는 재판만이 물증이 소실된 살인 사건에 관해 공개적으로 발언할 수 있는 유일한 자리였다. 그러나 보기 좋게 선수를 놓치고 말았다.

사진은 얼마든지 복사할 수 있고, 쓰구미노에서 취재했던 내용도 다시 취재할 수 있다. 그러나 앞으로 노구치와 관련하여 어떤 기사를 쓰든 간에 '그 기자가 자택에 쳐들어와 소란을 피웠다.'고 입장을 발표한다면 기사의 신빙성은 사라지고 만다.

소지품을 반환받은 뒤 경찰관들의 험악한 시선을 받으며 밖으로 나오니 오른손과 양쪽 뺨에 난 상처가 욱신거렸다. 노구치가 자신을 석방시킨 이유는 잡지기자가 제아무리 발버둥을 쳐 본들 본인이 정부를 살해했다는 증거를 잡아내지 못하리라 확신했기 때문이리라. 종합 건설사 비리 의혹과 마찬가지로 이번에도 노구치 스스무가 빠져나갈 거라고 생각하니 일패도지의 굴욕감이 가슴을 더럽혔다.

마쓰다는 우박이 계속 내리는 도로로 나와 지나다니는 전조등 속에서 택시를 찾으며 삐삐 전원을 켰다. 편집부에서 전화를 재촉하는 메시지가 여러 건이나 왔다.

마쓰다는 셔터가 내려간 상점 앞에 공중전화를 발견하고는 차양 아래에서 비를 피하며 직장 번호를 눌렀다. 시각은 진즉에 오전 1시가 넘어갔지만, 마감일이 가까우니 편집부에 대부분의 직원이 남아 있을 터였다.

"마쓰다 씨입니까!"

편집부원 구도가 전화를 받은 뒤 바로 회선을 이자와에게 연결했다. 마쓰다는 송구스러웠다. 지금쯤 편집장은 기사 제목을 고치고 목차를 만드는 데 여념이 없을 것이다. 양쪽 모두 잡지 매상을 좌우하는 중요한 업무였다.

"마쓰 씨인가? 무슨 일 있었나? 지금 어디야?"

이자와가 질문을 연달아 쏟아 냈다.

"아까 경찰이 자네의 신분을 조회해 달라고 하더군."

"한번 붙잡혔다가 방금 석방됐습니다."

"붙잡혔다가 석방? 아아, 빌어먹을!"

편집장이 끙끙거렸다.

"뭐부터 물어봐야 할지 모르겠구먼."

마쓰다도 취재차 쓰구미노로 출발하면서 시작했던 기나긴 하루를 떠올리며 말했다.

"저도 뭐부터 말해야 할지 모르겠군요."

"자네, 아직 모르는 모양이네."

"뭘 말입니까?"

"노구치 스스무가 사망했다더군."

"설마."

마쓰다는 아까 전에 드잡이를 벌였던 뻔뻔스러운 정치인의 모습을 떠올렸다. 자신이 저지른 상해 사건이 왜곡되어 전해졌으리라 생각했다.

"뭔가 착오가 있는 것 같군요."

"아니, 거의 확실해. 지금 직원들이 각 방면에서 바삐 알아보고 있네. 그 인간이 병원에 실려 간 건 확실해."

대형 신문사나 방송국은 소방 무전을 도청하고 있으니 정치인이 응급으로 실려 갔다는 사실은 파악하고 있겠지. 그렇게 생각한 순간 마쓰다의 마음속에서 불안감이 싹텄다. 노구치 의원은 자신이 휘둘렀던 폭력 때문에 사망한 게 아닐까.

"사인이 뭡니까?"

"거기까지는 몰라. 확인된 정보만 말하자면 병원에 실려 갔을 때 이미 심폐 정지 상태였어. 그 후에 비서를 대동하고서 처자식이 병원에 들어갔네. 참고로 그 인간의 자택에서 구급차를 보내 달라고 요청한 시각은 오전 1시 3분이라더군."

마쓰다는 침묵했다.

"오전 1시 3분이야."

이자와가 거듭 말했다.

이윽고 마쓰다의 입에서 굵은 탄식이 흘러나왔다. 자연을 초월한 어떤 존재를 향한 공포가 치밀었다. 노구치를 취재하러 갔을 때 그 방에는 또 다른 손님이 있었다. 그 손님은 마쓰다가 밖으로 끌려 나간 뒤에도 바닥에 떨어뜨렸던 사진 속에서 노구치를 물끄러미 쳐다봤다. 음울한 억지웃음을 지으면서.

이것을 앙화라고 해야 하는지, 아니면 천벌이 내려졌다고 해야 하는지 마쓰다는 알 수 없었다. 그러나 어쨌든 비리 정치인은 악행의 대가를 받았다.

"지금 나올 수 있겠나? 오늘 일어났던 일들을 전부 듣고 싶네."

마쓰다는 하코네 촌락에 갔던 어제가 먼 옛날처럼 느껴졌다.

"쓰구미노에서는 아무것도 알아내지 못했습니다."

"아무것도? 허탕을 쳤나?"

"예. 기사로 쓸 만한 내용은 하나도 없습니다."

그 이외에 의원 사택에서 자신이 저질렀던 사건에 관해서는 모든 것을 있는 그대로 보고하자고 결심했다. 그 앞에 기다리고 있는 것은 해고 아니면 사직, 둘 중 하나뿐이겠지만 저세상에 있을 아내와 부모님도 지금의 이 모습을 자랑스럽게 여겨 주리라.

길었던 기자 생활이 심령 취재로 종지부를 찍었음을 깨닫고서 마쓰다는 두 뺨의 아픔을 견뎌 내며 실없이 웃었다.

"제 역할은, 이로써 끝입니다."

13장

이틀 뒤 저녁쯤에 의원의 죽음에 관한 모든 정보가 알려졌다. 각 미디어가 보도한 내용과 당사자인 마쓰다 본인의 견해를 종합하자면 사실 관계는 다음과 같았다.

마쓰다가 관할 경찰서로 압송된 뒤 오후 8시경에 노구치의 부상을 살피기 위해 주치의가 사택을 찾았다. 진찰한 결과 뺨에 입은 타박상 외에 콧속과 입속에서도 출혈이 확인됐다. 그러나 혈압 등 내과적인 소견에 이상은 없었기에 외상만 응급 조치를 받았다. 이 단골 의사가 진찰했던 내용이 훗날 마쓰다를 구하게 됐다. 또한 이때 입었던 부상은 '자택에서 넘어진 것이 원인'이라고 발표됐다.

의사가 돌아간 뒤 노구치가 다음 행동에 나서기까지 세 시간 정도 공백이 있었다. 아마 이 사이에 잡지기자가 일으켰던 상해 사건을 어떻게 처리할지 노구치는 온갖 이해득실을 저울로 재면서 대책을 짜냈으리라. 그 결과 날짜가 바뀔 즈음에 고소를 취하하기로 결정했다. 검찰과 경찰 양쪽에서 마쓰다를 석방하고자 움직이기 시작했다.

비서가 의원 사택을 나선 시각은 심야 0시가 넘어서였다. 저택 안이 다시 조용해졌다. 그런데 소동의 흔적을 치우던 사용인이 오전 1시 3분에 이상한 소리를 들었다. 증언에 따르면 '두꺼운 목재가 부러지는 듯한 소리'였다고 한다. 그 후에 이내 묵직한 물체가 바닥에 쓰러지는 소리가 이어져서 사용인이 주저 없이 응접실로 뛰어 들어갔다. 그러자 그곳에 노구치 의원이 쓰러져 있었다. 사용인이 달려가서 살펴보니 이미 숨을 쉬지 않았다.

병원 측 발표에 따르면 노구치 스스무 의원의 사인은 급성 심부전이었다. 요행히도 직전에 주치의가 진찰한 덕분에 경찰은 의원의 죽음과 마쓰다의 폭행을 연관 짓지 못했다. 더불어서 사용인이 들었다는 기이한 소리가 무엇이었는지도 끝끝내 정체를 밝혀내지 못했다.

또한 일부 매스컴에서 노구치 자택 앞에 경찰차들이 집결했다는 사실을 포착했으나 경찰관들은 이 사실을 철저히 함구했다. '손님과 사적인 다툼이 있었다.'는 발표만 나왔을 뿐 자세한 사정은 밝혀지지 않았다.

의원이 급사한 뒤에 마쓰다는 편집부에 가서 이자와 편집장에게 모든 것을 털어놨다. 부하가 폭행을 고백하자 이자와는 놀랐지만, 본인이 석방됐기에 일단 자택 대기를 지시했다. 일단 주목할 만한 정보가 들어오지 않았기에 상황을 지켜보는 것이 최선

책이라고 판단했다.

원래는 이틀 뒤가 심령 취재의 마감일이었다. 그러나 마쓰다의 자택에 아무런 연락도 오지 않았다. 드디어 사흘째 밤이 됐을 때 편집부에 오라는 통보가 왔다.

호출을 받은 시점에 마쓰다는 이미 결심했다. 아직 아픈 오른손으로 만년필을 쥐고서 사직서를 쓴 뒤 자택을 나섰다. 바깥에 나가니 추위가 매서웠다. 두꺼운 먹구름이 대도시 밤하늘을 뒤덮고 있었다.

이날은 잡지에 게재할 기사의 8할 정도가 완성되는 교정 2일 차였다. 마쓰다가 오후 10시가 넘어 도착하자 데스크와 편집부원들이 교정쇄를 마지막으로 점검하는 데 여념이 없었다.

편집장석에서는 이자와가 각 기사들을 마지막으로 확인하고 있었다. 마쓰다가 나타나자 클립으로 묶어 둔 종이 다발을 건네며 말했다.

"이걸 보게."

다음호에 게재될 예정인 노구치 의원의 사망 기사였다.

마쓰다는 자신의 책상에 가서 앵커맨이 집필한 4페이지짜리 본문을 정독했다. 주부 대상 잡지에서 정치인의 부고를 다룰 때는 고인의 공적뿐 아니라 유족의 슬픔이나 의원 생활을 지탱했던 내조의 공에 초점을 맞추는 게 보통이었다. 그러나 이 기사에는 악덕 정치인의 실상이 단적으로 묘사되어 있었다. 족의원(族議員)*

---

* 특정한 단체의 이익을 대변하는 의원.

으로서 조직 표를 동원하고 재산을 축적하기 위해 건설 회사의 뒤를 봐주는 데 몰두했던 인생과 여러 뇌물죄를 불문에 부친 검찰청의 이해할 수 없는 결정, 공적인 자리에서 폭언과 차별 발언을 일삼았던 오만불손한 맨얼굴까지. 근황 사진으로는 요시무라가 긴자에서 촬영했던 사진 중 하나가 쓰였다. '고급 클럽에서 방탕하게 즐기는 노구치 의원'이라는 캡션까지 달아 놓았다.

마쓰다는 기사를 다 읽고서 편집장석에 돌아가 말했다.

"기사를 썩 잘 썼더군요."

"얻어맞아도 싼 녀석이니까."

이자와가 말했다.

"근데 심령 소재는 통째로 버렸어. 이 기사와 교체할 거네."

이 결정에도 마쓰다는 이의가 없었다. 오히려 환영했다.

이자와가 자리에서 일어서 "나머지는 저쪽에서 얘기하지."라며 벽 쪽 응접 공간으로 마쓰다를 이끌었다. 충전물이 삐져나온 소파에 앉으니 이자와가 목소리를 낮추며 "그래서 자네의 퇴직 여부 말인데." 하고 입을 열었다.

마쓰다는 손을 내밀어 그의 말을 끊고서 정장 주머니에서 '사직서'라고 적힌 봉투를 꺼내 상사에게 내밀었다.

"서두르지 말게."

이자와가 말했다.

"자네가 저질렀던 일은 사건화되지 않았네. 경찰의 입도 무거운 것 같으니 앞으로 문제될 일도 없겠지. 그리고 《월간 여성의 친구》는 적어도 2월 발매호까지는 이어 가게 됐네. 1년 계약이 끝날 때까지 근무를 계속하는 게 어떤가?"

"아뇨, 전 원래 문화부에 가야만 했던 사람이었습니다. 사회를 잘 모르는 인간이 사회를 쫓으며 취재를 해 왔습니다."

"하지만 프리랜서한테는 실업보험도 없잖나? 1개월 치 수입도 무시 못 할 텐데."

"제 마음은 변하지 않습니다."

이자와가 두 손을 뒤통수에 두르고는 등받이에 몸을 기댔다. 어떻게든 잘 달래서 붙잡아 보려고 말을 찾는 듯했다.

"이다음에는 뭐라도 해서 예순까지 살아남아 연금으로 살 겁니다."

"뭐, 곧 나도 그리되겠구먼."

편집장이 말했다.

두 사람이 잠시 입을 다물자 적막한 분위기가 드리워졌다.

"좋아, 알겠어."

이자와가 일어섰다.

"나이를 먹을 대로 먹은 성인이 결정했으니 이 사표는 수리하도록 하지."

"가장 바쁜 시기에 폐를 끼쳐서 죄송합니다."

"아니, 잘해 줬어, 마쓰 씨."

"별로 도움이 못 됐습니다만."

"아니, 기사 말고."

이자와가 웃고는 주먹을 쥐고서 내보였다.

"나도, 그 자식한테 한 방 먹여 주고 싶었어."

마쓰다도 미소를 짓고서 편집장석으로 돌아가는 이자와의 등을 바라봤다. 그러고는 자신의 자리로 가서 이 회사에서 간직할 마지막 추억을 만들고자 담배를 한 개비 피웠다.

이제 남은 일은 신변을 정리하는 것뿐이었다. 마쓰다는 책상 서랍을 뒤적여 안에 처박아 뒀던 손전등을 꺼냈다. 그것을 외투 주머니에 넣고서 다른 자질구레한 소지품들은 골판지 상자 안에 모아 나갔다. 로커 내용물도 모조리 옮겼다. 택배업자에게 접수할 운송장을 작성하고서 자택으로 물품을 보낼 준비를 마쳤다.

시각이 자정을 넘어갔다. 데스크 나카니시와 편집부원 구도의 모습도 있었다. 마쓰다는 그쪽에는 얼굴을 내비치지 않고 코트를 입고서 직장을 떠나려고 했다. 그런데 그때 응접 공간에서 뜻밖의 손님의 모습을 발견하고서 발걸음을 멈췄다.

"마쓰다 씨."

요시무라가 먼저 말을 걸었다. 함께 심령 소재를 취재해 줬던 카메라맨이 소파에서 일어났다. 마쓰다의 얼굴에 난 긁힌 상처와 오른손에 감긴 붕대를 보더니 눈이 동그래져서는 말했다.

"어떻게 된 겁니까?"

"여러 일이 좀 있어서."

마쓰다가 말끝을 흐렸다.

"그보다 그쪽이야말로 무슨 일이야? 이제 일은 끝나지 않았나?"

요시무라가 소속된 그라비아반은 진즉에 교정을 끝마쳤을 터였다. 잠시 격무에서 해방된 카메라맨이 쾌활한 웃음을 타고난 얼굴로 말했다.

"마쓰다 씨랑 한잔할까 해서요."

"아쉽지만 지금부터 갈 곳이 있어."

"그럼 태워 드릴게요. 주차장에 제 차가 있거든요."

요시무라의 목적이 짐작이 갔다. 둘이서 취재했던 내용이 어째서 지면에 실리지 않았는지 사정을 알고 싶어서였다.

"바깥은 쌀쌀하고 비까지 내리기 시작했어요."

요시무라가 에둘러서 졸랐다.

"일기예보에 따르면 눈으로 바뀐다나 뭐라나."

"그럼 호의를 감사히 받지."

마쓰다는 수락했다. 저 착한 청년의 얼굴을 보는 것도 오늘 밤이 마지막이리라.

"시모키타자와까지 부탁해."

계절답지 않은 강한 비가 앞유리를 세차게 때렸다.

자동차 라디오에서 DJ가 한파가 몰려왔음을 전했다.

조수석 창문이 뿌예서 바깥을 볼 수가 없었다. 마쓰다는 앞을 바라본 채로 빗방울에 번진 도심의 광경을 멍하니 바라봤다.

왜건 운전대를 잡은 요시무라가 고슈 가도에 들어설 즈음에 라디오를 끄고서 기사가 게재되지 않은 이유에 관해 이것저것 물어봤다.

"그토록 열심히 했는데 통째로 버려지다니 납득이 안 돼요."

"노구치 스스무가 정부를 죽였다는 의혹은 마지막까지 증거를 잡아내질 못했어."

마쓰다가 설명했다.

"정부로 뽑힌 여자도 반도파와 연관되어 있다는 증거밖에 나오질 않아서 의원과 연결 지을 수 없어. 뇌물을 주는 방식으로서는 완벽해."

"그럼 당초 기획대로 심령 소재로 돌아갈 순 없었습니까?"

"없었어."

마쓰다는 익숙지 않은 심령 소재를 취재하느라 고군분투했던 때를 떠올렸다. 전직 신문기자로서 고지식하게 임했더니 기사로 낼 수 없는 사실까지 잇달아 캐내고 말았다.

"심령사진과 살인 사건 피해자의 얼굴이 일치해서 어디까지 써야 하느냐는 문제가 발생했어. 결국 살인범이 피해자의 망령을 보고 발광했다는 것도, 건널목에서 행했던 초령 실험도 대중한테 내보일 수가 없겠다고 편집장님이 판단했어."

"어쩔 수 없나."

요시무라가 아쉬움이 물씬 느껴지는 목소리로 말했다.

"근데 노구치 스스무가 죽은 시각이 한밤중 1시 3분이었다고 하던데요."

"그래."

마쓰다가 대시보드에 부착된 디지털 시계를 봤다. 오전 1시 3분이 가까워졌다.

"우연은 아니라고 봐."

요시무라가 수긍하며 "그 얘기도 쓸 수 없겠군요." 하고 말하고는 입을 쭉 다물었다.

차량이 사사즈카에서 좌회전하여 정부의 집이 있던 구역을 경유한 뒤 시모키타자와 3호 건널목으로 이어지는 도로에 진입했다. 그곳은 주택과 작은 상점들이 줄지어 있는 좁은 도로로, 아마 사건이 벌어졌던 밤에 긴 머리 여자는 이곳을 홀로 걸었을 것이다. 마쓰다는 속도를 줄여 달라고 부탁한 뒤 뿌연 유리창을 손으로 닦고서 여자가 인생에서 마지막으로 봤던 광경을 뇌리에 새겼다.

이윽고 왜건이 시모키타자와역을 통과하자 지형이 절구 모양으로 바뀌었다. 길게 이어지는 내리막길을 나아가니 우묵땅 바닥이 나왔다. 요시무라는 3호 건널목이 아니라 마쓰다가 사전에 일러 줬던 목적지인 방치된 목조 창고 앞에 차를 세웠다.

전조등을 끄자 차량 안이 어두워졌다. 마쓰다가 주머니에서 손전등을 꺼냈다. 시험 삼아 켜 보니 전구가 문제없이 점등됐다.

요시무라가 운전석에서 그 광경을 쳐다보며 물었다.

"혼자서 괜찮겠습니까?"

"응."

그때 빗소리에 섞여 경보음이 작게 들려왔다. 요시무라가 손을 뻗어 한 번 정지했던 와이퍼를 다시 작동했다. 비가 추적추적 내리는 앞유리 너머, 오르막길을 올라간 끝에서 3호 건널목이 붉은 경고등을 깜빡이며 차단 막대를 내리기 시작했다.

마쓰다가 시각을 확인했다. 오전 1시 3분이었다.

"막차로군."

요시무라가 고개를 끄덕이더니 건널목에서 조수석 쪽으로 고개를 돌려 물었다.

"근데 마쓰다 씨, 쓰구미노에서 정말로 아무것도 알아내지 못했습니까? 그 사람의 이름이나 생애도."

마쓰다가 주저하자 요시무라는 편집부의 비밀 준수 의무를 배려하여 덧붙였다.

"물론 얘기할 수 있는 범위 안에서."

함께 사건을 쫓아 줬던 파트너에게는 드디어 풀린 수수께끼의 답을 알려 줘도 되지 않을까 마쓰다는 생각했다.

"딱 하나만."

"뭔가요?"

마쓰다가 눈을 치뜨고서 망가진 자동판매기가 놓여 있는 일대를 봤다. 그곳은 일찍이 긴 머리 여자가 제방 위를 달리는 전철을 쳐다봤던 곳이었다.

"그 여성이 죽었을 때 왜 건널목까지 갔는지 이제야 알았어."

"이유가 뭡니까?"

그때 묵직한 금속음을 울리며 하네코 방면으로 향하는 막차가 3호 건널목을 통과했다.

"저 열차를 탔다면 그 사람은 고향으로 돌아갈 수 있었어."

요시무라의 눈이 떠나가는 열차의 후미등을 쫓았다. 다정한 청년이 기나긴 철로 저 너머에 있는, 개똥지빠귀가 날아다니는 산과 들을 떠올렸는지 이윽고 "아아." 하고 탄식하며 말했다.

"그랬구나. 용케 알아냈군요."

"더 일찍 알아채야 했어."

마쓰다가 손전등을 다시 켠 뒤 나머지 한 손을 차문에 대고서 말했다.

"그럼 갈게. 지금까지 여러모로 고마웠어."

"열심히 하세요."

요시무라가 마지막으로 격려를 하고서 자동차 시동을 걸었다.

마쓰다가 비가 내리는 도로에 내리자 왜건이 우묵땅 바닥을 서서히 벗어났다.

후미등이 모퉁이를 돌아 사라지는 광경을 지켜본 뒤 마쓰다는 두 팔로 비를 막으면서 폐건물로 뛰어갔다.

살인 사건의 무대가 됐던 창고는 도로에서 깊이 들어간 위치에 있어서 가로등이 제대로 비추지 않았다. 부지 안은 어둠인지 땅인지 분간할 수 없을 정도로 어두컴컴했다. 마쓰다는 그 안으로 신중히 발을 내딛고서 목조 건물로 다가갔다. 손전등을 건물 입구에 비추자 말라붙은 검은 혈흔이 보였다. 예전에 낮에 왔을 때와 마찬가지로 문을 잠그기 위한 걸쇠는 여전히 망가져 있었다. 마쓰다는 손전등을 왼쪽 옆구리에 끼고서 두 손으로 문을 옆으로 밀어 봤다. 그러자 다소 힘이 들긴 했지만, 땅을 긁는 소리를 드르륵 내며 범행 현장의 입구가 열렸다.

내부는 새카맸다. 침입하려는 자를 밀어내듯 어둠 속에서 냉기가 흘러넘쳤다. 마쓰다는 추위에 몸을 움츠리며 방한 대책을 더 강구하고 왔어야 했다며 후회했다. 지금부터 한동안 언제 나타날지 알 수 없는 상대를 기다리며 이 차디찬 공기 속에 머물러야만 한다. 그래도 빗속으로 다시 나가고 싶지는 않아서 결심을 굳히고서 안에 들어갔다.

등 뒤에 있는 미닫이문을 닫고서 손전등으로 사방을 비추며 내부를 관찰했다. 빈 창고의 총면적은 40평쯤 됐다. 아라이 형사가 설명했던 대로 문이 제거된 벽이 두 공간을 나누고 있었다.

여자가 찔린 곳은 안쪽 방이었다. 그쪽으로 걸어가려고 했더니 바닥이 삐걱거리는 소리가 너무 커서 마쓰다는 화들짝 발걸음을 멈췄다. 오랫동안 아무도 쓰지 않고 방치됐기에 사람이 하나 들어갔을 뿐인데도 모든 건축 자재들이 견디지 못하고 비명을 내지른 듯했다.

마쓰다는 바닥이 꺼지지는 않을지 신발창으로 조심스럽게 디뎌 보고 확인하면서 걷기 시작했다. 손전등으로 비춰도 벽 너머에는 빛이 닿지 않아서 여전히 캄캄했다. 절반쯤 오니 역시나 으스스해져서 두 다리가 앞으로 나아가질 않았다. 그래도 자신의 눈으로 확인하고 싶다는 마음은 사라지지 않았다. 겨우 벽 앞까지 이르렀다.

벽에 어깨를 댄 채로 멈춘 마쓰다는 그곳에서 비로소 기묘한 현상을 알아챘다. 자신이 더는 바닥을 밟고 있지 않은데도 목재가 삐걱거리는 소리가 쉴 새 없이 이어졌다. 귀를 기울이니 나뭇가지를 꺾는 것처럼도 들리는 소리가 구획벽 너머, 살인 현장이었던 공간에서 흘러나왔다.

소리의 정체를 확인하기 위해 안을 들여다볼까 말까 망설이다가 이번에는 손전등 불빛이 꺼졌다. 황급히 스위치를 다시 켜 봤지만 빛이 돌아오지 않았다. 아무것도 보이지 않는 어둠에 휩싸인 마쓰다는 피부로 기이한 기척을 느끼고는 한 발자국 내디뎌 창고 안쪽을 들여다봤다.

그러자 방 가운데에 그토록 찾았던 여자가 있었다. 마쓰다는 눈이 휘둥그레졌다. 공포인지 감동인지 분간할 수 없는 불가해한 충격에 온몸의 털이 곤두서는 것을 느꼈다. 암흑 속에서 하얗게 부각된 여자의 모습은 서 있는 게 아니라 떠 있는 듯했다. 그러나 마쓰다의 등골을 오싹하게 한 것은 부자연스럽게 서 있는 그 모습이 아니라 망자로서의 모습이었다. 힘이 빠진 두 눈꺼풀이 퀭한 눈알 위에 축 늘어져 있고, 가슴에서 뿜어져 나온 대량의 피가 긴 머리 끝에서 발끝까지를 검게 물들였다. 암흑 속에 부유하고 있는 존재는 틀림없는 주검이었다.

마쓰다의 입에서 절망적인 신음이 새어 나왔다. 그것은 그 하얀 병실에서 아내의 심장이 멎었을 때 나왔던 그 목소리였다. 상실의 슬픔과 이 세계로 두 번 다시 돌아올 수 없는 사람을 향한 연민이 아릴 만큼 가슴을 옥죄었다. 지금 마쓰다가 마주하고 있는 여자는 산 자가 결코 접해서는 안 되는 세계가 있음을, 공포를 느끼며 기피할 수밖에 없는 영역이 있음을 몸소 전해 주기 위해 그곳에 있는 듯했다.

그래도 마쓰다는 자신의 몸을 얼어붙게 만든, 눈에 보이지 않는 힘에 저항하며 두 팔을 움직이려고 했다. 지금은 사망한 여자와 접촉하고 싶었다. 그리 한다면 억지웃음 속에 감춰진 그녀의 고통이 누그러지지 않을까 싶었다.

그의 마음이 통했는지 여자의 몸이 움직였다. 망자의 모습 그대로, 서서히 미끄러지듯 이쪽으로 다가왔다. 마쓰다는 의지의 힘을 쥐어짜서 팔을 가슴 높이까지 들어 올리고는 상처 입고 피투성이가 된 여자를 끌어안으려 두 팔을 내밀었다. 긴 머리 여자가 저승과 이승의 경계를 넘어 마쓰다와 접촉하려는 순간 그 모습이 사라졌다.

마쓰다는 제정신을 차리고서 눈앞의 어둠을 필사적으로 더듬었다. 그러나 두 손에서는 아무런 감촉도 느껴지지 않았다. 생명의 잔재를 연상케 하는 냉기가 손가락 끝을 스쳤을 뿐이었다. 그때 이미 나뭇가지가 부러지는 소리는 멎어 버렸다. 어느새 불이 다시 들어온 손전등이 빛줄기로 아무도 없는 창고를 비추고 있었다. 그리고 분명 느껴졌던 누군가의 기척도 사라져 버렸다.

마쓰다는 한동안 그곳에 우두커니 서 있었다. 그리고 이곳에는 이제 아무도 없다고 스스로를 타일렀다.

줄곧 만나고 싶었던 사람이 다른 세계로 가 버렸다.

긴 머리 여자도, 그리고 아내도.

마쓰다는 "안녕히."라고 작별 인사를 중얼대고서 발걸음을 돌려 출구로 향했다.

어느새 빗소리가 들리지 않았다.

하늘에서 살랑살랑 내리는 눈이 주변 일대를 고요히 감싸고 있었다.

마쓰다는 창고 문을 닫고서 비틀거리는 발걸음으로 어둠을 나아갔다. 도로에 나와 가로등 아래에 서니 허공을 떠도는 무수한 눈송이에 에워싸여 몸이 가볍게 느껴졌다. 이 변두리 우묵땅을 오가는 사람의 모습은 보이지 않았다. 자신이 내딛는 발소리만이 공연히 귀에 들러붙었다.

마쓰다는 망가진 자동판매기 앞에서 발걸음을 멈추고는 오르막길 위에 있는 3호 건널목을 올려다봤다.

선로 위에 하얀 실루엣이 떠다니고 있었다. 정처를 잃은 미아처럼 가로등이 비추는 건널목 안을 서성이고 있었다.

마쓰다는 멀리서 쳐다볼 수밖에 없었다. 그 사람은 너무나도 덧없어서 손을 뻗으면 사라져 버린다. 그녀가 고향으로 돌아갈 수 있기를, 자신을 사랑해 준 유일한 사람인 어머니 곁으로 돌아갈 수 있기를 마쓰다는 계속 빌었다.

이윽고 그 희미한 실루엣이 불꽃처럼 흔들리더니 펄펄 내리는 눈이 되어 주변에 흩날렸다.

이제 건널목은 오로지 조용해졌다. 눈을 감고 고개를 숙이고 있던 마쓰다는 또다시 홀로 이 세계에 남겨졌다.

〈끝〉

감사의 말

이 작품을 집필할 때 여러 방면의 전문가들께서 도움을 주셨습니다. 프로페셔널한 지식과 견식을 아낌없이 전수해 주셨던 분들께 심심한 감사를 올립니다.

후타다 가즈히코 씨(연예 저널리스트)
가와시마 히로시 씨(전 주식회사 마이니치 신문사 편집위원)
故 구라시나 다카야스(전 경시청 수사1과 관리관)

또한 여기서 이름을 밝힐 수 없는 O씨로부터 이야기 전반의 토대가 될 만한 매우 귀중한 가르침을 받았습니다. 진심으로 감사를 올립니다.
저자의 어린 시절에 유령 이야기를 많이 읽어 주셨던, 별세하신 어머니 데이에게 이 책을 바칩니다.

옮긴이 | 박춘상

1987년 서울에서 태어나 한성대학교를 졸업했다. 옮긴 책으로는 모리 히로시의 『모든 것이 F가 된다』, 『웃지 않는 수학자』, 『환혹의 죽음과 용도』를 비롯하여 『사쿠라코 씨의 발밑에는 시체가 묻혀 있다』, 『날개 달린 어둠』, 『리코, 여신의 영원』, 『허구추리』, 『법정의 마녀』, 『에콜 드 파리 살인사건』, 『토스카의 키스』, 『악당』, 『거울 속은 일요일』 등이 있다.

건널목의 유령

1판 1쇄 펴냄 2023년 7월 14일
1판 3쇄 펴냄 2023년 8월 8일

지은이 | 다카노 가즈아키
옮긴이 | 박춘상
발행인 | 박근섭
편집인 | 김준혁
책임편집 | 장은진
펴낸곳 | 황금가지

출판등록 | 2009. 10. 8 (제2009-000273호)
주소 | 06027 서울 강남구 도산대로 1길 62 강남출판문화센터 5층
전화 | 영업부 515-2000 **편집부** 3446-8774 **팩시밀리** 515-2007
홈페이지 | www.goldenbough.co.kr

도서 파본 등의 이유로 반송이 필요할 경우에는 구매처에서 교환하시고
출판사 교환이 필요할 경우에는 아래 주소로 반송 사유를 적어 도서와 함께 보내주세요.
06027 서울 강남구 도산대로 1길 62 강남출판문화센터 6층 민음인 마케팅부

한국어판 ⓒ ㈜민음인, 2023. Printed in Seoul, Korea
ISBN 979-11-7052-301-7 03830

㈜민음인은 민음사 출판 그룹의 자회사입니다.
황금가지는 ㈜민음인의 픽션 전문 출간 브랜드입니다.